화해와 사랑

김치수

1940년 전북 고창에서 태어났다. 서울대학교 문리대 불문과를 졸업하고 같은 과 대학원에서 석사학위를, 프랑스 프로방스 대학에서 「소설의 구조」로 박사학위를 받았다. 1966년 『중앙일보』 신춘문예 평론 부문 입선으로 등단, 『산문시대』와 『68문학』 『문학과지성』 동인으로 활동하였으며, 1979년부터 2006년 2월 정년퇴임 시까지 이화여자대학교 불문과 교수를 역임했다. 2011년부터 2013년까지 이화여자대학교 학술원 석좌교수로 재직했다. 2014년 10월 지병으로 타계했다.

주요 저서로는 『상처와 치유』 『문학의 목소리』 『삶의 허상과 소설의 진실』 『공감의 비평을 위하여』 『문학과 비평의 구조』 『박경리와 이청준』 『문학사회학을 위하여』 『한국 소설의 공간』 등의 평론집과 『누보로망 연구』 『표현인문학』 『현대 기호학의 발전』 등의 학술서가 있다. 역서로는 르네 지라르의 『낭만적 거짓과 소설적 진실』, 마르트 로베르의 『기원의 소설, 소설의 기원』, 알랭 로브그리예의 『누보로망을 위하여』, 미셸 뷔토르의 『새로운 소설을 찾아서』, 알랭 푸르니에의 『대장 몬느』, 에밀 졸라의 『나나』 등이 있다. 현대문학상(1983)과 팔봉비평문학상(1992), 올해의 예술상(2006), 대산문학상(2010) 등을 수상했다.

김치수 문학전집 10

화해와 사랑 유고비평집

펴낸날 2015년 10월 14일

지은이 김치수
펴낸이 주일우
펴낸곳 ㈜문학과지성사
등록번호 제1993-000098호
주소 121-894 서울 마포구 잔다리로7길 18(서교동 377-20)
전화 02) 338-7224
팩스 02) 323-4180(편집) / 02) 338-7221(영업)
전자우편 moonji@moonji.com
홈페이지 www.moonji.com

ISBN 978-89-320-2794-4 / 978-89-320-2784-5(세트)

김치수 문학전집 10

화해와 사랑 유고비평집

문학과지성사

2015

김치수 문학전집을 엮으며

여기 한 비평가가 있다. 김치수(1940~2014)는 문학 이론과 실제 비평, 외국 문학과 한국 문학 사이의 아름다운 소통을 이루어낸 비평가였다. 그는 '문학사회학'과 '구조주의'와 '누보로망'의 이론을 소개하면서 한국 문학 텍스트의 깊이 속에서 공감의 비평을 일구어내었다. 그의 비평에서 골드만과 염상섭과 이청준이 동급의 비평적 성찰의 대상이 되는 것은 자연스러웠다. 문학 이론들의 역사적 상대성을 사유했기 때문에 그의 비평은 작품을 지도하기보다는 읽기의 행복과 함께했다. 그에게 문학을 읽는 것은 작가와 독자와의 동시적 대화였다. 믿음직함과 섬세함이라는 덕목을 두루 지녔던 그는, 동료들에게 훈훈하고 한결같은 문학적 우정의 상징이었다. 지난해 그가 타계했을 때, 한국 문학은 가장 친밀하고 겸손한 동행자를 잃었다.

김치수의 사유는 입장을 밝히는 것이 아니라 입장의 조건과 맥락을 탐색하는 것이었으며, 비평이 타자의 정신과 삶을 이해하려는 대화적 움직임이라는 것을 확인시켜주었다. 그의 문학적 여정은 텍스트의 숨은 욕망에 대한 심층적인 분석에서부터, 텍스트와 사회구조의 대응을 읽어내고 문학과 사회의 경계면 너머 그늘의 논리까지 사유함으로써 당대의 구조적 핵심을 통찰하는 데까지 이르고 있다. 그의 비평은 '문학'과 '지성'의 상호 연관에 바탕 한 인문적 성찰을 통해 사회문화적 현실에 대한 비평적 실천을 도모한 4·19 세대의 문학 정신이 갖는 현재성을 증거 한다. 그는 권력의 폭력과 역사의 배반보다 더 깊고 끈질긴 문학의 힘을 믿었던 비평가였다.

이제 김치수의 비평을 우리가 다시 돌아보는 것은 한국 문학 비평의 한 시대를 정리하는 작업이 아니라, 한국 문학의 미래를 탐문하는 일이다. 그가 남겨놓은 글들을 다시 읽고 그의 1주기에 맞추어 〈김치수 문학전집〉(전 10권)으로 묶고 펴내는 일을 시작하는 것은 내일의 한국 문학을 위한 우리의 가슴 벅찬 의무이다. 최선을 다한 문학적 인간의 아름다움 앞에서 어떤 비평적 수사도 무력할 것이나, 한국 문학 비평의 귀중한 자산인 이 전집을 미래를 위한 희망의 거점으로 남겨두고자 한다.

2015년 10월
김치수 문학전집 간행위원회

차례

일러두기

1. 문학과지성사판 〈김치수 문학전집〉은 간행위원회의 협의에 따라, 문학사회학과 구조주의, 누보로망 등을 바탕으로 한 문학이론서와 비평적 성찰의 평론집을 선별해 10권으로 기획되었다.
2. 원본 복원에 충실하되 '한글 맞춤법'과 '외래어 표기법'은 국립국어원에 따라 바꾸었다.

I

속(續)『박경리와 이청준』

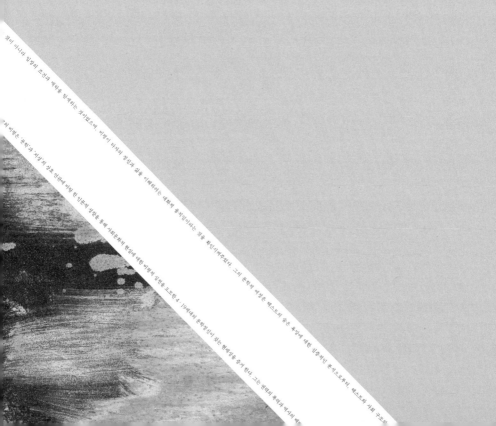

박경리 문학과 전쟁 체험

1

20세기 중반에 문학 활동을 한 작가들에게 가장 큰 영향을 미친 사건은 6·25전쟁이다. 해방의 기쁨을 제대로 맛보기도 전에 분단의 아픔을 겪으며 새로운 체제의 근대국가로 발돋음하려는 순간, 북한의 남침으로 일어난 전쟁은 한국 사회를 완전히 뒤집어놓는다. 약 3년 동안 300만 명을 희생시키고 1,000만 명의 이산가족을 낸 6·25전쟁은 한국인의 삶 전체를 변화시켰다. 전통적인 농경 사회를 이루고 살던 한국인들은 6·25의 북한군 남침과 1·4후퇴의 중공군 개입으로 두 번에 걸쳐 대이동을 경험하며, 가족을 잃거나 이산의 경험을 하거나 재산을 빼앗기는 고통을 체험한다. 남북한 전체 인구가 모두 이 전쟁의 폭력으로부터 자유로울 수 없었던 6·25전쟁은 한국인에게는 역사상 가장 큰 비극적 체험이라고 말할 수 있다.

6·25 당시 24세의 나이였던 박경리 선생은 젊은이가 겪어야 했던 비극적 전쟁 체험을 누구보다도 혹독하게 겪었다. 자신의 생애에 대해서 별로 많은 기록을 남기지 않은 박경리 선생은 1945년 진주여고를 졸업하고 이듬해 김행도 씨와 결혼, 슬하에 딸 영주 씨를 두었다. 1950년 6·25동란 발발 직전에 황해도 연안여자중학교 교사로 재직했다. 전쟁의 와중에서 좌익으로 몰린 남편을 잃은 박경리 선생은 전쟁의 가장 큰 피해자가 되고 치유할 수 없는 상처를 입었다. 24세의 나이에 혼자서 딸과 함께 생활을 해야 했던 박경리 선생은 전쟁의 소용돌이 속에서 절망적인 상황에 빠진다. 두 번에 걸친 서울의 함락은 한국인 모두에게 엄청난 고난과 역경을 겪게 만들었지만 특히 자존심이 강한 박경리 선생은 자신이 겪은 한국인의 전쟁 체험을 그냥 흘러가게 놓아둘 수 없었다. 잠시 생계를 유지하기 위해 신문사와 은행에 근무한 적이 있지만, 박경리 선생은 인간의 존엄성에 대한 특별한 의식을 가진 까닭에 단순히 생계를 유지하는 데 만족할 수 없었다. 한국인이 빠진 절망적 상황을 목격하면서 박경리 선생은 인간과 세계, 삶과 죽음에 대해 깊이 성찰하게 되고, 그 결과 자신의 경험을 한국인의 보편적 삶의 모습으로 제시하고 증언하고 싶었던 것 같다. 감수성이 예민하고 자존심이 강한 박경리 선생은 그 절망적 상황에서 빠져나오는 일이 절망적 상황에 대해서 이야기함으로써 가능하다고 믿었던 것 같다. 왜냐하면 현실의 절망을 이야기한다는 것은 절망을 언어화하는 것이고, 절망을 언어화한다는 것은 그 절망이 자신에게만 찾아온 재앙이 아니라는 것을 일깨우는 것이기 때문이다. 그 일깨움을 통해서 문학은

작가에게나 독자에게 절망을 딛고 일어설 수 있는 힘을 제공한다.

　박경리 선생이 문학에 전념하기 시작한 것은 전쟁의 와중에서 남편을 잃은 충격을 경험한 다음이다. 그것은 박경리 선생의 문학적 출발이 바로 전쟁 체험과 무관하지 않다는 것을 입증한다. 모든 문학은 고통의 인식에서 출발하며 고통의 극복이라는 치유를 지향한다. 그러나 여기에서 간과하지 말아야 할 것은 현실적 고통이 상상력의 도움을 받았을 때 문학적 형상화에 도달할 수 있고, 바로 문학적 형상화에 이르렀을 경우에만 치유의 방편이 될 수 있다는 사실이다.

2

연보에 의하면 박경리 선생이 문학을 공부하기 시작한 것은 1950년이었고 문단에 등단한 것은 그보다 5년 후의 일이다. 1955년 『현대문학』 8월호에 단편소설 「계산」으로 김동리의 추천을 받고, 이듬해 『현대문학』 8월호에 「흑흑백백」으로 추천이 완료되어 문단에 등단한다. 같은 해 11월에 『현대문학』에 「군식구」를 발표하고 1957년 「호수」 「전도」 「불신시대」 「영주와 고양이」 「반딧불」을 발표하는 등 왕성한 작품 활동을 펼친다. 같은 해 11월 「불신시대」로 현대문학사가 주관하는 현대문학 신인상을 수상함으로써 작가로서의 위상을 굳힌다. 1958년 첫 장편소설 『연가』를 『민주신보』에 연재하는 한편, 「벽지」 「도표 없는 길」 「훈향」 「암흑시대」 등의 단편소설을 발표한다. 1959년 장편소설 『표류도』를 『현대문학』에 연재하고(2월호~11월호) 이 작품을 대한교과서에서 단행본으로 간행, 제3회 '내성문학상'을 수상하는 한편, 「은하수」

「돌아온 아이」「재귀열」「새벽의 합창」「어느 정오의 결정」「비는 내린다」「해동여관」 등의 단편소설을 발표한다. 문단에 나온 지 4년 만에 박경리 선생은 18편의 단편소설과 2편의 장편소설을 발표함으로써 가장 왕성한 전업 작가의 길에 들어선다. 그것은 박경리 선생이 전쟁의 소용돌이 속에서 단순히 생존에만 매달린 것이 아니라, 폭력에 의해 상처받은 영혼의 치유에 관심을 갖고 정신의 고고함을 지킴으로써 인간의 존엄성을 잃지 않고자 했다는 것을 의미한다.

그런데 이들 초기작에는 작가 자신과 비슷한 고통을 겪은 여성들이 주인공으로 나온다. 그들은 전쟁으로 인해서 끊임없이 죽음의 공포에 시달리는 가운데 남편이나 자식들이나 사랑하는 가족을 잃기도 하고, 가진 재산을 빼앗겨 굶주림의 두려움에 떨기도 하고, 직장을 구하지 못해 방황하거나 이웃의 배반으로 고통을 겪는다. 박경리 선생에게 작가로서의 명성을 얻게 한 「불신시대」의 주인공 진영은 9·28 수복 직전에 폭사로 남편을 잃고 1·4후퇴 때 세 살 먹은 아들 문수와 어머니와 함께 피란길에 나선 미망인이다. 추천 완료작인 「흑흑백백」의 주인공 '혜숙'이는 "6·25 때 집을 불사르고" "남편이 폭사"하자 부산으로 피란을 가서 온갖 가난을 겪고 일자리를 찾아 서울로 돌아온 미망인이다. 문단 초기의 대표작인 「암흑시대」의 주인공 '순영'은 "전쟁 때문에 남편을 잃"고 "일체의 가산도 날려버"리고 "두 남매와 늙은 어머니를 부양할 의무를 지닌" 전쟁미망인이다. 「영주와 고양이」의 주인공 '민혜'는 "사변 때" 남편을 잃고 "작년 여름에" 아들을 잃은 미망인이며, 「하루」의 주인공 K여사도 전쟁 때 남편을 잃은 미망인이다. 이러한 설정 자체는 이미 전쟁이 가부장제라는 남성 중심 사회의 유교적 관념이 지배하던 시대에 얼마나 폭력적이고 잔인한 것인지 이야기하기에 충분한 전제가 되고 있다. 그러나 소설이란 그런 보편적 현실에 구체적인 형상을 만들어주는 서사적 장르이기 때문에, 박경리 선생은 자신의 전쟁 체험에 보다 실감 있는 형상을 부여하기 위해 풍부한 상상력을 동원하고 있다. 물론 여기에는 또 다른 가족 구성원의 죽음이라는 비극이 추가됨으로써, 전쟁 자체의 직접적인 잔혹성뿐만 아니라 그것이 가져온 여파의 혹독함을 끝까지 추구하면서 인간 운명의 비극성을 밝히고자 하는 작가의 상상력을 활용하고 있다.

여기에 제일 먼저 나타나는 테마가 아들의 죽음이다. 우연이라기에는 너무나 똑같은 이 테마는 「불신시대」에서는 길에서 넘어져 뇌 수술을 받다가 일어난 의료사고로 그려져 있고, 「암흑시대」에서는 산에서 내려오다 넘어져서 뇌 수술을 받다가 일어난 의료사고로 그려져 있다. 그것은 폭격으로 남편을 잃은 여성에게는 이겨내기 힘든 또 하나의 재난이다. 이러한 연속되는 재난 속에서 주인공들이 만나는 현실은 그들의 고단한 삶에 위로가 되거나 힘이 되는 현실이 아니라는 데 숙명과 같은 삶의 비극성이 있다. 가난한 살림살이 속에서 힘겹게 마련한 저축이 친척 아주머니에게 흘러가버리고(「불신시대」), 박봉의 월급쟁이로 다섯 식구를 부양하는 주인공이 남편의 친구에게 교사 자리를 부탁했으나 친구와 바꿔 입은 외투 때문에 교사가 되는 데 실패하거나(「흑흑백백」), 새어머니가 아버지의 별세 후에 가짜 장교 노릇을 하는 삼촌과 바람이 나서 전 재산을 사기당하고 식당 종업원으로 전전한다(「시정소화」). 이 주인공들이 만나고 있는 현실은 인간으로서 지켜야 할 도리와 의무를 저버린 현실이다. 이들 작품을 통해서 작가는 종교의 허울을 쓰고 곗돈을 떼어먹고 돈놀이하는 여자, 시주 받은 쌀을 팔아 돈으로 바꿔가는 중, 정확한 진단도 없이 돈만 보고 수술하여 생명을 잃게 하는 의사 등 타락한 사회의 밑바닥을 구체적으로 묘사함으로써 전쟁 체험을 철저하게 형상화하고 있다.

그러나 박경리 선생의 문학 세계는 이처럼 어려운 현실에도 불구하고 주인공들이 살기 위한 처절한 싸움을 하게 함으로써 한편으로 인간의 존엄성을 지키기 위한 피나는 노력을 기울이고 있고, 다른 한편으로 어떤 압박이나 폭력에도 꺾이지 않으려는 강인한 생명력을 보여주고 있다. 전쟁은 폭력적이기 때문에 윤리와 도덕이라는 규범을 흔들리게 하고 인간의 본성에 대해 회의하게 만든다. 미래를 예측할 수 없게 하는 전쟁은 인간으로 하여금 눈앞의 이익에만 집착하게 하고 자신의 본분을 망각하게 만들지만 박경리 선생의 주인공들은 그러한 현실에 저항하고 있다. 「불신시대」의 주인공 진영은 절에서 아들의 영정을 찾아와 불사르고 자신에게 중얼거린다. "그렇지, 내게는 아직 생명이 남아 있었다. 항거할 수 있는 생명이!"라고 자신에게 다짐한다. 이 다짐은 타락에 대한 저항이며 죽음에 대한 저항이다. 「암흑시대」의 주인공 순영은 "전쟁 때문에 남편을 잃었"고 "일체의 가산도 날려버"린 여자로서 "극도에 도달한 가난과 굶주림" 속에서도 "자기를 잃지 않으려는 몸부림"을 통해 "모든 것에 대한 자신의 항거 정신을" 보여주고 있다. 「하루」의 K여사는 "난 온실에서 살아오지 않았어. 전쟁도 겪고, 식구들도 잃었고 가난에도 지쳐보았어. 문단에의 길은 평탄했단 말이냐?"라고 물으며 전쟁의 기억이 멀어질 때 인간 정신의 구원 문제를 생각하면서 문학에 전념하게 된다. 이 주인공들을 통해서 박경리 선생은 자신이 참혹한 전쟁의 체험을 하면서 작가의 길에 나서게 된 과정을 밝혀주고 있다. 서양의 어느 작가의 말처럼, 문학은 박경리 선생에게 끝없는 죽음의 위협 속에서 자신을 두 발로 버티고 서게 해준 척추의 역할을 했던 것이다. 죽음과 고통, 가난과 굶주림, 슬픔과 절망으로 가득 찬 혹독한 전쟁 체험 속에서 꿋꿋하게 인간의 존엄성을 지키며 살 수 있게 해준 기둥이었던 것이다.

3

이러한 박경리 선생의 문학관을 더욱 확고하게 보여주는 작품이 『시장과 전장』이다. 1964년에 발표된 이 작품은 1962년에 발표된 『김약국의 딸들』과 함께 박경리 선생이 전작으로 발표해서 한국 문학에 장편소설의 시대를 열게 한 작품이다. 이 작품은 6·25전쟁이 일어나기 전부터 1953년 휴전되기 전까지 전장과 후방에서의 젊은이들의 삶을 다룬다. 주인공들은 자신이 살고 있는 삶과 그것을 지배하고 있는 이념에 대해서 강한 질문을 던지며 현장에 뛰어든다. 이 작품의 주인공은 가정주부로서 일상적 생활에 묻히는 것이 싫어 남편과 두 아이를 두고 황해도 연안에 교사로 떠난 '지영'과, 남로당 지하 조직의 일원으로 활약하는 시숙 '기훈'이다. 모두 40장으로 구성된 이 작품에서 지영의 시점으로 그려진 것이 22장이고 기훈의 시점으로 그려진 것이 18장이다. 이들은 자기 시점의 각 장에서 모험의 주체로 활동함으로써 전쟁의 현장을 생생하게 전달하고 있다. 초기 단편소설의 여주인공들을 종합한 듯한 '지영'은 한 남자의 아내로서, 두 아이의 어머니로서 살아온 자신의 삶에 대해 자기 존재에 대한 근원적인 질문을 던지면서 사회생활에 나선다. 그녀는 일상적 생활에서 남의 물건을 훔치거나 속인 것에 대해서 아무런 죄의식이나 자책감이 없는 남편을 보며 자신의 부부 생활이 "전부 무너지고 만" 것을 깨닫는다. 남편에 대해서 인간적인 모멸감을 느낀 그녀는 자신의 존엄성을 지키기 위해 가정이라는 일상적 공간을 떠나 자신을 객관적으로 관찰할 수 있는 길을 선택한다. 그러나 일상적 가정과의 거리두기는 자신의 부재에도 불구하고 가정이 온전하게 보존된다는 사실을 전제로 한다. 전쟁이라는 돌발 사태가 터지자 가족의 안위가 걱정된 그녀는 온갖 수모와 위험을 무릅쓰고 서울로 돌아온다. 전쟁은 그녀에게 꿈과 낭만을 버리게 하고 현실주의자가 되게 만든다. 전쟁 전에 남편 기석을 기피해오던 그녀는 전쟁이 발발하자 자신의 전 존재를 바쳐 남편을 보호하고자 한다. 그녀는 영글지도 않은 감자를 캐 가는 피란민들을 비난하는 어머니에게 "우리도 식량이 떨어지면 도둑질을 할 거예요"라고 선언한다. 그녀는 실종된 남편을 찾아서 서울과 인천 사이를 걸어서 왕복하고, 아무런 기약도 없이 서대문 형무소에 가서 남편의 소식을 알고자 한없이 기다리고, 국회의원인 친척 아저씨를 찾아가 남편의 구명 운동을 벌이고, 어머니마저 잃어버린 다음 1·4후퇴 때는 혼자서 두 아이를 데리고 부산으로 피란을 간다. 끝없이 계속되는 생존 자체의 위협 앞에서 그녀는 인간에 대한 자긍심도, 인간으로서의 자존심도 생각할 수 없는 상황에 대항해서 끈질긴 생명력으로 버텨나간다. 바로 그 버팀이 전쟁의 폭력을 고발하는 것이고 생명의 고귀함을 강변하는 것이라고 작가는 말하고 있다. 주인공 지영 자신이 "밟혀도 밟혀도 뻗어가는 잡초, 난 잡초야"라고 말하는 것처럼 전쟁의 폭력 앞에서 죽음과 이별, 가난과 굶주림, 아픔과 슬픔을 겪으면서 보다 강인한 생명력을 획득함으로써 소녀시절의 감상적인 결벽증으로부터 완전히 벗어난다. 온실 속의 꽃만이 아름다운 것이 아니라 비바람에 시달리고 온갖 발길에 짓밟히고도 생

명을 유지히는 잡초에도 깊고 오묘한 아름다움이 있다는 것을 주인공
은 깨닫는다. 그것은 초기 단편소설의 주제가 발전적으로 전개된다는
것을 알게 한다.

이 작품의 또 다른 주인공 '기훈'은 남한에서 활동하고 있는 공산당
으로서 테러리스트이다. 그는 '지영'의 남편인 기석과는 달리 이상주
의자이며 낭만주의자이다. 그는 이북의 지령을 받아 변절한 공산주의
자 '안혁동'의 암살에 나서기도 하고, 자신의 스승이며 온건한 사회주
의자인 '석산 선생'이 붙들려 왔을 때 전향을 시도하다가 실패하자 냉
혹하게 돌아서기도 한다. 이처럼 냉정하고 이지적인 인물로 보이는 기
훈은 그러나 빈혈로 쓰러진 '가화'를 구해주고 외로울 때 서로 만나 위
로를 받기도 하고, 부상당한 소년병을 후송 차량에 실어 보내기도 하
는 다정하고 따뜻한 인물이기도 하다. 그는 이념과 사랑 사이에서 끊
임없이 갈등을 느끼면서도 겉으로는 언제나 냉혹한 공산주의자이고
현실주의자임을 자처한다. 그는 '가화'가 여자로 다가올 때면 자신은
"여자를 사랑한 적이 없고 이념을 사랑했다"고 선언한다. 그러나 전쟁
의 막바지에 그가 서울을 떠나 전장으로 나갈 때 가화를 찾아가서 이
제 다시 볼 수 없을 것이라고 알려주는 것은 강한 이념으로 무장되어
있는 그의 황폐한 마음속에 생명의 씨앗처럼 강한 사랑의 싹이 자라고
있음을 의미한다. 그는 자기 안에 이러한 낭만적 사랑이 싹터 올 때마
다 이를 강하게 부정하며 보다 충실한 이념의 신봉자임을 자처한다.
그는 전쟁터로 가면서 무수한 시체를 보고 오히려 냉혹해진다. 그는
전쟁에서 패배하여 지리산으로 도망가는 처지에서도 자신의 선택이
정당하다는 굳건한 신념을 드러낸다. 끝없이 쫓기는 지리산 생활에서
도 그는 자신이 철저한 리얼리스트임을 자처하고 어깨에 총상을 입고

도 죽음을 두려워하지 않는 것처럼 농담을 하는 여유를 보인다. 그러나 동료인 장덕삼이 "리얼리스트를 자처하지만 로맨티스트가 아니고 누가 산에 남아 있는냐"라고 지적한 것처럼 그는 겉으로 표방하는 것과는 달리 자신이 이상으로 생각한 허구를 향해 전 존재를 던지는 낭만주의자에 지나지 않는다. 전황이 어떻게 전개되는지 알고 있으면서도, 죽음이 다가오고 있는 것을 알면서도 자신이 한번 선택한 것을 고집하는 그는 낭만적 허무주의자라고 볼 수 있다. 그는 행동할 때는 그 의미를 생각하지 않고 거기에 전력을 기울이고, 여자와 사랑을 할 때는 사랑의 순간에만 몰두하는 인물이다. 그는 공식화된 공산주의자가 아니라 행동하기 위한 공산주의자이다. 그는 지령을 받고 움직이는 꼭두각시 같은 인물이 아니라 자기 존재의 심연에 자리 잡고 있는 허무감에서 벗어나기 위해 행동하는 인물이다. 사랑에 있어서는 열정을 감추고 있고 이념에 있어서는 낭만을 감추고 있는 그는 겉으로 리얼리스트를 표방하지만 내면으로는 낭만적 허무주의자이다. 사랑으로도 이념으로도 그의 내면에 있는 허무주의를 극복하지 못한 그는 자신의 비극적 운명을 철저하게 받아들인다. 박경리 선생은 그를 통해서 당의 명령에 따라 움직이는 기계화된 공산주의자가 아니라 존재의 무상성을 행동으로 극복하고자 한 허무주의적 공산주의자를 그리고 있다. 그것은 비정하고 잔혹한 전쟁에 가담한 사람들에게서 인간적인 모습을 찾고자 한 박경리 선생의 휴머니즘의 한 표현이라고 할 수 있다. 그렇기 때문에 기훈의 말과 행동에는 이율배반적인 양상이 나타나고 그것을 통해서 인간적인 약점이 드러난다.

전쟁의 피해자라고 할 수 있는 박경리 선생이 이러한 인물들을 창조할 수 있었던 것은 그녀가 문학을 선택한 데서 이유를 찾을 수 있다. 박경리 선생의 초기작들은 전쟁의 피해자인 미망인들의 삶을 그리고 있어서 「불신시대」의 '지영'과 비슷한 성격의 인물을 형상화시키고 있다. 따라서 초기의 단편들을 읽게 되면 주인공들의 개성이 뚜렷하게 드러나지는 않는다. 반면에 『김약국의 딸들』을 출발점으로 해서 『시장과 전장』에서는 개성 있는 인물들이 살아서 움직이고 있는 역동적이고 극적인 삶의 드라마와 만난다. 그것은 전쟁 체험의 과정에서 관찰하게 된 인생의 밑바닥과 삶의 다양한 모습을 통해서 박경리 선생이 인간과 세계에 대한 깊은 통찰에 이르렀다는 것을 의미한다. 그런 통찰의 결과 박경리 선생은 인간의 존엄성을 지키고자 하는 인물들을, 생명보다 존귀한 것이 없다는 것을 주장하는 인물들을, 전쟁 이상으로 잔혹한 폭력이 없다는 것을 보여주는 평화주의를 신봉하는 인물들을 형상화시킨 대표적인 작가이다. 이러한 주장을 뒷받침하는 것이 박경리 선생의 『토지』이다.

　『시장과 전장』으로 작가적 명성을 얻은 박경리 선생은 1969년부터 대하소설 『토지』 제1부의 집필을 시작하였다. 1994년 제5부를 끝낼 때까지 25년 동안 오직 작품 쓰기에만 매달렸지만 박경리 선생에게 시련이 끝난 것은 아니었다. 제1부를 쓰는 동안 유방암 선고를 받은 박경리 선생은 암 제거 수술을 받으면서도 제1부를 마쳤고, 그 뒤 펑펑 울었다고 고백하고 있다. 그러나 시련은 거기에서 끝나지 않았다. 사위인 김지하 씨가 「오적」 사건으로 감옥에 갇히는 아픔을 겪었다. 사위가 감옥 생활을 한 19년 동안 박경리 선생은 외동딸과 두 명의 외손자를 돌보면서도 작품 『토지』를 완성하는 데 온몸을 바쳤다. 박경리 선생은 작품이 잘 써지지 않을 때는 혼자서 밭에 나가 채소를 가꾸고 김을 매기도 하고 나무에 조각을 하는 목각을 하면서 작품에서 막힌 부분이 뚫릴 때까지 기다리는 생활을 하며 작품을 완성했다. 그래서 때로는 작품 쓰기를 중단하고 몇 년을 그냥 보내는 때도 있었다. 어느 날 월간 『신동아』에서 주선한 대담을 하기 위해 나는 박경리 선생을 방문한 적이 있다. 밭에서 일을 하고 있던 박경리 선생은 나를 반갑게 맞이하며 밥을 지어주었다. 손수 농사지은 쌀과 채소로 마련한 밥상을 가리키며 무공해 밥상이라고 말하는 박경리 선생은 환경 운동에 깊은 관심을 보였다. 그리고 한국의 농토가 화학 비료에 지나치게 의존하고 있어서 땅이 산성화되고 생명력을 잃어가는 현상을 개탄했다. 그처럼 많은 역경을 거치며 어려운 생활을 하면서도 환경과 생명에 깊은 관심을 보이고 있는 박경리 선생에게 감동을 받지 않을 수 없었다.

『토지』는 최참판댁이라고 하는 한 가문의 4대에 걸친 가족사이면서 동시에 그 주변에 살고 있는 민중들의 삶과 고통과 한(恨)을 형상화한 민족사라 할 수 있다. 문학사에 길이 빛날 이 작품을 쓰는 동안 박경리 선생은 문학 외적인 일체의 활동을 거부한 채 원주의 시골집에 묻혀 살았다. 박경리 선생은 주변의 문인들이 대한민국예술원 회원으로 모시려는 것을 단호하게 거절하고 문학 단체나 예술 단체에 기웃거리는 것을 부끄러움으로 생각했다. 문학인이나 예술가는 오직 작품으로 말을 해야 한다는 것이 박경리 선생의 소신이었고 지론이었다. 박경리 선생은 작품을 쓰기 위해서는 자신의 아픔과 고통은 물론이거니와 이

웃들의 아픔과 고통에 대해서 철저한 의식이 있어야 하지만, 좋은 작가가 되기 위해서는 아무리 어려운 역경 속에서도 작가로서의 자부심과 자존심을 지킬 줄 알아야 한다는 생각을 가지고 있었다.

5

한 사람의 작가는 어려운 역경과 시련을 산 사람 가운데서 나온다. 그러나 어려운 역경과 시련을 겪었다고 다 작가가 되는 것은 아니다. 그것을 개인적 체험으로 끝내는 것이 아니라 보편적 삶의 모습으로 형상화하는 구체적 노력이 있어야 작가가 될 수 있다. 여기에는 아무리 하찮은 인물이라도 그 나름의 존재 이유를 인정하지 않을 수 없도록 인물들이 각자의 개성을 갖고 형상화되어 있다. 그런 점에서 본다면 남다른 어떤 체험을 했다고 해서 위대한 작가가 되는 것이 아니다. 위대한 작가만이 어떤 체험을 했더라도 자신의 탁월한 상상력으로 걸작을 만든다. 작가와 체험을 같은 저울에 놓을 수 없는 이유도 여기에 있는 것 같다. 모든 작가란 남들보다 더 고통을 느끼는 사람이며 더 아파하는 사람이다. 작년에 세상을 떠난 소설가 박완서 선생도 박경리 선생과 거의 비슷한 고통과 시련을 겪었다. 얼마 전 허리를 다쳐 고생한 시인 한 분이 내게 "아프니까 시가 나오더라"고 고백하며 여러 편의 시를 발표한 바 있다. 고통이 없는 사람, 고통을 느끼지 못하는 사람에게는 문학이 있을 수 없다. 고통과 시련이 있는 곳에서 문학이 태어날 수 있다. 이 세상의 온갖 고통과 아픔을 경험한 박경리 선생에게 문학은 끝없는 죽음의 위협 속에서 그 자신을 두 발로 버티고 서게 해준 척추뼈의 역할을 했던 것이다. 박경리 선생에게 문학은 죽음과 고통, 가난과 굶주림, 슬픔과 절망으로 가득 찬 이 세계 속에서 인간의 존엄성을 지키며 살게 해준 기둥 역할을 했던 것이다. 역경 속에서 작가가 탄생한다는 것은 은총이 아닐 수 없다. 좀더 역설적으로 말하면 전쟁의 역경이 작가 박경리를 탄생시킨 것이다.

이청준 문학의 화해와 사랑

1

4·19 세대를 대표하는 소설가 이청준이 지난 7월 31일 70세의 나이로 세상을 떠났다. 우리나라의 평균 수명이 남자의 경우 79세를 넘겼다고 하는데 우리 시대 최고의 작가가 평균 수명도 못 채우고 우리 곁을 떠났다고 하는 것은 한국 소설의 큰 손실이 아닐 수 없다.

1965년 단편 「퇴원」이 월간 『사상계』의 신인문학상에 당선됨으로써 문단에 등장한 이청준은 김승옥과 함께 한글세대 소설의 두 축을 대표하는 작가로 평가된다. 김승옥이 감수성의 혁명을 일으켰다는 평가를 받는 감성적 작가라면 이청준은 냉정한 문체로 다양한 각도에서 문제의 핵심에 접근하고자 한 지성적 작가로 평가받는다. 그는 지난 43년 동안 「매잡이」「병신과 머저리」「소문의 벽」「선학동 나그네」「서편제」 「개백정」「눈길」「벌레 이야기」「이어도」「살아 있는 늪」「비화밀교」 「잃어버린 말을 찾아서」 등 주옥같은 중·단편들과 『조율사』『자서전들 씁시다』『당신들의 천국』『낮은 데로 임하소서』『예언자』『자유의 문』 『흰옷』『신화를 삼킨 섬』 등 문제의식으로 가득 찬 장편소설을 발표함 으로써 문단의 주목을 받았을 뿐만 아니라 한국 소설의 중요한 축을 담당한 작가로 평가받고 있다. 그의 소설 가운데 상당수의 작품은 작 중인물이 소설을 쓰는 문제와 씨름하는 형태를 취하고 있기 때문에 격 자화되어 있다. 격자소설은 소설가가 자신이 살고 있는 세계와 끝없이 대립하면서 그 갈등을 극복하고자 하는 반성적 사유를 보여준다는 것 을 의미한다. 그렇기 때문에 그의 주인공들은 끊임없이 사유하고 그것 을 무엇이라고 규정할 수 있는지 알맞은 말을 찾으면서, 사물의 핵심 에 직접 다가가기보다는 우회하는 길을 택한다. 그것은 삶을 단순하게 보지 않는 사람만이 갖는 인문주의적 태도라고 할 만한 것이다.

이청준의 소설 세계가 다루고 있는 중요한 주제는 역사의 폭력이고 그가 우리에게 되찾아준 것은 산업화로 잃어버린 어머니와 고향 등이 다. 그것은 이청준의 소설이 한편으로는 우리가 안고 있는 근원적인 문제를 제기하는 문제 제기적 소설이고 다른 한편으로는 그 근원적인 문제로 인해서 어디에도 정착하지 못하고 떠돌고 있는 영혼을 위로하 는 '씻김'의 소설이라는 말이다. 그의 주인공들이 살고 있는 삶은 우리 가 살면서 볼 수 있는 일상적 주변의 그것이지만 그들 각자가 내면에 감추고 있는 아픔은 쉽게 치유될 수 있는 것이 아니다. 왜냐하면 그들 의 상처는 거대한 집단이 개인에게 입힌 상처이기 때문에 어디에도 호 소할 길 없는 것이다. 호소할 길이 없는 상처는 그것을 낫게 할 의사가 없는 상처이며 겉으로 드러낼 수 없는 상처이다. 그것을 안고 있는 개인은 운명처럼 그 아픔을 견딜 수밖에 없다. 이처럼 아픔을 혼자서 견디며 상처를 끌어안고 사는 주인공들은 한이 맺힌 삶을 살면서도 그 한을 풀지 못해 떠돌게 된다. 그들은 자신의 한을 풀 수 있는 곳을 찾아 헤매지만 그들이 정착할 곳은 어디에도 없다. 그들에게는 그들의 지친 삶을 품고 위로해줄 어머니도 없고 그들의 삶의 뿌리인 고향도 없다. 그들의 어머니는 사랑이 없어서 자식으로 하여금 고향을 떠나게 만든 것이 아니라 가난으로 인해서 떠나는 자식을 내버려둔 것이다. 그들은 자신이 고향을 등진 것이 아니라 고향이 그들을 떠나게 만들었다고 생각한다. 도시에서 학교를 다니는 아들은 자신의 부재중에 팔린 집에서 자신을 하룻밤 묵게 하고 싶어 한 어머니의 애틋한 마음을 잘 알고 있을 뿐만 아니라, 아들의 가는 길을 배웅하기 위해 눈길을 걸어왔다 홀로 돌아가야 하는 어머니의 힘들고 외로운 마음을 잘 알고 있다. 주인공은 그 모든 것의 근원에 가난이 도사리고 있다는 것도 잘 알고 있다. 그 때문에 주인공은 "나는 노인에게 빚진 것이 없다"는 역설로써 어머니에 대한 자신의 사랑을 감추고, 고향이 자신을 내쫓았다고 말함으로써 귀향하고 싶은 마음의 결정을 유예시킨다. 이 감춤과 유예의 의식을 치르기 위해서 이청준은 그 많은 작품을 씀으로써 유년 시절의 체험을 고백한다.

2

이청준 소설에 나타난 최초의 충격적인 체험은 '전짓불' 사건이라는 폭력 체험이다. 『소문의 벽』의 주인공에게 '전짓불' 사건은 6·25사변 때 그의 정신에 깊은 상처를 남겨놓는다. '전짓불'을 든 사람은 자신의 정체를 밝히지 않고 어린 '박준'에게 어느 편인지 밝히기를 강요한다. 자신이 '전짓불'을 비추는 사람과 같은 편으로 대답했느냐 반대편으로 대답했느냐에 따라서 살 수도 있고 죽을 수도 있는 부조리한 상황은 이념이 다른 두 체제로 나뉜 분단의 비극이며 동시에 동족상잔의 전쟁이 가져온 비극이다. 자신의 생각이나 이데올로기와 상관없이, 그리고 그 생각과 이데올로기에 관해 토론할 여지도 없이 어느 편이냐에 따라서 삶과 죽음의 갈림길에 설 수밖에 없는 양자택일적인 상황이다. 그의 데뷔작 「퇴원」에서도 '전짓불'과 관련된 폭력이 나타난다. 그는 어린 시절 광 속에 가득 찬 볏섬 사이에 어머니와 누이의 속옷을 깔아놓고 잠을 자는 즐거움을 남몰래 즐긴다. 이 비밀이 아버지의 '전짓불'에 발견되어 주인공은 이유도 모른 채 이틀 동안 갇히게 된다. 어린 시절 폭력의 체험은 「개백정」에서도 충격적으로 나타난다. 마을에 "말씨가 설고 거센 총잡이들이" 나타난 이후 공포 분위기가 지배하는 가운데 나타난 '복술이'의 처참한 모습은 어린 주인공이 체험할 수 있는 폭력 가운데 가장 잔인한 폭력이다.

이러한 폭력으로 인해서 어린 시절 상처를 입은 주인공들은 자신이 살고 있는 세계와 불화에 빠지게 되고 자신의 삶과 관련된 주변 인물들과 어울리지 못한다. 초기의 이청준 소설의 주인공들은 어린 시절의 상처 때문에 자신의 부모 형제와 불화에 빠지고 직장의 동료와 불화에 빠지며 이웃과 불화에 빠진다. 그들은 자신의 의사를 표현할 말을 잃어버리게 된다. 이들이 말을 잃어버렸다고 하는 것은 대단히 상징적이다. 작가는 이들 작중인물을 통해서 폭력 앞에서는 침묵을 지킬 수밖에 없다는 것이 아니라 폭력의 존재가 얼마나 비인간적이고 잔혹한지 말해주고 있고, 동시에 문학의 역할이 그 정체를 밝히는 것이라고 말하고 있다. 얼핏 보면 침묵으로 말하는 것과 같은 역설적인 상황에서 문학의 존재 이유를 찾고 있는 이러한 문학관은 그의 초기 소설의 중심된 주제처럼 보인다. 그의 초기 소설 『조율사』의 화자인 '나', 『소문의 벽』의 주인공 '박준', 「병신과 머저리」의 '형'이 모두 소설을 쓰고자 하는 인물이라는 것은 우연이 아니다. 그들은 "작가는 누가 뭐래도 끊임없이 진술을 계속하지 않고는 살아갈 수 없는 족속"이라고 주장하고 "작가는 언제나 그가 도달한 이념의 문에서 또 다른 다음번의 이념의 문을 향해 끝없이 고된 진실에의 순례를 떠나야 하는 숙명적인 이상주의자"일 수밖에 없음을 인식하고 있다. 작가는 이들을 통해서 글 쓰는 행위가 외부적 상황의 위협에도 불구하고 작가의 윤리적 결단에 의한 것임을 밝힘으로써 지성적 작가로서 삶의 어려움을 토로하고 있다.

그럼에도 불구하고 그의 주인공들이 소설 속에서 소설 쓰는 일에 실패하고 있는 이유는 무엇일까? 이청준은 낭만적 영웅소설을 쓰고 있는 것이 아니라 삶의 구체성 속에 살고 있는 실존적 사실주의 소설을 쓰고 있는 것이다. 「뺑소니 사고」의 기자 '배영달'은 자신이 쓴 허위 금식 기사 대신에 뺑소니 사고 기사가 나간 데 대하여 절망을 느낀다. 「빈방」의 화자 '나'는 신문기자로서 '지승호'라는 하숙집 동숙인의 '딸꾹질' 원인을 찾아간다. 그는 회사의 생산부 직원으로서 충격적인 사건을 경험한다. 노임을 올려달라는 여공들에 의해 조합 책임자로 받들어진 지승호는 여공들의 알몸 시위가 소방 호스의 찬물 세례를 받고 무산된 다음 자신의 입장을 설명할 수 없는 난처한 입장에 빠진다. 그의 딸꾹질은 그 사건을 취재해간 기자의 기사가 신문에 나기를 기다리는 과정에서 시작된다. 그는 11월의 추위에 알몸으로 찬물 세례를 받은 여공들의 사건에서 정신적으로 두 가지 폭력을 경험한다. 하나는 찬물 세례라는 눈에 보이는 폭력이고 다른 하나는 기사가 활자화되지 않는 눈에 보이지 않는 폭력이다. 이청준의 주인공은 진실의 언어화가 금지되자 '딸꾹질'이라는 소리로 언어를 대신한다. 그 결과 신문기자인 '나'마저 딸꾹질의 자초지종을 알게 된 다음 딸꾹질을 시작한다. 그런 점에서 이청준은 말을 하지 못하는 것을 말함으로써 말을 하는 소설가이고, 실패한 소설가를 통해서 소설의 역할을 회복시킨 소설가이다. 그렇기 때문에 그는 말의 폭력화를 피하기 위해 극도로 절제된 언어를 추구한다.

이청준은 진실이 언어화되지 못한 사연들을 가진 사람들의 한을 판소리라는 예술로 승화시킨 작품들을 『서편제』에 수록하고 있다. 말을 잃어버린 사람들을 득음(得音)의 경지에 도달하게 한 이 작품들에서 한의 소리가 폭력화하지 않고 예술로 승화한다는 것은 한의 매듭을 풀어내는 다도(茶道)와 같이 삶에 대한 깊은 화해와 용서의 경지에 이르렀음을 의미한다. 남도 소리의 발견은 이청준 문학이 보다 큰 폭과 깊이를 획득하는 단계로 보인다. 그것은 폭력에 의해 말로 할 수 없는 상처를 입은 사람들이 말로써 한을 표현하는 것이 아니라 소리로써 한을 승화시키고 있기 때문이다. 여기에서 소리는 그 자체가 미적 형식을 지향하는 것이기 때문에 자아와 타자 사이의 대립을 넘어서는 내면적 화해의 길로 들어서는 것이다. 그것은 상처를 운명처럼 받아들인 소리꾼이 맺혀 있는 삶의 한을 소리로 풀어내고 있기 때문이다. 그런 점에서 소리꾼의 득음은, 산을 움직이게 하고 학을 날게 하는 절창에 도달하는 소리의 완성을 통해서 세상의 가치를 넘어서는 것이다. 그것은 「눈길」에서 남에게 팔아버린 고향집을 마지막으로 아들에게 보여주고 아들을 눈길 속에 떠나보내는 어머니가 자신의 내면에 묻혀 있는 한을 풀어가는 방법이다.

『흰옷』에서는 전쟁으로 인한 억울한 죽음, 거기에서 비롯된 가난, 그 속에서 아무것도 할 수 없는 자신의 무능, 한을 품게 한 모든 것을 용서하지 않고는 우리 사회에 떠돌고 있는 죽음의 그림자를 제거하는 길이 없음을 주장한다. 그의 정신은 초기 소설에서 가난의 상징이었던 고향으로부터 쫓겨났다는 탈향 의식을 우리에게 보여주었다면 후기 소설에서는 그를 쫓아낸 고향을 용서하고 그것과 화해함으로써 고향으로 돌아가고자 하는 귀향 의식을 보여준다. 이러한 이청준은 산업화 이후 우리가 잃어버린 어머니와 고향을 되찾게 만든다. 판소리와 마찬가지로 어머니와 고향은 원망과 폭력이 아니라 용서와 포용의 상징인 것이다. 1990년대 초 그와 함께 그의 고향집을 방문했을 때 그의 노모에게 인사를 드리겠다는 우리의 제안을 만류한 그가 치매에 걸린 어머니를 대하는 태도를 보고 우리는 감동하지 않을 수 없었다. 그는 누워 있는 어머니의 귀에 대고 마치 모든 것을 알아듣기나 하는 것처럼 친구들을 데리고 온 사실과 그동안의 안부와 자신의 근황을 자세하게 보고하였다. 그것은 "노인에게 빚진 것이 없다"고 한 소설 속의 이야기와는 달리, 말을 잃어버린 어머니에게 말을 회복시키고자 하는 아들의 지극한 정성 그 자체였다. 그것은 말로써 폭력을 제압하고자 한 작가가 자신에게는 극도로 엄격한 반면에 어머니에게 한없는 관용과 연민을 갖고 있었음을 말한다.

잃어버린 말을 회복시키는 것은 각자에게 폭력이 아닌 자신의 말을 하게 하는 것이다. 『당신들의 천국』은 천형을 받은 것으로 취급당하는 나환자들의 섬을 낙토로 만들 수 있는 것이 새로 부임한 원장의 목소리만으로도, 원생들의 목소리만으로도, 비판적 지식인의 목소리만으로도 가능하지 않다는 것을 입증하고 있다. 입장이 다른 각자가 폭력이 배제된 자신의 말을 회복하고 그 회복된 말들이 조화를 이룰 때 그 섬은 '당신들의 천국'이 아니라 '우리들의 천국'이 된다. 그것은 누구나 자신의 동상을 세우려는 모든 욕망을 철저하게 의식하고 자기 안에서 그 욕망의 뿌리를 뽑음으로써 가능한 것이다. 이러한 통찰에 도달하기 위해 그는 언제나 자신의 욕망의 뿌리와 싸우며 혼자서 사유하는 외로운 삶을 살아온 셈이다.

이청준은 한국 소설사에서 보기 드문 인문주의자이다. 모든 것이 개그화되고 배금주의와 속도 제일주의가 지배하는 정보화 시대에서 그의 인문 정신은 한국 소설이 계승하고 발전시켜야 할 중요한 자산이다. 그의 명복을 빈다.

가난, 폭력, 죽음에 대한 복수
──이청준 초기 소설

1

이청준이 우리 곁을 떠나고 난 뒤 나는 그의 초기 소설부터 다시 읽는
작업을 시작했다. 1980년대 초에 『박경리와 이청준』을 낸 바 있는 나
는 2년 전 대학에서 정년퇴임을 맞이하여 갖게 된 어느 신문과의 인터
뷰에서 두 작가의 1980년 이후의 작품을 분석해서 새로운 『박경리와
이청준』을 내야겠다고 약속했다. 그런데 그 작업을 시작하지도 못하고
있는 사이에 두 작가가 모두 타계해버림으로써 나는 두 작가를 잃은
슬픔도 컸지만 그 약속을 지키지 못한 나의 게으름도 후회스러웠다.
그래서 『흰옷』에서부터 시작하여 『신화의 시대』까지 그 이후의 이청준
의 소설들을 다 읽고 난 다음 나는 이 작품들을 그의 소설 세계 전체

와 관련시키기 위해 이미 내 기억 속에 희미하게 자리 잡고 있는 그의 초기 소설을 다시 들춰보지 않을 수 없었다. 그의 초기 소설은 상당부분 자신이 왜 문학을 하는가, 왜 소설을 쓰는가 등의 근원적인 질문으로 가득 차 있는 것을 확인할 수 있다. 그는 소설을 쓰는 것이 꼭 무슨 이유를 가지고 출발해야 하는 것처럼 생각하는 듯했다. 그것은 대학에 입학하자마자 4·19 학생혁명이 일어나고 그 1년 뒤에 5·16 군사 쿠데타가 젊은 학생들의 꿈과 이상을 빼앗아간 당시의 상황으로 볼 때 소설을 쓴다는 것이, 문학을 한다는 것이 무슨 의미가 있는지 질문하게 했다는 것을 의미한다. 가난과 굶주림으로부터의 해방, 경제개발과 조국 근대화의 기치, 공산주의의 위협을 받고 있는 분단 상황에서의 국토방위 등 주어진 당면 과제 앞에서 문학은 아무런 쓸모가 없는 것처럼 보일 수밖에 없다. 사르트르 식으로 말하자면 배가 고파 우는 아이 앞에서 소설 한 편이 빵 한 조각의 무게도 나가지 못할 것 같은 자괴감, 근대화의 과정에서 벽돌 한 장의 역할도 할 수 없다는 무력감, 전쟁의 와중에서는 총알 하나의 역할도 못한 채 개인의 삶과 죽음을 이야기하는 말의 공허감 속에서 살고 있는 주인공이 소설을 쓰고 문학을 한다는 것에 대해 회의를 갖는다는 것은 당연한 것처럼 보인다. 더구나 소설을 써서 먹고사는 전업 작가로서의 삶이 지극히 어려웠던 당시 상황에서 주인공들은 문단에 등단함으로써 소설가라는 명성을 획득했지만 다른 직업을 갖지 않고는 연명하기 힘들다. 소설가가 다른 직업을 갖는다는 것은 소설에 전념하지 못하고 생계를 보장하는 다른 일을 한다는 것을 의미한다. 요컨대 소설가가 아직 직업이 되지 못하는 현실 속에서 주인공들은 소설이 아닌 다른 일로써 생계를 유지하는 모순된 삶을 살 수밖에 없다. 이 모순된 삶은 주인공으로 하여금 자신이 살고 있는 세계와 불화 관계에 빠지게 만들지만 그것을 통해서 갖게 된 회의는 소설가의 존재 이유를 제공한다. 소설은 그 모순을 드러내고 불화 관계의 존재를 밝혀주는 것이기 때문이다.

약 30년 전 나와 가진 대담에서 작가 이청준은 어린 시절에 목격하고 체험한 가난과 죽음을 극복하여 자유를 획득하는 것을 꿈꾸어왔다고 고백한 바 있다. 그는 자신의 성장 과정에서 세 명의 친형의 죽음과 가까운 친구의 죽음을 목격하고 자신이 살아 있다는 것을 고통스럽게 인식하며 죽음의 위협이 존재하는 현실과 대결할 수 있는 길을 모색하고, 어린 시절 혹독하고 아픈 가난의 기억을 갖고 있음에도 불구하고 그 가난을 벗어나지 못하는 현실에 대한 패배감에 대항할 수 있는 길을 모색하는 과정에서 소설의 길을 선택했다는 고백을 한다. 어린 시절부터 삶의 비애와 패배감에 대한 복수심으로 그는 의학이나 법학이나 공학이 아니라 문학을 선택한 것이다. 그는 가난과 죽음 앞에서 개인의 능력의 한계를 절실하게 인식하고 자신의 패배감이 이념적 삶의 마당으로 바뀔 수 있도록 소설을 씀으로써 자신이 살고 있는 현실에 대해 '복수'를 하고자 한다. 그의 작가 생활 초기의 복수심은 그러나 작가적 연륜이 쌓여감에 따라 중기 이후부터 증오와 폭력으로 가는 것이 아니라 용서와 사랑의 모색으로 발전함으로써 이청준 문학의 꽃을 피운다.

2

이청준의 데뷔작인 「퇴원」에서 주인공은 위의 통증 때문에 의사 친구의 병원에 입원한 환자이다. 유복한 집안에서 성장한 주인공은 주변의 모든 사람과 의사소통이 되지 않는다. 대학 입시에 합격하기를 바라는 어머니가 담임 선생의 도움으로 진학 지도를 해줄 가정교사로 친구를 데려오지만 아버지로부터 구박을 받는 주인공은 아버지의 금고에서 돈을 가지고 가출을 한다. 가출은 수단과 방법을 가리지 않는 아버지의 축재에 대한 복수에 해당한다고 보기 쉽다. 그러나 그것은 그가 아버지로부터 당한 폭력에 대한 반항이며, 프로이트 식의 표현을 빌린다면 신경증 환자들에게서 나타나는 아버지를 부인하는 행동이고, 아버지를 죽이는 행동이다.

소학교 삼학년 때 가을 나는 그즈음 남몰래 즐기고 있는 한 가지 비밀이 있었다. 광에 가득히 쌓아 올린 볏섬 사이에 내 몸이 들어가면 꼭 맞는 틈이 하나 나 있었다. 나는 거기다 몰래 어머니와 누이들의 속옷을 한 가지 두 가지씩 가져다 깔아놓고, 학교에서 돌아오면 그곳으로 기어들어가 생쥐처럼 낮잠을 자는 것이었다. 속옷은 하나같이 부드럽고 기분 좋은 향수 냄새가 났다. 장에는 그런 옷이 얼마든지 쌓여 있어서 내가 한두 가지씩 덜어내도 어머니와 누이들은 알아내지를 못했다. 어두컴컴한 그 광 속 굴에 들어앉아 이것저것 부드러운 옷자락을 만지작거리며, 거기서 흘러나오는 냄새를 맡고 있노라면 그보다 더 기분 좋은 일이 없었다. 그러다 나는 스르르 잠이 들고, 잠이 깨면 다시 생쥐처럼 몰래 그곳을 빠져나왔다.

여기에서 볼 수 있는 것처럼 주인공은 어린 시절, 열려 있는 바깥 세계에 사는 것을 행복하게 생각하는 것이 아니라 닫혀 있는 광 속에서 타인의 간섭과 시선을 받지 않는 혼자만의 순간에 행복을 맛본다. 그것은 어머니의 자궁 속으로 다시 들어가고 싶은 욕망의 표현이다. 이 세상에 태어남 자체를 불행으로 생각하는 주인공은 가능하면 어머니의 자궁에서 세상으로 나오지 않았으면 하는 무의식의 지배를 받아 타인과 단절된 폐쇄된 공간, 혼자만이 즐길 수 있는 따뜻한 공간을 찾아 나선다. 그 공간은 "내 몸이 들어가면 꼭 맞는 틈"으로서 어머니 자궁의 상징이다. 더구나 어머니와 누이들의 속옷이란 "부드럽고 기분 좋은" 것이어서 태아 시절의 가장 행복한 순간을 상기시켜준다. 그가 속옷에서 나는 향수 냄새를 기분 좋은 냄새로 인식하는 것은 이미 사춘기에 들어섰다는 것을 의미한다.

그런데 그의 기분 좋은 의식의 잠을 깨운 것은 아버지의 전짓불이다. 너무 오랫동안 잠들어 있던 그는 아버지의 전짓불 빛을 받고 잠에서 깨어나 아버지의 질책을 받을 것으로 예상했지만 아버지는 아무 말도 하지 않고 광의 문에 자물쇠를 채워버린다. 아버지의 그 침묵이 어떤 언어보다 심한 질책인 것은 그 문이 이틀이나 뒤에야 열렸다는 것으로 입증된다. 주인공은 자신의 의지로 광 속에 들어오고 나갈 수 없는 강제된 구속 상태에서도 문을 열어달라는 요구를 하지 않은 채 그 속에서 이틀 동안 지낸다. 그것은 다른 사람과 소통하기 위해 애를 써야 하는 바깥에서의 생활보다는 그럴 필요가 없는 강요된 광 안에서의 구속 생활이 그에게 더 견딜 만한 것이었다고 짐작하게 만든다. 그의 아버지는 그를 두고 "이틀을 굶겨놔도 배고픈 줄을 모르는 놈"이라고 부른다. 그는 겉으로 "아버지의 말을 따랐다"고 하지만 아버지의 금고에서 돈을 빼내고 가출을 하는 것은 전짓불을 비추는 폭력을 행사한 아버지에 대해 반항하는 것이다. 마르트 로베르는 『기원의 소설, 소설의 기원』에서 신경증 환자의 '가족소설'을 잃어버린 낙원으로 돌아가기 위해 어머니와 아버지를 모두 부정하는 '업둥이'의 단계와 어머니는 인정하면서 아버지를 부정하는 '사생아'의 단계로 나눈다. 마르트 로베르는 업둥이의 경우가 부모의 성 역할을 구분하지 못하는 낭만주의자라면 후자의 경우는 부모의 성 역할이 다르다는 것을 알게 된 사실주의자라고 구별한다. 마르트 로베르의 구별에 따르면 이청준의 주인공은 사생아 단계에 속한다. 왜냐하면 그가 집을 떠난 뒤 들은 아버지의 소식은 부정 축재자로 감옥에 갔다는 것뿐이고 그가 집에 다시 들른 것은 어머니의 부음을 듣고 났을 때뿐이기 때문이다.

가출한 그는 가진 돈의 절반을 친구인 '준'의 어머니에게 넘겨주고 서울을 떠나 유랑 생활을 하다가 뒤늦게 군대에 간다. 군대에서 그는 뱀 잡이로서의 재능을 발휘한다. 뱀 가죽은 장교들의 지휘봉을 만들어주는 데 쓰이고 뱀 고기는 상관들의 보양식으로 쓰인다. 제대 후 1년이 지났을 무렵 속이 쓰린 주인공은 그사이 의사가 되어 개업을 한 준의 병원에 입원 환자가 된다. 그는 의사인 친구나 간호원인 미스 윤이 자기망각증 환자인 자신의 병을 치료하는 것이 아니라 연극을, 무언극을 하고 있다고 느낀다. 그는 "언어가 완전히 소멸된 거기에는 슬프도록 강한 행동의 욕망과 향수만이 꿈틀거렸다. 허나 나에게는 이미 그 욕망마저도 죽어버리고 없는 것 같다. 완전한 자기망각. 그렇게 나는 시체처럼 여기 병실에 누워 있는 것이다"라고 고백한다. 그는 이러한 현실에 복수하기 위해서 입원실을 박차고 밖으로 나온다. "결국 셋이서 따로 따로 속이고 있었던 셈"이라고 하는 말처럼 그들은 서로 의사소통을 하지 못한다. 그러나 그는 퇴원의 순간에 간호원인 미스 윤의 눈에 어리는 눈물을 보면서 자신을 향한 그녀의 진정성을 파악하고 한

번쯤 다시 그 병원을 찾아오리라는 예감을 갖는다. 그것은 어쩌면 그가 그녀와의 소통 가능성을 열어놓은 것이다.

3

이청준 소설의 중요한 테마가 의사소통이 제대로 되지 않는 개인들의 삶에 대한 비극적 인식이라고 한다면, 정신적인 질환을 앓고 있는 환자는 그의 초기 소설에서 중요한 소재가 되고 있다. 「소문의 벽」에 소설가로 나오는 '박준'은 어린 시절 체험한 전짓불의 공포를 토로한다. 데뷔 초에 화제 작을 발표한 그는 주간지에 실린 신문기자와 한 인터뷰에서 문학 행위란 성실한 작가의 자기 진술에 해당한다고 말하면서 다음과 같은 경험을 고백을 하고 있다.

> 6·25가 터지고 나서 우리 고향에는 한동안 우리 경찰대와 지방 공비가 뒤죽박죽으로 마을을 찾아드는 일이 있었는데, 어느 날 밤 경찰인지 공비인지 알 수 없는 사람들이 또 마을을 찾아 들어왔다. 그리고 그 사람들 중의 한 사람은 우리 집까지 들어와서 어머니하고 내가 잠들어 있는 방문을 열어젖혔다. 눈이 부시도록 밝은 전짓불을 얼굴에다 내리비추며 어머니더러 당신은 누구의 편이냐는 것이었다. 하지만 어머니는 그때 얼른 대답을 할 수가 없었다. 전짓불 뒤에 가려진 사람이 경찰대 사람인지 공비인지를 구별할 수 없었기 때문이었다. 대답을 잘못했다가는 지독한 복수를 당할 것이 뻔한 사실이었다. 하지만 어머니는 상대방이 어느 쪽인지 정체를 알 수 없는 채 대답을

해야 할 사정이었다. 어머니의 입장은 절망적이었다. 나는 지금까지도 그 절망적인 순간의 기억을, 그리고 사람의 얼굴을 가려버린 전짓불에 대한 공포를 생생하게 간직하고 있다.

얼굴이 보이지 않는 독자 앞에서 일방적으로 진술을 해야 하는 작가의 어려운 입장을 설명하고 있는 이 경험은 어린 시절에 입은 정신적 상처가 작가의 문학에 흔적으로만 남아 있을 수도 있지만 문학의 내용을 형성하기도 한다는 것을 뚜렷하게 보여준다. 폭력의 상징인 얼굴 없는 전짓불은 진실을 말해야 하는 작가에게 진술 공포증을 일으키지만, 작가는 그 공포증을 이겨내며 폭력의 정체까지도 밝히는 사람이다. 이청준은 그 폭력에 대항에서 싸우는 투사적 인물을 그리는 것이 아니라 그 폭력의 체험으로 고통받고 강박관념에 시달리고 있는 인물을 형상화함으로써 폭력의 정체를 밝히고 그것의 부당함을 드러내며 그로 인한 개인 삶의 비극성을 설득시킨다. 이 작품에 나오는 작가 박준은 「괴상한 버릇」이라는 소설 속의 소설에서 주인공이 "광 속 같은 데로 숨어들어가 잠이 들어버린 척하"는 것을 그리고 있다. 그는 꾸중을 들을 일을 저질렀거나 부끄럽고 난처한 경우를 당하면 다른 사람의 눈을 피해서 골방이나 광 속에 몸을 감추고 잠든 척한다. 이런 '가사의 잠'을 자던 그는 아내의 구박을 받고 난 다음 영영 깨어나지 않는다. 이런 작품을 쓴 주인공 박준은 자신이 미쳤다고 주장하는 강박관념을 가진 환자다. 정신과 병동에서 치료를 받다가 병원을 빠져나온 그는 자신의 작품을 투고한 잡지사 기자인 화자를 한밤중에 찾아와 자신이 쫓기고 있다고 주장한다. 그는 화자와 함께 잠을 자며 전등을 켜놓기를 고집한다. 화자는 잡지사 기자로서 잡지 만드는 일을 동료에게 맡기고 작가인 박준를 치료하는 병원을 찾아가서 그의 치료 과정을 추적한다. 상담과 약물 치료를 병행하고 있는 의사 김 박사는 환자 박준이 진술을 거부하거나 어쩌다 입을 연 경우에도 거짓말만 하고 불안에 떨면서 사람을 두려워한다는 증세를 알려준다.

그 환자가 병실에 들어앉아서도 어떤 땐 꼭 누가 자기를 쫓아와 붙잡아 가기라도 할 듯 벌벌 떨고 있는 걸 보면 아마 이해가 되실 겁니다. 솔직한 말씀을 드리자면 그 환자가 일부러 미친 사람 행세를 하고 싶어 하는 것도 사실은 바로 그런 자기 정체를 숨기기 위한 일종의 보호 조처라고 생각해볼 수가 있어요. 이를테면 그는 다른 사람들이 정말로 자기를 미친 사람으로 인식해줄 때 마음이 편해지는 어떤 묘한 불안감과 비밀을 지니고 있는 거지요.

자기 진실을 말하지 않고자 하는 것은 자기 보호를 위한 것이다. 어린 시절의 전짓불에 의한 정신적 상처를 경험한 그는 자신의 생각이나 의사를 표현하는 것에 대한 두려움을 가지고 있다. 그 표현이나 행동이 무서운 대가를 치를 수 있다는 것을 알고 있는 그는 자신이 미친 사람으로 인식되고 싶어 한다. 미친 사람은 환자이기 때문에 자신의 말이나 행동에 대해 엄격한 대가를 치를 필요도 없고 책임을 지지 않아도 되기 때문이다. 박준의 치료를 맡고 있는 김 박사에 의하면 소설가 박준에게 나타나고 있는 불안 신경증이나 강박 신경증 같은 노이로제 증상은 "어떤 일정한 사물에 대한 반응이나 사고의 과정에서 자기를 극복하지 못하고 있을 뿐 보통 사람과 다를 바 없는 데 반하여 정신병 환자는 어떤 충격 같은 것에 의해서 그의 의식 작용 전체가 질서를 잃어버린 경우"에 해당한다. 그렇기 때문에 진짜로 미친 사람은 자신이 미치지 않았다고 주장하는 데 반하여 박준은 자신이 미쳤다고 주장한다. 박준의 노이로제는 옛날의 충격적인 사건이나 사건의 기억으로 인해 정신적 갈등을 일으키는 경우인데 여기에 자리 잡고 있는 것이 전짓불의 폭력이다. 따라서 그를 치료하는 김 박사는 그의 의식의 심층에 숨어 있는 갈등의 원인을 찾아내고자 그에게 온갖 대화를 시도하지만 성공하지 못한다. 병원에 정전이 되었을 때 전짓불을 들고 간 간호사에게 박준이 발작과 폭력을 감행한 사건은 김 박사에게 박준의 입을 열게 하는 최후의 수단이 전짓불 공포를 이용하는 것이라는 생각을 갖게 만든다. 그러나 이 치료 방법은 박준을 정말 발작하게 하고 병원을 뛰어나가게 만든다. 환자에게 자기 진술을 계속하게 하는 것을 치료 방법으로 생각한 김 박사는 환자의 비밀을 환자 입으로 말하게 함으로써 환자를 치료할 수 있다는 확신을 갖고 있다. 그러나 그 방법은 거짓말 대신에 진실을 이야기하게 한다는 점에서 꾸며낸 거짓말 속에서 진실을 읽어내야 하는 정신분석학의 이론에 정면으로 배치된다. 따라서 거짓말 대신에 진실을 이야기하게 하려는 김 박사의 시도는 실패로 끝날 수밖에 없고 정신과 의사가 할 수 있는 것도 아니다.

　이 작품 안에는 박준이 쓴 소설이 세 편이나 등장한다. 앞에서 언급한 바 있는 화자가 근무하는 잡지에 투고한 「괴상한 버릇」과 R이라고 하는 다른 잡지사에서 연재하다 중단된 「벌거벗은 사장님」과 박준의 누이동생이 화자에게 가져온 제목이 없는 소설이 그것이다. 첫번째 작품은 '현실의 압박 요인'을 외면한 인간성의 비밀인 개인적 습성만 이야기하고 있고, 두번째 작품은 '시대의 양심'을 외면하고 있다는 이유로 잡지 편집자에 의해 발표가 중단된 작품이고, 마지막 작품은 끊임없이 진술을 강요당하는 전짓불의 공포를 체험하고 있는 주인공의 이야기이다. 이 소설 속의 소설인 세 작품을 통해서 화자는 박준에게 진술을 강요하는 것이 얼마나 큰 스트레스이며 그 강요 때문에 진실을 말할 수 없다는 것을 김 박사에게 설득시키려 하지만 실패한다. 어린 시절의 정신적 외상 때문에 진실을 말할 수 없게 된 신경증 환자에게 진실을 말하라고 강요하는 것은 일종의 폭력에 해당한다. 정신과 의사는 신경증 환자가 하는 거짓말에서 진실을 읽어낼 수 있어야 하는 것처럼 소설가는 꾸며낸 이야기를 하는 사람이지만 그 꾸며낸 이야기를 통해서 진실을 이야기하는 사람이다. 마르트 로베르는 신경증 환자가 꾸며내는 가족소설이 그의 감추어진 욕망을 드러내는 것처럼, 꾸며낸 이야기인 소설이 소설가의 무의식적 욕망을 드러낸다는 데 착안해서 기원의 소설 이론을 정립한다.

4

그런 점에서 이청준의 초기 소설에 소설을 쓰는 주인공이 자주 등장하고, 그의 소설이 그 안에 작은 소설을 내포하는 격자소설의 구조를 띠는 것은 당연한 것 같다. 「병신과 머저리」에는 화가인 동생이 화자가 되어 의사인 형과 자신의 관계를 그리고 있다. 이 작품에서 의사인 주인공은 수술의 실패로 '열세 살배기 소녀' 환자를 죽게 만든 다음 의사로서 진료에 전념하지 못하고 밤마다 자신의 밀실에 갇혀서 소설을 쓴다. 그가 쓰는 소설의 소재는 그가 '그토록 입을 다물고 있던 십 년 전의 패잔(敗殘)과 탈출에 관한 이야기'이다. 6·25 때 강계 근처에서 패잔병으로 낙오된 적이 있는 '형'은 함께 낙오되었던 동료를 죽이고 천리 길을 탈출해서 우군에 합류한 경험을 갖고 있으면서도 탈출 경위나 경로를 밝히지 않는다. 그가 술에 취해서 발설한 것은 자신이 동료를 죽였기 때문에 탈출할 수 있었다는 사실이다. 이 사실에 대해서 침묵하고 있던 형이 그 이야기를 가지고 소설을 쓰기 시작했다는 것은 열세 살 환자의 죽음을 통해서 의사로서 자신의 업무를 수행하는 과정에서 또 하나의 실수를 범했다는 자각과 상관이 있을 것이라는 짐작을 가능하게 한다. 그런데 형이 쓰고 있는 소설을 몰래 읽고 있는 화가인 동생은 형의 소설이 진행을 멈춘 상태에서 자신의 그림도 더 이상 그릴 수 없게 된다. 의사인 형이 환자를 돌보는 일보다 소설을 쓰는 일에 더 많은 노력을 기울이는 것은 두 겹의 삶을 사는 형의 모습을 그대로 드러낸다. 겉으로 드러난 직업은 의사인데 실제로는 남모르게 소설을 쓰는 소설가라는 두 겹의 삶은 이 소설의 구조를 이중으로 만든다. 따라서 주된 줄거리가 의사인 형과 화가인 동생의 관계를 표면적으로 그리고 있는 것이라면, 그 격자 안에서 이루어지고 있는 소설은 내면적 줄거리를 형성하면서 소설 바깥의 형제 사이의 심층 관계를 드러내주고 있다.

그런데 소설 속의 소설에서 문제가 되고 있는 것은 6·25전쟁 중에 일어난 낙오병의 이야기라는 점에서 형의 탈출기와 연결되고 있다. "키가 작고 입술이 푸르며 화가 나면 눈이 세모로 이그러지는 독 오른 배암 같은" 오관모 이등중사와 "얼굴의 선이 여자처럼 곱고 살이 두꺼운 편"인 "유순한 얼굴"의 김 일병 사이의 대결에서 화자인 '나'는 매를 맞는 김 일병의 '파란 빛'을 띤 눈빛을 보며 이상한 흥분과 초조감을 느끼고 관모의 매질을 재촉하는 가운데 6·25를 맞는다. 강계 부근에서 중공군의 참전으로 후퇴하는 국군으로부터 낙오병이 된 위생병 '나'와 팔 하나를 잃은 김 일병과 오관모 중사는 동굴 생활을 하며 연명을 한다. 비축해놓은 식량이 떨어져갈 즈음 오관모 이등중사는 김 일병이라는 존재의 '쓸모'를 이야기하며 부상 부위가 썩어가고 있는 김 일병의 사살을 꿈꾼다. 형이 소설 쓰기를 여기에서 중단하고 망설이고 있다는 것을 알고 동생은 자신의 그림을 완성하지 못하고 안타깝게 형이 소설을 끝내주기를 조바심을 갖고 기다린다. 안절부절못하며 형이 동료를 죽임으로써 탈출에 성공하는 것으로 소설을 끝맺기를 기다리던 동생은 드디어 자신이 형의 원고에 손을 댐으로써 소설을 끝맺는다. 참새가슴의 형이 관모가 나타나기 전에 김 일병을 살해하는 것으로 결말짓는다. 화가인 동생은 형의 소설에 이런 결말을 써넣음으로써 자신의 화폭에 손을 댈 수 있게 된다. 그는 의사인 형을 가엾은 사람이라고 평가하며 다음과 같이 말한다.

언제나 망설이기만 하고 한 번도 스스로 행동하지 못하고 남의 행동의 결과나 주워 모아다 자기 고민거리로 삼는 기막힌 인텔리였다. 자기의 실수만도 아닌 소녀의 사망 사건을 자기 것으로 고민함으로써 역설적으로 양심을 확인했다. 그리고 관념화한 하나의 사건을 순전히 자기 것으로 만들어 되씹음으로써 자신을 확인하는 이상한 방법으로 힘을 얻으려는 것이었다.

이러한 형을 동생의 여자 친구 혜인은 '6·25 전상자'라고 낙인찍고 있다. 그것은 형이 의사라는 안정적인 직업을 가졌음에도 불구하고 자신의 직업에 전념하지 못하고 소설을 쓰고 있는 데서 찍힌 낙인이다. 자신의 기억 속에 살인을 했다는 정신적 상처를 갖고 있는 한 그는 살인의 추억에서 벗어날 수 없는 환부를 갖고 있는 것이다. 그런데 다른 남자와 결혼하기로 결정한 다음에 혜인은 '동생'에게 쓴 편지에서 "어떤 일도 선생님은 책임을 지려고 하지 않으셨고, 저는 선생님에게 책임을 지워보려는 모든 노력에서 한 번도 이긴 적이 없"다고 말하면서, "이유를 알 수 없는 환부를 지닌, 어쩌면 처음부터 환부다운 환부가 없는 선생님은 무슨 환자일까요" 물으면서 그 증상이 더 심한 "환부가 어디에 위치해 있는지, 그것이 무슨 병인지조차 알 수 없다는 점에서 선생님의 병은 더 위험한 거"라고 결론짓고 있다. 이런 논리에서 본다면 형은 자신의 행위에 대한 지나친 책임 의식 때문에 살인의 추억에 대한 양심의 추궁을 과도하게 받고 있음을 보여주고 그것으로 인한 상처를 끊임없이 후빔으로써, 자신의 양심을 역설적으로 확인하고 있는 것이다. 반면에 6·25 체험이 없는 동생은 전상과 같은 환부가 없음에도 불구하고 마음의 병을 앓으면서 타인에게 마음의 문을 열어주지 않고 어떤 일에도 책임을 지지 않으려고 한다. 살인의 추억이 없는 그는 자신의 무기력증이 어디에서 오는지 모른 채 형의 소설을 통해 자신의 환부를 치유하고자 한다. 그렇기 때문에 그는 형이 쓰고 있는 소설을 몰래 읽으면서 적진에서의 형의 탈출이 동료의 살해라는 대가를 치르고 이루어졌기를 바란다. 결말을 짓지 못하고 있는 형의 소설을 몰래 훔쳐 읽던 동생은 그리하여 자신이 결말 부분을 형 대신 마무리 짓는다. 그것은 형이 김 일병을 살해하는 것이다. 그런데 형은 동생이 쓴 그 결말 부분을 잘라내고 자신이 끝을 맺어놓는다. 그에 의하면 오관모 중사가 김 일병을 살해하고 나타나자 참새가슴을 가진 형이 오관모 중사를 살해하는 것이다.

이런 결말을 쓴 다음에 형은 의사로서 다시 환자의 진료를 시작할 결심을 한다. 그러한 과정에서 형은 동생의 중단된 그림을 손가락으로 찢고 자신의 소설 원고도 불에 태운다. 그것은 형이 동료를 살해했다는 6·25 전상자의 아픔으로부터 벗어난 것을 의미하지만 동시에 6·25 체험이 없는 동생의 환부는 어디에서 오는지 질문을 던지게 한다. 이 작품의 결말 부분에서 의사인 형이 화가인 동생에게 "이 참새가슴 같은 것, 뭘 듣고 있어. 썩 네 굴로 꺼져!"라고 소리친다. 그것은 대단히 의미심장한 외침이다. 왜냐하면 참새가슴은 원래 군대에서 형에게 붙여진 수식어였기 때문이다. 그런 형이 동생에게 "네 굴로 꺼져"라고 말하는 것은 소설을 쓰기 위해 자신의 골방에 스스로 갇혀 6·25 전상자의 아픔에서 벗어난 형처럼 동생도 그의 골방에 갇혀서 또 다른 소설을 씀으로써 자신의 환부의 정체를 밝혀보라는 권고라고 할 수 있다. 그래야 형이 의사라는 본업으로 돌아올 수 있었던 것처럼 동생도 본업인 화가로 돌아올 수 있기 때문이다. 여기에서 형이 소설을 완성했다고 하는 것은 전상자로서 자신의 내면의 상처를 말로 진술하고 동료에게 진 빚을 말로 갚는 데 이르렀다는 것을 의미하지만, 그 소설을 불태웠다고 하는 것은 작품으로서의 소설을 없애버림으로써 그 상처의 존재를 인정하지 않으려는 그의 무의식적 욕망을 표현하고 있다. 그러니까 작품의 완성에도 불구하고 동료에게 진 빚은 갚아지지 않고 따라서 소설을 끝맺었지만 그것은 실패한 작품이라는 것을 보여주고 있다. 이청준 격자소설은 이처럼 실패한 작품을 소설의 일부로 만듦으로써 완성된 소설이 무엇인지 보여준다.

이청준의 격자소설 가운데 대표작인 「병신과 머저리」가 동생인 화자가 형이 쓰고 있는 소설을 읽음으로써 정신적으로 형과 대결하는 긴장 관계를 뚜렷하게 드러내고 있다면, 「매잡이」는 동일한 제목으로 씌어진 세 편의 소설 제작 과정을 통해서 작가와 대상, 작가와 또 다른 작가 사이의 긴장 관계의 형성과 진전을 보여주는 작품이라고 할 수 있다. 화자가 동일한 제목으로 발표한 첫번째 「매잡이」와 서른여섯의 나이까지 홀몸으로 살아온 민태준이 죽기 전에 화자에게 남겨놓은 「매잡이」와 화자가 민태준의 작품을 읽고 동일한 제목으로 다시 쓰고 있는 「매잡이」가 서로 어떠한 관계에 있는지 알아볼 필요가 있다. 첫번째 「매잡이」는 민태준이 소개해서 찾아가 만난 매잡이 '곽돌'의 비극적 종말을 그린 작품이다. 나이 50이 되도록 일평생 매를 부려온 곽돌이 사냥에 나서면 동네 사람들이 몰이꾼이 되어 토끼나 꿩을 사냥해서 잔치를 벌이던 옛날과는 달리 요즘에는 아무도 매잡이를 따라나서지 않는다. 왜냐하면 꿩이나 토끼 같은 사냥감이 없기 때문이기도 하지만 매를 놓아 사냥하는 것을 재미로 생각하던 시대가 지나가버렸기 때문이다. 매를 자식 삼아 평생을 살아온 곽돌은 벙어리 소년 정식이를 제외하고는 따르는 사람이 없다. 그는 마지막으로 벙어리 소년과 사냥에 나섰다가 실패한 다음, '번개쇠'라는 자신의 매를 날려 보내고 마을의 매잡이를 부려온 '서 영감' 집 헛간에서 쓸쓸하게 죽는다. 이 첫번째 작품은 민태준의 권고를 받고 찾아간 화자가 알게 된 매잡이 곽돌의 이야기만으로 이루어진 작품이다. 두번째 작품은 민태준이 쓴 것으로 '나'라는 화자가 자신의 눈으로 매잡이 곽돌을 서술하는 형식을 갖춘 작품인데 첫번째 작품과 거의 비슷한 내용이다. 이 작품에서 민태준은 곽돌의 죽음까지 다룸으로써 매잡이의 운명을 예언하고 있다. "작품에서의 예언은 작가 자신의 어떤 필연성의 요구"라면 민태준은 곽돌의 운명을 그와 같은 형태의 죽음으로 파악한 것이다. 그것은 「매잡이」라는 작품을 완성하기 위해 민태준이 얼마나 철저하게 취재를 했는지 말해준다. 그리고 그 취재의 철저함은 매잡이 곽돌의 죽음과 일치한 민태준 자신의 자살로 완성된다. 그것은 첫번째 작품을 쓰면서 화자가 민태준의 죽음과 곽돌의 죽음 사이의 연결고리를 찾을 수 없어서 매잡이 곽돌의 이야기로 한정한 이유를 설명해준다. 민태준은 자신이 물려받은 재산을 작품의 취재에 탕진할 정도로 평생을 소설 자료 수집에 보내고도 "한 편의 소설도 쓰지 않은 소설가"로 알려진 인물이다. 따라서 이 두번째 「매잡이」는 민태준의 철저한 취재를 거친 완벽한 작품으로서 작가의 완성을 의미한다. 매잡이 곽돌은 민태준으로부터 "학대와 굶주림과 사역이 당신이 매를 생각하는 방법의 전부"라는 비판을 받았을 때 사냥하는 매의 동작의 '아름다움'이 무엇인지 자신은 알고 있다는 대답을 한다. 그 아름다움을 모르는 사람은 매잡이를 할 수 없다는 것이다. 세번째 작품은 작가 이청준이 「매잡이」라는 제목으로 발표한 작품 자체이다. 그것은 화자와 민태준의 관계에서부터 화자가 「매잡이」라는 작품을 쓰는 과정과 그 세 편의 작품 사이의 상관관계를 모두 한꺼번에 다루는 총체적인 작품으로, 민태준의 죽음과 곽돌의 죽음이 '번개쇠'의 죽음과 일치하고 있는 것을 보여준다. 그것은 매잡이와 같은 전통적인 장인의 사라짐이라는 한 시대의 종말과 관련된 것이다. 소설의 소재를 철저하게 조사하고 장인 정신으로 작품을 완성하는 작가 정신을 강조하고 있는 이 작품은 이청준의 소설 세계를 이해하는 데 열쇠의 역할을 하는 것으로 보인다. 그의 마지막 작품집인『신화의 시대』에 수록된 작품들이「매잡이」의 민태준이 화자에게 넘겨준 '취재 파일'을 소설로 만든 것처럼 보이는 것도 그러한 이유 때문이다.

소설가로서 작품을 쓰지 않는 작가가 등장하는 이청준의 작품『씌어지지 않은 자서전』은 '이준'이라는 소설가가 주인공이다. 여성 잡지사 기자인 이준은 자신이 직장에서 하고 있는 일이나 직장에서 자신에게 요구하는 일이 마음에 들지 않아 사의를 표명하고 열흘 동안 집에서 휴식을 취하고 있다. 그가 원래 근무했던『내외』지는 한때 7만 부나 나가는 종합지로서 현실적 문제를 제기하는 영향력이 큰 지성적 월간지였으나 무슨 이유에선지 발행 부수가 2천 부로 떨어지고 적자를 감당하지 못하게 되자 부피도 400페이지에서 100페이지로 줄어드는 퇴락의 길로 들어선다. 그래서『내외』지의 기자를 사임하고 10만 부의 발행 부수를 자랑하는『새여성』으로 자리를 옮겼으나 잡지의 편집 방향이 여성의 사치와 허영을 고무하는 데 실망해서 잡지 만드는 일에 회의를 느낀다. 그는 열흘간의 휴식 기간을 얻어 회사를 쉬는 동안 매일 다방 세느에 나가서 차를 마시며 다방의 단골손님들을 관찰한다. 다방에는 언제나 같은 자리를 차지하고 나무로 여자의 나신을 깎아 자기 자리 주변에 세워놓고 있는 '왕(王)'이라는 남자가 나와 있다. 그의 얼굴에는 단식하는 사람의 허기가 나타나는데 그 허기는 화자 자신의 어린 시절의 허기를 상기시켜준다. 화자는 끼니를 굶어 허기를 느끼게 되면 그것을 잊기 위해서 어머니가 만들어준 연을 날렸다. 연을 날림으로써 자신의 쓰라린 배 속의 허기를 잊을 수 있었던 화자는 그 후 연을 보면 그 허기를 상기하게 된다. 허기는 화자에게 성장 과정에서 겪은 가난이라는 상처를 대변한다. 그에게 있어서 또 하나의 정신적 상처는 앞에서 언급한 「소문의 벽」의 '박준'이라는 작가에게서처럼 초등학교 4학년 때 체험한 '전짓불' 사건이다. 사람의 얼굴이 보이지 않는 전짓불의 공포는 작가 이준에게는 박준보다 좀더 많은 경험으로 나타난다. 징집 영장 없이 마을 청년들을 잡아가던 당시에 집으로 뛰어든 마을 청년이 다락으로 몸을 숨긴 다음 나타난 경찰의 전짓불에서 전짓불의 공포를 체험했던 화자는 대학 시절 잠잘 곳이 없어서 학교 교실에 자리 잡는 순간 순찰을 도는 경비원의 전짓불에 몸서리치는 공포를 또다시 체험한다. 매일 밤 경비원의 전짓불을 피해가며 교실을 잠자는 곳으로 이용한 화자는 전짓불이 자신의 가난과 관련된다는 것을 깨닫게 된다. 바로 이 가난 때문에 4·19 학생혁명 이후 그는 수많은 시위 행렬에 가담하지 않고 도서관에서 책을 읽을 수 있었고, 5·16 군사 쿠데타가 났을 때 절망감 속에서도 생존할 수 있는 길을 모색하고 군에 입대하게 된다. 그는 학보병으로 군대에 갔다 와서는 6·3 한일 굴욕 외교 사태 때 단식 농성에 가담했다가 경찰에 의해 연행된 경험이 있다. 새로운 직장에서 근무 중에 제복을 입기로 결정하는 순간 그는 회사를 그만둘 생각을 한다. 그는 『내외』 잡지사를 그만둘 때도 회사가 망해가는데도 "그 사람들의 매사에 투철하며 의심하지 않고 치열하게 힘을 집중해가는 그런 분위기에 견디지 못해서였"던 것처럼 "편집국 직원은 명찰을 부착한 회사 제복을 착용하고 집무하라"는 사장의 지시를 견디지 못해서 사의를 표함으로써 획일화가 가지고 있는 폭력성을 극도로 싫어함을 보여준다. "회사의 명예와 단결력의 과시, 그리고 작업 능률 향상"이 회사의 제복 제정의 취지였다면 그는 "통일과 질서 속의 개인은 얼마나 고통을 받아야" 하는지 알고 있다. 화자가 유예 휴가를 결정하는 데 결정적인 역할을 하는 것은 월급쟁이를 하는 동안 출퇴근 버스 안에서 환상으로 만난 '심문관'이다. 그는 화자가 살아온 삶에 대해서 끊임없는 심문을 행한다. 그것은 환각의 형태로 나타나는데, 화자가 자신의 삶에 대해서 회의하고 질문하는 것을 '심문관'에게 심문을 당하는 것처럼 상상하는 것이다. 그 심문은 화자에게 진술을 강요하는 것으로 화자가 자신의 과거를 되돌아보는 계기를 제공한다. 심문관은 나타날 때마다 화자의 과거에 묻혀 있던 사실들을 끌어내고 그것이 어떤 형벌의 대상인지 설명해주며, 언젠가는 '대뇌 절제 수술형'이라는 선고가 내려졌다고 통보한다. 그것은 판단과 비판의 힘을 제거한다는 것으로, 작가에게는 사형선고나 다름없다. 여기에서 화자는 '대뇌 절제 수술' 대신에 '사형선고'를 택하겠다고 한다. 심문관은 열흘 뒤에 형이 집행될 것을 통보하고, 화자는 열흘간의 유예 휴가를 받는다. 그 열흘간의 유예 휴가의 기록만이 화자가 '심문관'에게 고백하지 않은 진실이라는 것을 깨달은 화자는 그것을 새로운 진술로 제시한다. 화자는 신문에 보도된 필화 사건을 보면서 문학작품이란 작가 자신에 의해 끊임없이 검열을 받지만, 작가를 제외하고도 두 부류의 감시자들로부터 늘 시달림을 당한다는 것을 확인한다. "하나는 거의 언제나 그것을 달갑게 생각하지 않는 정치 권력과 다른 하나는 시민 대중이 그것이다". 1년 전에 투고한 소설 원고가 추천을 받아 발표됨으로써 화자는 소설가로 등단한다. 소설가로 등단한 화자는 자기의 심문관에게 자신이 소설을 썼다는 새로운 진술을 함으로써 형 집행을 유예받는다. 소설이 새로운 진술로 인정됨으로써 화자는 사형 선고를 유예받게 된다. 소설이 '가장 성실한 자기 진술 형식이'기 때문이다. 이런 깨달음을 통해서 화자는 "소설 공부를 새로 시작해"보겠다고 함으로써 『씌어지지 않은 자서전』을 끝맺는다. 씌어지지 않은 실패한 작품을 통해서 하나의 완성된 작품을 만드는 것이 이청준 소설의 특징 가운데 하나이다. 그것은 문학이 이청준에게 죽을 수밖에 없는 형 집행을 유예시켜주는 수단이고 구원의 빛이라는 것을 입증한다.

6

『천 하룻밤 이야기』에서 사산조의 왕 샤 플리얄은 아내에게 배신당하고 나서 세상의 모든 여성을 의심하고 증오하여 결혼 다음 날 아침에 신부를 죽인다. 나라 전체에 죽음의 그림자가 휩쓸며 모든 여성이 죽음의 공포에 떨고 있을 때, 한 대신의 딸 셰에라자드는 자진해서 왕비가 되어 3년 동안 매일 밤 왕에게 재미있는 이야기를 들려준다. 왕은 재미있는 이야기를 계속 듣고 싶어서 셰에라자드를 죽이지 않고 천 하룻밤을 보내게 된다. 왕은 이제 왕비를 죽이지 않고 행복한 여생을 보내고 왕국의 모든 여성은 죽음의 공포를 벗어난다. 3년 동안이나 죽음의 그림자가 휩쓸고 있던 아라비아에 이야기로써 죽음의 그림자를 걷어낸 셰에라자드는 폭력을 말로써 제압한 작가의 대표적인 상징이다. 이청준은 가난과 폭력과 죽음이 지배하는 세계에서 작가가 할 수 있는 역할을 셰에라자드의 그것으로 생각하고 있다. 그의 초기 소설에는 유년 시절의 가난과 폭력, 대학 시절의 4·19와 5·16 등에 관한 많은 성찰이 들어 있지만 자신이 결국 소설을 선택한 이유가 밝혀지고 있다. 5·18 광주민주화운동으로 많은 사람들이 희생되었을 때 그는 자신이 그 많은 죽음 앞에서 아무것도 할 수 없음을 부끄러워하고 괴로워한다. 그는 그 고통 속에서 「비화밀교」「잃어버린 말을 찾아서」 등을 발표한다. 그는 말의 무력함 때문에 자신의 작업을 부끄러워하면서도 가난과 폭력과 죽음에 칼로써가 아니라 말로써 집요하고 끈질기게 대항한 한국의 대표적인 작가이다.

II
상처와 극복

염상섭의 문학 세계

염상섭은 1897년 서울에서 출생하고 1963년 서울에서 작고한 서울 토박이 소설가다. 1913년 보성중학을 중퇴하고 도일, 교토 부립 제2중학을 졸업하고 1917년 게이오 대학 영문과에 입학했으나 1919년 고국에서 3·1운동이 일어났다는 소식을 접하고 독립운동에 나섰다가 투옥되었다. 1년여의 옥고를 치른 다음 귀국, 『동아일보』의 창간과 함께 정치부 기자로 활동하며 1921년 동인지 『폐허』를 만들어 김동인의 동인지 『창조』에 대응하는 문학 운동을 펼쳤다.

그의 호가 횡보(橫步)인 것은 술을 좋아한 그의 걸음걸이가 갈지자걸음 같다는 데서 연유한다. 그가 술을 좋아한 것은 군수를 지낸 부친 염규항에게 물려받은 습관이라고 한다. 1926년 그가 두번째로 도일했을 때 그는 원고료에 의존하여 여유가 없는 생활을 하면서도 나도향, 양주동과 함께 자주 술을 마셨다고 한다. 특히 하숙방을 함께 쓰던 양주동의 회고에 의하면 염상섭은 원고료를 받아 한 달 생활비로 주머니 속에 감춰두었다가도 친구들의 술추렴이 촉발되면 한 달 생활비를 하룻저녁에 다 마셔버렸다고 한다. 호주가인 그는 엄청난 주량에도 불구하고 술주정을 하지 않는 사람으로 널리 알려졌다. 염상섭이 이처럼 술을 마시는 것은 그의 소설의 주인공을 연상시킨다. 식민지 지식인의 절망과 방황을 그린 초기의 대표작 「암야」 「표본실의 청개구리」 「만세전」의 주인공들이 번민과 고통 속에 술에 취한 상태에서 국내외를 넘나드는 모습은 그들이 작가의 분신이 아닐까 생각하게 만든다. 그는 이 세 작품에서 '묘지' '무덤'이라는 말로 당시의 암담한 현실을 표현하고 있다. 당대의 선구적 여류 화가 나혜석을 모델로 한 작품 「신혼기」도 처음에는 「묘지」라는 제목으로 발표했다가 출판할 때는 「해바라기」로 개제하였고, 「만세전」도 『시대일보』에 연재할 당시에는 「묘지」라는 제목으로 발표된 것을 보면 그가 자신의 현실에 대해 어떤 인식을 갖고 있었는지 알 수 있다.

이 무덤 같은 현실 속에서 술을 좋아한 염상섭은 상당 기간 언론기관에 근무하면서 소설을 발표하였다. 그와 함께 언론인 생활을 한 유광열 씨는 그가 언론기관에 근무하며 신랄한 비판적 시각을 갖고 있는 것을 보고 소설가보다는 '사회평론가, 정치평론가'로 나갈 것으로 생각할 정도였다. 그는 자존심이 강하고 정의감이 투철해서 불의를 보면 참지 못하고 싫은 일을 하지 않았다. 바로 그러한 성격 때문에 어떤 직장에서도 오래 근무하지 못했다. 『동아일보』 기자 7개월, 오산학교

교사 한 학기,『시대일보』사회부장 2년,『조선일보』기자 3년,『매일신보』기자 2년,『만선일보』편집국장 2년,『경향신문』편집국장 1년, 서라벌예술대학 학장 등을 역임했으나 평생을 가난하게 산 것은 현실과 타협할 줄 모르고 세속적인 유혹에 빠질 줄 모르고 오로지 자신의 소설에만 전념했기 때문이다.

식민지 현실에 대한 날카로운 분석과 깊이 있는 통찰력을 갖춘 염상섭은 한국 현대 소설사에서 춘원이라는 1인 문단의 1세대 작가의 뒤를 이은 2세대 작가에 속한다. 서양의 문학사조에서 계몽주의를 받아들인 춘원에 대항해서 자신 고유의 소설을 쓰고자 한 염상섭은 문예사조사에서는 자연주의를 표방하고 나선다. 그러나 문예사조란 작가들이 창작을 하면서 표방하는 것이 아니라 문학사가나 비평가 들이 시대에 따라 나타나는 작가나 작품의 일정한 경향을 정리하면서 구분하는 것이다. 염상섭이 내세운 자연주의는 서양의 사실주의에 가까운 것으로 춘원의 계몽주의에 대항하기 위해서 내세운 표현에 지나지 않는다. 그의 자연주의 이론을 담은『개성과 예술』에서 '자연주의'라는 말 대신에 주목해야 할 말은 '개성'이다. 나이로 보면 그보다 5년 먼저인 춘원은 그에게 계몽주의로 무장한 거대한 산이나 다름없었다. 춘원이 머지않아 교육을 통한 민족 개조론을 주장하게 될 계몽주의 문학 이론을 통해서 민족을 구한다는 이념적 성격을 띠고 있는 데 대항해서 염상섭은 개성이 문학의 생명임을 내세운다. "개성의 표현은 생명의 유로이며 개성이 없는 곳에 생명은 없는 것이다"라는 주장은 문학의 이념적 집단의식 대신에 개인의 독창성에 커다란 가치 부여를 하고 있는 것이다. 그는 자신이 살고 있는 식민지적 상황에서 개인이 인간적으로 성장해가는 과정을 자세하게 파헤침으로써 개인의 독창적 삶을 형상화하는 것을 문학의 생명으로 생각하고 있다. 그러나 그가 사용한 자연주의라는 용어 때문에 그의 작품의 이해와 해석에 많은 오해를 불러일으킨 것도 사실이다.

그가 첫번째로 발표한 「표본실의 청개구리」에는 유명한 해부 장면이 나온다. 이 해부 장면으로 인해서 19세기 서양의 자연주의 속에서 나타나는 과학주의가 염상섭의 작품 구성에도 중요한 역할을 하고 있다는 오해를 낳은 것이다. 실제로 이 작품은 음울하고 암담한 현실 속에서 자신의 꿈과 이상을 펼쳐볼 수 없는 좌절감에 방황하는 식민지 지식인을 그리고 있다. 모두 10장으로 되어 있는 이 작품에서 제1장에서 제5장까지, 그리고 제10장은 1인칭 소설로 씌어진 반면에 제6장부터 제9장까지는 3인칭 소설로 씌어졌다. 1인칭으로 씌어진 부분에서의 주인공은 화자인 '나' 자신이지만 3인칭으로 씌어진 부분에서의 주인공은 '김창억'이다. 여기에서 주인공 '나'는 7~8개월 전에 고향에 돌아와 술과 담배로 세월을 보내는 인물로서 기분이 침체되어 있다. 아무것도 흥미를 느끼지 못하고 아무런 일도 하지 않음에도 불구하고 '나'는 피로감을 느끼고 신경이 예민해 있다. '나'는 이러한 자신을 발견하고 표본실에서 청개구리의 해부 장면을 연상한다. 화자 자신이 "가혹히 나의 신경을 엄습하여 오는 것은 해부된 개구리가 사지에 핀을 박고 칠성판 위에 자빠진 형상이다"라고 고백하고 있는 것은 자신의 힘으로는 어쩔 수 없는 거대한 힘에 억눌려 있음을 의미한다. 그런데 제6장에서 김창억을 묘사하는 장면에서도 "4개월간의 옥중 생활은 잔약한 그의 신경을 바늘 끝같이 예민하게 하였다"라고 함으로써 '나'

의 신경과 '김창억'의 신경 사이에 유사한 현상이 있음을 말해준다. 김
창억이 불의의 사건으로 옥중 생활을 함으로써 정신적인 상처를 입은
것처럼 '나'도 어떤 사건으로 깊은 상처를 입은 것이다. 이 작품이 발
표되기 2년 전에 3·1운동이 일어났음을 상기할 때 그 상처가 3·1운동
과 관련이 있다는 것을 짐작할 수 있다. 그 아픔은 김창억을 광인으로
만든 것처럼 '나'를 방랑자로 만든다. 이 비극적 숙명을 지닌 지식인들
을 다한다민(多恨多憫)한 인물로 파악한 염상섭은 낙관적 계몽주의를
주장한 당대의 다른 작가들보다 훨씬 탁월한 현실 인식에 도달한 작가
이다. 「표본실의 청개구리」는 그런 점에서 「만세전」과 함께 1920년대
식민지 지식인의 정신적 상황을 깊이 있게 파악하고 철저하게 묘사한
작품이다.

염상섭의 대표작은 동시대에 살고 있는 인물 3대를 그린 「삼대」이다.
여기에는 전통적인 가치관에 사로잡힌 할아버지와, 신식 문물에 휩쓸
려서 자신의 정체성을 파악하지 못한 급진적 개혁을 실천하고자 하는
아버지, 전통적 가치의 일부를 비판적으로 수용하면서도 새로운 문물
에 신중하게 접근하고 있는 온건한 개화주의자 '덕기'와 사회주의적 가
치를 과격하게 수용하고자 하는 급진파 개혁주의자 '병화' 등이 등장한
다. 그들을 통해서 염상섭은 일제의 침략 속에서 전통적인 지주가 당
해야 하는 난관, 신식 문물을 무비판적으로 받아들인 신세대가 겪어야
하는 실패의 경험, 민족주의와 사회주의의 와중에서 자신의 길을 찾고
자 모색하는 지식인의 실존적인 고뇌, 급진적 사회주의 이론으로 무장
되어 있으나 자기모순 속에서 헤어나지 못하는 지식인의 실패를 구체
적인 역사적 문맥 속에서 파악하고 제시하는 탁월한 경지에 이른다.

할아버지 조의관은 봉건적인 지주로서 나라가 외세에 짓밟히고 민족이 식민지 백성으로 전락하는 위기에도 아무런 자각도 없이 전통적인 가치를 추구하여 자신의 가문을 일으켜 세우고자 한다. 조의관은 물려받은 천 냥으로 치부하여 1,250석의 땅과 1만 1천여 원의 현금과 세 채의 집과 정미소를 손자인 덕기에게 물려준다. 그는 기독교도가 된 아들 조상훈과 제사 문제로 대립하여 조상훈을 추방하고, 1905년 일제의 강압으로 을사조약이 체결되는 혼란기를 틈타 고급 관리들이 쓰는 옥관자를 사들이는 데 4백 원, 권문세도가인 조씨 족보에 자신의 이름을 올리고 대동보소(大同譜所)의 간판을 내거는 데 3, 4천 원을 들인다. 이처럼 돈을 주고 양반이 된 조의관은 아들 상훈과 손자 덕기를 최고 학부까지 교육시키고 외국 유학까지 보내서 새로운 사회의 일꾼이 되게 하고자 한다. 그는 임종의 자리에서 아들 상훈에게가 아니라 손자인 덕기에게 금고의 열쇠를 물려주며 다음과 같이 말한다. "그 열쇠 하나에 네 평생의 운명이 달렸고 이 집안 기운이 달렸다. 너는 그 열쇠를 붙들고 사당을 지켜야 한다. 네게 맡기고 가는 것은 사당과 그 열쇠― 두 가지뿐이다." 자신이 살아온 사회가 일제의 식민지가 되는 것도 돌아보지 않고 오직 자신의 가문을 일으키고자 하는 그의 가족이기주의는 전통적인 가치를 숭상하는 보수주의 인물의 형상화로 직결된다.

아버지 조상훈은 새로운 외래 문물에 먼저 눈을 뜨고 그것으로 전통적인 것을 대치시키고자 하면서도 거기에서 야기되는 모순을 고려하지 않았다가 실패와 좌절을 겪으며 아버지 조의관의 불신의 대상이 된다. 그는 미국 유학을 마치고 귀국하여 학교를 세우고, 교회의 지도자가 되고, 민족운동가들을 후원하는 선각자가 되지만, 제사 문제로 아버지로부터 쫓겨난 후 술 마시고 노름하며 색주가에 드나들고 아들 조덕기의 돈을 훔쳐 달아나다 붙잡혀 폐인이 된다. 봉건시대에서 식민지 시대로 넘어오는 과정에서 '어지중간'의 처지에 속한 그는 아버지 조의관로부터 전통과 가문을 지키지 못하는 이단자로 추방되고 아들 덕기로부터 시대의 이단자로 몰려 금치산자가 됨으로써 실패한 개화주의자가 된다.

손자 조덕기는 할아버지와 아버지 사이에서 민족의 암담한 운명을 아파하고 그 시대의 모순을 점진적으로 극복하고자 온건한 개혁을 시도하는 개화파 지식인이다. 그는 할아버지의 전통 사상을 직접적으로 거부하지 않으면서 맹목적으로 순종하지도 않고, 신식 문물의 무비판적 수용으로 자기 세대의 불행과 인격 파탄에 이른 아버지의 실패를 되풀이하지 않는 자기만의 길을 선택한다. 그는 할아버지가 자신에게 부여한 금고지기와 사당지기에 머무는 것을 거부하면서도 할아버지의 재산 상속을 받아들이고, 아버지의 타락을 혐오하면서도 아버지의 석방운동을 벌인다. 그는 급진적 개화주의자인 친구 병화의 사회주의에 동의하지 않으면서도 그의 뒤를 돌보아준다. 그는 친구 병화로부터 부르주아 보수주의자라는 신랄한 비판을 받고도 "무산운동에 대하여 무관심으로 냉담히 방관만 할 수 없고 그렇다고 제일선에 나서서 싸울 성격도 아니요 처지도 아니니까 차라리 일 간호졸 격으로 변호사나 되어서 뒷일이나 보면 좋겠다"고 생각한다. 그는 할아버지로부터 물려받은 가문을 지키면서 아버지의 실패에서 발견한 그 시대의 모순을 극복하고자 점진적인 개혁을 시도하고, 급진적 사회주의자 병화의 변질에서 이념의 공허를 읽어내고 "행복은 현재나 현실적인 것이 아니라 실현의 과정에서 경험하는 불만과 갈망의 노력에서 맛보는 것"이라는 깨달음에 도달한 지식인이다.

이 작중인물들을 통해서 염상섭은 그만이 가지고 있는 독특한 시선으로 한말 세대, 개화기 세대, 식민지 세대의 세계관을 파헤치고 제시한다. 그것은 더구나 한 가족의 역사를 통해서 이루어지고 있기 때문에 당시의 현실에 깊게 뿌리박고 있다. 염상섭은 식민지 시대가 신분 이동의 시기임을 꿰뚫어 보고 양반이 되고자 하는 한말 세대의 집요한 움직임과 그 속에 내재하는 복고주의의 정체를 밝혀내고 있다. 염상섭은 개화기 세대에서 나타나는 신식 교육과 기독교가 외래 사조라는 한계 때문에 토착화되기까지는 비판적 수용의 대상이 되지 않을 경우 자생력이 없다는 것을 예리하게 파헤치고 있다. 염상섭은 당대 사회에 대두되기 시작한 민족주의와 사회주의를 통합시키려는 개량주의자의 입장에서 식민지 이후의 국가에 대한 비전을 제시한 탁월한 소설가의 모습을 보여준다.

그와 동시대의 작가인 김동인은 염상섭 소설의 특징을 "동통(疼痛)과 같은 무게"를 가진 작풍(作風)에서 찾고 있다. 그의 소설 세계는 삶의 마지막 순간까지 쓴 작품들에서조차 "동통과 같은 무게"를 잃지 않은 점에서 "둔중한 산문 정신"의 승리라고 할 수 있다. 문학사가들은 그가 해방 전의 식민지 상황에 대해 부정적 정신을 소유하였기 때문에 동통과 같은 무게를 느끼는 문체를 쓸 수 있었다고 기록하고 있다. 그가 개화기에 중요한 역할을 담당하였던 중인층(中人層)의 현실감각에서 현실에 대한 부정적 정신을 체득하고 그것을 순 경아리 서울 말씨로 표현하였기 때문에 그의 작품이 "동통과 같은 무게"를 지닐 수 있었다는 것이다. "그가 중인 계급의 언어를 유창하게 구사할 수 있었던 것은 중인 계급 특유의 날카로운 현실 파악, 그렇지만 거기에 손을 깊숙이 들이밀 수 없는 한계상황에 대한 인식의 결과이다"라고 문학사가는 기술하고 있다. 그래서 염상섭 소설을 줄거리 중심으로 읽는 독자들은 둔중한 문체 때문에 작품의 재미와 의미를 쉽게 깨닫지 못한다.

한국 문학사에서, 특히 소설사에서 염상섭과 같은 작가의 작품이 있다는 것은 자랑이다. 이러한 작가를 자연주의라는 사조로 묶어서 지식으로만 외우게 할 것이 아니라 그 진정한 문학성을 깨우치고 그 재미를 누리게 하는 것은 오늘의 문학 교육이 해야 할 일이다.

김승옥은 누구인가

— 잃어버린 말을 찾아서

1

이따금 여기저기에서 김승옥을 만난다. 너무나 반가워서 다가가 인사를 나누지만 금방 한계에 부딪친다. 그는 6년 전 뇌내출혈로 쓰러진 다음 반신이 마비되어서 고생을 했으나 온갖 투병의 과정을 거친 다음 건강이 완전히 회복되었다. 겉으로 보기에 아무런 장애가 없어서 함께 늙어가는 건강한 친구를 보는 것 같아 반가운 마음이 앞선다. 그렇다. 건강한 노년기를 함께 보내는 친구가 있다는 것은 얼마나 행복한 일인가! 그러나 가벼운 인사말 이외에는 더 이상 이야기를 나누기 어렵다는 것을 알게 된 나는 깊은 슬픔과 절망을 느낀다. 오랜 재활의 과정을 거쳐 눈에 띄게 회복되고 있다는 것을 알 수 있지만 아직 옛날처럼 자유롭게 대화를 나눌 수 없다는 것을 깨닫게 된 나는 말이 나오지 않는 그의 답답함을 헤아려본다. 오래된 친구와 눈빛과 표정으로만 대화를 한다는 것은 이 소통의 시대에 얼마나 답답한 아이러니인가. 꼭 필요한 말은 몇 마디 필담으로 나누면서 나는 이 천재적인 작가가 자신의 생각이나 감정을 제대로 표현하지 못하는 자신에게 얼마나 절망하고 있을까 생각해본다.

그런데 그의 표정은 의외로 밝고 투명하다. 그의 밝고 투명한 모습은 어떻게 가능한 것일까? 나는 그것이 그의 깊은 신앙심에서 연유한다는 확신을 갖게 되었다. 그의 산문집 『내가 만난 하나님』은 그가 절망으로부터 구원의 빛을 발견한 성령 체험을 신앙 간증의 형식으로 자세하게 서술하고 있다. 여기에서 그는 가난과 부도덕과 거짓과 허위의식으로 가득 찬 세속적 삶 속에서 헤매고 있는 영혼의 고통스러운 신음을 놀라운 감수성으로 형상화시킨 작가의 삶을 떠나 그 모든 것이 기독교 구원의 메시지를 접하지 못한 어리석은 인간의 무지에서 비롯되었다는 신앙인의 삶을 살고 있음을 고백하고 있다. 그는 데뷔작인 「생명연습」에서 자신의 성기를 잘라버린 전도사가 부흥회를 주관한 사실을 두고 하나님의 명령에 의한 것이라고 주장하게 만들었던 작가에서, 옆구리에 들어온 '하얀 손'에 의한 성령 체험을 한 신앙인으로 돌아온 것이다. 그것은 그가 소설 쓰기를 그토록 힘들어했다는 것과 기독교의 입문이 그를 그 고통에서부터 해방시켜주었다는 것을 의미한다.

2

1960년 대학에서 만난 젊은 날의 김승옥은 다른 동급생들과 자주 어울리지는 않았지만, 어쩌다 어울릴 때는 누구에게나 스스럼없이 대하는 특이한 인물이었다. 그 시절의 대학생이 대부분 그러했던 것처럼 우리는 물질적으로 대단히 가난했다. 요즘은 상상도 못하겠지만 여름 한철을 제외하고는 교복 한 벌로 1년을 살았고 8, 90퍼센트의 학생들이 아르바이트라는 이름의 가정교사를 하며 생활을 하거나 용돈을 벌어 썼다. 그는 수업 시간에 자주 빠졌다. 나중에 들은 바에 의하면 초등학교에 다닐 때 아버지를 잃은 그는 홀어머니 밑에서 3형제가 학교를 다녔기 때문에 등록금과 생활비를 벌어야 했다. 이처럼 어려운 환경 속에 살면서도 동시대의 젊은이가 대부분 그랬던 것처럼 그는 '가난'을 자랑으로 생각하지도 않았고 그렇다고 해서 부끄럽다거나 추하다고 생각하지도 않았다. 가난은 삶의 한 양상이었지만 자신이 만들어낸 것이 아니라 그 사회 전체로부터 개인에게 주어진 것이었다. 그래서 어느 시기가 되면 자신이 스스로 극복할 수 있는 것이기 때문에 현재의 가난을 버티고 이기는 것이 중요했다. 김승옥은 대학 생활을 가정교사로 버티면서 때로는 친구 집에서 기식을 하기도 하고, 때로는 자신이 만들던 교내 신문의 사무실 한구석에 기거를 하기도 하고, 때로는 새로 창간된 『경제신문』에 연재 만화를 그리며 생계를 유지하기도 했다.

그런데 어쩌다가 교실에서 친구들과 문학 이야기를 나눌 때 그는 모르는 작가가 없을 정도로 문단의 흐름에 밝았고, 개개의 작품에 대한 이해가 탁월해서 동급생 가운데 문학적으로 가장 성숙한 인물로 보였다. 그가 1962년 『한국일보』 신춘문예에 「생명연습」으로 단편소설 부문에서 당선되었을 때 그는 우리에게 경이로운 존재가 되었다. 같은 해에 김현이 다른 신문 평론 부문에 응모했으나 실패한 것에 비추어 보면 그의 당선은 우리에게는 대사건으로 생각되었다. 그의 당선은 김현에게 『자유문학』 신인문학상에 응모하도록 자극을 주었다. 김승옥의 당선은 문학에 대한 그의 관심이나 고등학교 때 그가 입상한 백일장의 경력을 보면 당연한 것이었다. 그는 당시의 문학청년들에게 압도적인 영향을 미친 신구문화사판 『전후세계문학전집』을 읽었고 특히 일본 편에서 새로운 세대의 일본 작가들에게 심취해 있었다. 그는 반공 반일이 사회적 풍조이던 당시에 자신이 일본에서 태어난 사실을 숨기지 않았고 일본에서 여고를 나온 어머니를 매우 존경하고 있었다. 그의 어머니는 여순 사건 때 남편을 잃고 생계의 어려움에도 불구하고 혼자서 아들 3형제를 서울대학교에 입학시킨 분으로 그의 절대적 존경의 대상이었다. 그는 친구들과 어울려 술을 마시다가도 어머니 이야기가 나오면 진지해져서 우리들을 숙연한 분위기에 사로잡히게 만들었다.

3

그보다 몇 달 늦게 문단에 나온 김현이 어느 날 내게 김승옥과 함께 동인지를 만들어보자고 제안하여 김승옥을 따로 만났다. 처음에 김승옥은 우리의 제안에 다소 의아한 표정을 짓더니 우리의 진지한 이야기를 듣고 반가워했다. 우리 세 사람은 동인지 만들자는 데 즉각적으로 의견의 일치를 보았다. 김현이 겨울방학에 목포에서 만난 최하림을 우리에게 소개시켜주고 『조선일보』 신춘문예에 시로 당선한 그를 합류시켜 네 사람이 함께 동인지 『산문시대』를 시작하기로 했다. 첫번째 호를 준비하는 과정에서 나는 동인지에 대한 전문적 식견을 가진 그들과 의견이 맞지 않아 빠지고 그들은 세 사람의 작품으로만 첫 호를 냈다. 그들이 만든 동인지를 보며 내 판단이 잘못이었다는 것을 깨닫고 나는 2호부터 다시 참가했다. 원래 '산문시대'라는 이름을 제안한 것은 김승옥이다. 김현은 '질주'라는 이름을 제안했지만 문학청년 냄새가 너무 난다는 반대에 부딪쳤다. 독일의 '질풍노도' 운동과 이상의 시에서 영감을 받은 '질주'는 그 자체가 강렬한 이미지를 갖고 있지만 길게 보면 '산문시대'와 같은 평범하면서도 현대문학의 특징을 드러내는 이름이 동인지 이름으로 더 적합하다는 데 의견의 일치를 보았다. 우리는 방학 때마다 전주에 내려가 한 달씩 하숙을 하며 출판사에 나가서 동인지의 교정을 보고, 저녁이면 하숙집 마당의 평상에 앉아 문학적 담론을 주고받거나 술추렴을 하며 즐거운 시간을 보냈다. 김승옥은 우리 가운데 유행가를 가장 많이 알고 있었고 제일 잘 불렀다. 그의 목소리는 남인수를 능가한다고 평가받을 만큼 미성에다가 바이브레이션이 뛰어났다. 주량이 세지 않은 그는 술 몇 잔을 마시면 기분이 좋아져서 밤새도록 유행가를 불렀다. 내가 알고 있는 유행가의 상당 부분은 그에게서 배운 것이었다. 우리가 『산문시대』를 전주에서 내게 된 것은 전주의 가림출판사 김종배 사장의 배려 덕택이었다. 최하림과 안면이 있던 김종배 사장은 우리들의 동인지 발간 계획을 전해 듣고 종이만 사오면 자신이 조판비, 인쇄비, 제본비를 맡아주겠다고 약속했다. 종이 값만 있으면 활판 인쇄된 책으로 동인지를 낼 수 있다는 말을 듣고 김현이 목포에서 구세약국을 하고 있는 부친에게서 종이 값을 얻어왔다. 김승옥은 우리 가운데서 책의 제작에 가장 많은 지식을 가지고 있었다. 그는 『산문시대』의 판형을 변형 국판인 크라운판으로 정하고, 세로쓰기 조판이 보편화되어 있던 당시에 우리나라 최초로 가로쓰기 체제로 조판하고, 표지화는 파울 클레의 그림을 흑백으로 사용하고, 제본은 프랑스 갈리마르 출판사의 책에서 볼 수 있는 재단되지 않은 형식을 갖추기로 하는 데까지 모든 결정을 주도했다. 재단되지 않은 책은 독자가 읽을 때 칼로 잘라서 읽을 수 있는 프랑스풍의 제본 방식이었다. 창간호를 이상에게 바치기로 한 우리는 한글세대가 만드는 동인지 『산문시대』가 한국어의 실험실이 되게 하고자 함으로써 한국 문학의 전위를 자처하였다. 그 당시 우리 문단은 『현대문학』『자유문학』이라는 두 문학 월간지와 『사상계』『세대』라는 종합 월간지가 주요 발표 지면으로 자리 잡고 있었으나 당시 대학에서 문학 공부를 하고 있던 새로운 세대들은 도덕적 상상력과 인본주의로 세계를 이해하려는 당시의 기성 문학에 식상해 있었다. 해방 후 처음으로 한글을 배우고 한글로 사유하고 한글로 글을 쓰기 시작한 새로운 세대들은 그들만의 새로운 감수성으로 삶과 세계에 대한 새로운 인식에 도달하고자 하는 열망을 갖고 있었다. 『산문시대』는 그 열망에 부응하고자 한국 문학의 전위를 표방하였고 그 전위에 김승옥의 소설이 화려하게 등장한 것이다. 김승옥은 「건(乾)」「환상수첩」「누이를 이해하기 위하여」 등의 탁월한 작품을 발표했으나 당시에는 크게 주목받지 못했다. 그것은 『산문시대』가 이름 없는 대학생들의 동인지라는 이유에서였던 것 같다. 그러나 제4권을 낸 1964년에는 김승옥이 이미 문명을 떨쳐서

『사상계』를 비롯한 당시의 일류 잡지로부터 원고 청탁이 쇄도하여 청탁받은 만큼 작품을 써내지 못해서 애를 먹었다.

4

그 가운데 기억에 남는 에피소드는 「무진기행」에 관한 것이다. 김승옥은 『사상계』로부터 원고 청탁을 받아놓고 원고를 끝내지 못해서 쩔쩔매고 있었다. 우리는 동인지 4호를 준비하느라고 전주에서 여름방학을 보내고 있었다. 동인지 원고가 조판이 되고 교정지가 나오면 우리는 그 자리에서 교정을 보고 다음 교정지가 조판되기를 기다리고 있었다. 그런데 김승옥은 『사상계』에서 청탁받은 작품이 끝나지 않아 혼자서 하숙집에 남아 있었다. 『사상계』의 원고 마감일이 여러 날 지난 어느 저녁에 김승옥이 드디어 원고를 끝냈는데 자신이 없다며 그 작품을 낭독할 테니 우리들에게 평을 하라는 것이었다. 그는 자신의 작품을 낭독하는 재능도 타고나서 그가 낭독하는 동안 우리는 숙연하게 경청했다. 그 작품이 한국 소설사에서 김승옥 신화를 만들어낸 「무진기행」이었다. 우리는 그 작품을 지나치게 신파 같다고 평하면서 터무니없이 낮게 평가했다. 사실 한 편의 소설을 혼자서 조용히 읽는 것이 아니라 작가의 낭독을 통해서 여러 사람이 함께 듣는다는 것은 그 작품을 제대로 읽는 것이 아니다. 뒤에 그 작품을 꼼꼼하게 다시 읽어본 결과 안개가 잔뜩 낀 모습을 간밤에 진주한 적군으로 비유한 것이라든가 무료한 시골 생활에서 느낀 절망을 벗어나고자 한 여선생이 온몸으로 덤벼드는 모습을 '조바심'으로 표현한 것이라든가 고시에 합격해서 세

무서장으로 지방의 유지 노릇을 하며 거드름을 피우는 모습을 예리하게 포착한 것이라든가 인물 하나하나가 살아서 움직이는 그 작품이 많은 독자에게 감동을 준 이유를 알 수 있었다. 김승옥은 『사상계』 편집장을 맡고 있던 소설가 한남철 씨에게 편지와 함께 그 작품을 우송하였다. 그는 편지에서 약속된 마감을 지키지 못한 것을 사과하면서 이제야 작품이 끝나서 동봉한다는 사실을 적고 혹시 마음에 들지 않으면 싣지 않아도 좋다고 하고 다음에 더 좋은 작품을 써서 보내겠다고 약속했다. 그는 작품에 대해서 부끄러워하며 자신감이 없지만 미흡한대로 보낸다는 겸손의 편지를 썼다. 그런데 그 작품이 발표되자 신문마다 그의 사진과 함께 그 작품을 소개하는 글을 실었고 평론가들로부터 엄청난 찬사를 받았다. 그는 하루아침에 스타가 되었다.

5

「무진기행」의 주인공 윤희중은 시골에서 의미 없는 삶을 살고 있다는 것을 의식하고 자신에게 실망한 채 서울로 올라갔다가 돈 많은 과부를 만나 결혼한 사람이다. 그는 휴양차 시골에 내려가서 옛날의 친구들을 만난다. 그가 만난 사람들은 고시에 합격해서 세무서장이 된 조 씨, 음악 선생으로 따분한 시골 생활을 벗어날 꿈만 꾸고 실제로는 아무런 행동도 보여줄 수 없는 하인숙, 후배로서 순박한 마음을 잃지 않고 하인숙을 사모하는 박 씨 등으로, 그가 시골을 떠나기 전에 가지고 있던 과거의 쓰라린 추억의 편린들을 보여주고 있다. 그 편린들은 제약회사 전무로 자신이 몸담고 있는 사회 속에 깊이 뿌리박고 있다고 생각한 그로 하여금 스스로 삶이 진정성을 얻고 있지 못하고 허위의 식 속에 빠져 있다는 자각을 하게 만든다. "안개만이 유일한 명물"인 고향에서 주인공이 다시 발견한 것은 망각 속에 묻혀 있는 자신의 과 거 모습이다. 그 모습을 대변하고 있는 인물이 성악을 전공한 여교사 하인숙이다. 그녀는 "어떤 개인 날의 그 절규보다도 훨씬 높은 옥타브의 절규"로「목포의 눈물」을 부른다. 그 노래에는 "머리를 풀어 헤친 광녀의 냉소"와 "무엇보다도 시체가 썩어가는 듯한 무진의 그 냄새"가 스며 있어서 자신의 쓰라린 과거를 연상시킨다. 그는 하인숙과 정 사를 벌임으로써 참담한 과거를 철저하게 되살리고자 한다. "한 번만, 마지막으로 한 번만 이 무진을, 안개를, 외롭게 미쳐가는 것을, 유행가 를, 술집 여자의 자살을, 배반을, 무책임을 긍정하기로 하자. 마지막으 로 한 번만이다"라고 다짐하는 주인공의 의식은 서울에 가서 출세한 자신의 정체성을 확인하고 싶은 것이다. 주인공은 왜 '한 번만'을 강 조하는 것일까? 그것은 그 행위 자체에 대한 이성적 판단과 본능적 욕 망 사이에 자기기만이 작용하고 있다는 것을 보여준다. 그는 자기기만 을 통해서라도 과거의 자신을 명징하게 확인함으로써 다시는 그 과거 로 돌아가지 않겠다는 의지를 드러내고 있다. 그럼으로써 그는 자신의 과거와 완전히 결별하고자 하는 아이러니를 보여준다. '마지막으로 한 번만'이라고 강조하는 것은 이성의 자기검열을 피하고 본능의 욕망에 자신을 맡기고자 하는 하나의 방편이다. 그 한 번의 긍정은 사회적 지 위를 보장받고 있는 주인공으로 하여금 회오와 절망의 삶의 모습을 다 시 보게 만든다. 그는 그러한 삶으로부터 도망치듯이 무진을 빠져나오 면서 부끄러움을 느낀다. 그 부끄러움은 이중적이다. 한편으로 그것은 시골 사람들의 회오와 절망의 삶에서 삶의 진정성을 발견한 데서 기인하고, 다른 한편으로 서울에서 출세한 자신이 과거의 회오와 절망의 삶 위에 군림할 수 있으리라는 기대를 갖고 있었으나 정작 그 삶의 현장과 맞부딪치는 순간 거기에서 헤어날 수 없으리라는 공포감을 떨쳐버릴 수 없었던 데 기인한다. 그가 가지고 있던 기대는 일종의 허위의식에 지나지 않다는 것을 깨닫는 순간 그는 심한 부끄러움을 면할 수 없었던 것이다. 그의 소설을 읽은 독자들은 아마도 자기 안에 감추어져 있는 허위의식을 발견하고 부끄러움을 느꼈던 것 같고, 그래서 골방에서 남몰래 그의 소설을 읽으면서 탄식을 하며 감동을 체험했던 것이다. 시골에서 이름 없이 산다는 것이나 서울에서 출세해서 산다는 것이나 삶의 비루함은 마찬가지라는 이 허무의식은 작가 김승옥이 평생 싸워온 극복의 대상이다.

그렇기 때문에 그다음 해 발표해서 그를 한국 최고의 작가로 평가받게 한 「서울 1964년 겨울」에서 주인공들은 자신의 삶에 대한 진지한 질문을 던지는 것이 아니라 삶을 초현실주의적 언어로 회화시키고 있다. 이 작품의 주인공 '나'는 하숙생으로서 서울의 어디에도 뿌리박지 못하고 밤거리를 헤맨다. '나'는 밤거리에서 "도수 높은 안경을 쓴 안이라는 대학원 학생"과 "정체는 알 수 없지만 요컨대 가난뱅이라는 것만은 분명하여 그의 정체를 꼭 알고 싶다는 생각은 조금도 나지 않는 서른대여섯 살짜리 사내"를 만난다. 여기에서 서른대여섯 살짜리 사내는 타인 속에 함몰되어 있는 자신을 자기로 느끼지 못하는 자기기만 속에 살다가 그 기만이 벗겨지자 자살하고 만다. 대학원생인 안은 허무주의자로서 모든 삶이 자기기만이라는 것을 알고 있다. 그는 자기 존재만이 확실한 것일 뿐 모든 것이 자신이 확인할 수 있는 경우에만 존재한다고 믿는다. 그래서 그는 밤마다 시내를 떠돌아다니며 무의미하고 하찮은 행동을 통해 사물의 존재를 확인하고자 한다. 이들에 비해 화자인 '나'는 자살한 사내처럼 확신을 갖고 살지도 않고 대학원생 '안'처럼 의심을 갖고 사는 회의주의자도 아니다. 작가는 여기에서 삶이란 살 만한 가치가 있는지 질문을 던지면서 자신의 삶의 무게를 힘들어하고 있지만 그러나 모든 것이 시간의 흐름으로부터 자유로울 수 없다는 기대 속에 자신을 맡기고 있다. 이 작품을 쓸 당시의 김승옥은 아르바이트를 하며 서울 거리를 헤매면서 허위적인 삶과 삶의 우연성과 미래의 불확실성이라는 근원적인 문제와 마주치고 그것과의 싸움을 하고 있었던 것 같다. 이 작품으로 그가 1965년도에 『사상계』에서 시행하는 동인문학상을 수상한 것은 삶에 대한 그의 인식과 표현이 새로운 감수성으로 이루어진 한국 소설의 성과로 인정받은 것이다. 문단에 등단한 지 3년 만에 동인문학상을 수상한 것은 유례가 없는 일이다. 그는 문학적 화제의 중심에 섰고 모든 문학지와 종합지, 월간지와 계간지로부터 원고 청탁을 받았다.

6

그러나 이미 발표된 열대여섯 편의 작품에서 이미 확인할 수 있는 것처럼 그는 다작의 작가는 아니다. 그의 작품은 섬세한 감각을 꼼꼼하고 치밀하게 표현하는 그의 문체에 의존하는 바가 크기 때문에 줄거리만 만들면 써지는 것이 아니다. 그는 고도의 집중력을 발휘해서 삶의 매 순간을 가장 정확한 감각으로 느낄 수 있는 표현을 찾아 썼다가 지우고 다시 쓰는 첨삭 수정의 과정을 거치는 과작의 작가다. 1965년 동인문학상 수상 이후 그가 발표한 작품이 모두 여섯 편에 지나지 않는다는 것은 그가 매 작품 한 편 한 편에 기울인 노력이 얼마나 컸었는지 짐작하게 한다. 그는 청탁받은 원고를 쓰기 위해서 매일 밤을 꼬박 새며 살았지만 완성된 원고는 극히 드물었다. 12년 동안에 그가 발표한 작품은 「다산성(多産性)」「내가 훔친 여름」「60년대식」「야행」「서울의 달빛 0장」 등이었다. 이 시기에 그는 결혼도 하고 슬하에 두 아들을 두게 되었으나 소설로써 생활해야 하는 삶이 고달플 수밖에 없었다. 다행하게도 그는 자신의 「무진기행」의 각색을 맡은 것이 계기가 되어 영화계에 뛰어들었다. 김동인의 「감자」를 자신이 각색하여 감독까지 맡았고 1968년 「장군의 수염」을 각색하여 대종상에서 각본상을 수상하기도 했다. 음악·미술·만화 등 다양한 분야에서 천재적인 재능을 보인 그는 영화 대본이 부족한 영화계에서 귀중한 존재가 되었다. 영화계에서는 그가 쓴 각본을 얻기 위해 줄을 설 정도였다. 그 덕택으로 이 시기에 그는 생활비 걱정을 하지 않고 살았던 것 같다.

그러나 그는 소설가로서의 자신을 되찾아야 한다는 내면의 욕구에 시달리지 않을 수 없었다. 그는 끊임없이 소설을 써야 한다는 의무감에 시달리며 새로운 작품을 구상한 결과 1977년 「서울의 달빛 0장」을 발표하고 문학사상사 제정 제1회 이상문학상을 수상한다. 이 작품은 '김승옥이 돌아왔다'는 기대를 문단에서 받았다. 이 작품도 우리가 빠지기 쉬운 소시민적 삶의 미로에서 헤매고 있는 주인공을 다룬다. TV 탤런트와 결혼한 주인공은 저명한 미모의 여자를 아내로 맞아 살고 있는 삶의 허구성을 깨닫는 순간 이혼을 결행한다. 주인공은 부부가 살던 아파트를 팔아서 그 일부를 남이 된 아내에게 주고 자신은 자동차를 산다. 주인공의 엉뚱한 행동은 그의 일상적 삶 전체를 걸고 있기 때문에 장난으로 보이지 않고 절망적이고 비극적으로 보인다. 그러나 마지막 장면에서 코피를 쏟으며 자신에게서 받은 통장을 찢어버리고 떠난 아내에게서 주인공은 어떤 진실을 발견한다. 그것은 가난한 친정을 위해 유명해지고 몸을 팔 수밖에 없었던 아내의 처절한 삶의 발견이다. 그 삶은 일상적 삶과 싸우는 데 지친 주인공에게는 일종의 구원의 빛이다. 아내는 그 빛을 보여주고 떠난 것이다. 아마도 그 때문에 이 작품에 '0장'이라고 썼을 것이다. 그다음 이야기가 1장, 2장, 3장⋯⋯ 이런 식으로 계속될 것임을 작가는 예고하고 싶었던 것 같다. 그러나 그 예고는 실현되지 않았다.

7

그가 1980년 『동아일보』에 연재를 시작한 장편소설 「먼지의 방」은 어쩌면 그 예고의 실현을 시도한 것일지 모른다. 불행하게도 이 작품은 연재 15회 만에 중단된다. 작가는 중단의 사유가 광주 사태로 인한 집필 의욕 상실에 있다고 고백한다. 그 시대는 신군부가 무력으로 정권을 잡은 시기이기 때문에 많은 작가들이 절망적 상황에서 방황하던 시기이다. 실제로 1980년대 초에는 소설이 위축되고 시가 새로운 실험을 통해 단연 활기를 띠었다. 1980년대 초 「먼지의 방」 연재를 중단하고 만난 그는 완전히 피폐해져 있었다. 잘 마실 줄도 모르는 술을 매일 마시고 친한 친구들에게도 자주 시비를 걸며 불편한 심기를 드러냈다. 나는 문단의 화려한 총아로 각광을 받던, 수줍음과 예민함을 동시에 갖춘 1960년대의 그를 생각하며 가슴이 아팠다. 뛰어난 작가가 그런 식으로 무너진다는 것은 너무나 안타까운 일이었다.

나는 그가 이십대, 삼십대 때 원고 마감 기일을 지키기 위하여 밤새 우고 난 다음 날, 전날 밤에 쓴 원고를 휴지통에 찢어 버린 후 민망하고 허탈한 표정을 하고 빈손으로 나타나는 그를 여러 번 보았다. 그때마다 창작이 작가에게 얼마나 큰 고통을 주는 것인지 어렴풋이 짐작이 되던 시절을 기억의 밑바닥에서 끌어올린다. 그때마다 그는 작품을 완성하지 못한 자신을 자책하며 괴로워했고 마감을 지키지 못한 것을 민망해했다. 그는 삶의 부조리와 인간의 유한성, 그리고 그러한 운명을 타고난 인간이 산다는 것은 무슨 의미가 있는지 질문하며 회의와 방황과 고통의 삶을 형상화하는 것을 작가의 사명으로 인식하고 그것을 새로운 감각으로 표현하고자 자신의 전 존재를 투영하는 모습을 보여주었다. 잡지사나 신문사에서 그가 원고를 끝내주기를 기대하며 그당시로서는 작가에게 호화롭게 보이는 호텔 방을 잡아주었지만 그는 뜬눈으로 밤을 새우고도 원고를 끝내지 못하고 까칠한 얼굴을 하고 빈손으로 호텔 방을 나선 적이 한두 번이 아니었다.

그 후 그는 새로운 소설을 쓰지는 못했지만 잡지사 주간과 대학 교수로서 비교적 안정된 생활을 하는 것 같았다. 그런데 1981년 어느 가을날 그가 아주 편안한 얼굴로 나타났다. 예수님의 하얀 손이 자신의 아픈 배를 낫게 해주었다는 성령 체험을 고백한 그는 기도원과 신학교와 교회를 전전하며 기독교에 깊이 빠져들었다. 20여 년 동안 문학에서 자신의 구원을 얻고자 했던 그는 광주 사태 이후 세속적인 영화가 모두 헛되다는 것을 깨닫고 기독교에 귀의했던 것 같았다. 그가 2003년 병마로 쓰러졌을 때 나는 인생의 허무를 그토록 철저하게 느껴본 적이 없다. 그는 또다시 기적적으로 병마를 이기고 건강을 회복했다. 그의 맑은 얼굴을 보면 젊은 날의 작가 김승옥이 곱게 늙어가며 새로운 작가로 다시 태어날 것 같은 예감이 든다.

그런데 그는 아직 친구와 편안하게 대화할 만큼 회복되지 않았다. 어눌해서 친구들과 자유롭게 대화하기 어려우면서도 그는 밝은 표정으로 웃음을 머금고 필담으로라도 자신이 하고자 하는 말을 전하고자 한다. 그의 소설이 한국 소설에 미친 영향을 생각한다면 그의 문학은 여기에서 끝날 수 없다. 예리하고 섬세한 그의 감각이 새로운 언어로 표현될 때 한국 소설은 더욱 풍요로울 것이기 때문이다. 그가 다시 새로운 소설을 쓰기를 기다린다. 그의 건강이 그만큼 완전히 회복되기를 고대한다.

『객주』의 현대적 가치

1

『객주』가 씌어진 것이 1970년대 말에서 1980년대 초라고 한다면 지금 부터 한 세대 전이라고 할 수는 있지만 그것을 '현대적'이 아니라고 할 수는 없는 것 같다. 그사이에 한 세기가 달라졌으니 '20세기'에 나온 작품에 대해서 '21세기적 가치'라고 하면 논제가 성립할 수 있을 것 같 다. 통상적으로 말하면 한 세대 전 작품은 동시대의 작품으로 간주하 기 때문에 이미 '현대적' 작품으로 간주되고 그렇게 불린다. 그럼에도 불구하고 여기에 '현대적 가치'를 강조하고 있는 것은 이 작품이 19세 기 말을 배경으로 한 역사소설이라는 인상을 주기 때문인 것 같다. 실 제로 이 작품은 조선왕조 말기에 역사적으로 큰 역할을 한 '보부상'들의 이야기다. 보부상이란 봇짐장수와 등짐장수를 일컫는 말인데 조선 왕조 때 그들은 나름의 규율과 신의를 지키는 조직으로 발전하여 나라에 식량을 공급하거나 통신을 담당하기도 함에 따라 정부로부터 전령과 치안을 위임받기도 했다. 이들의 존재와 역할에 관해서 역사는 여러 가지 평가를 내리고 있지만 이들의 이야기를 소설로 만든 것은 김주영의 『객주』가 처음이다.

그런 점에서 이 작품은 19세기 보부상의 이야기를 소설로 복원한 역사적 의미를 갖는다. 따라서 이 당시 사람들이 무엇을 먹고 살고 어떻게 입고 살았는지 보여줄 뿐만 아니라, 어떤 어법으로 말을 하고, 인간관계를 지배하고 있는 원리는 무엇이며, 반상 관계와 남녀 관계는 어떤 것이었는지 알 수 있게 해준다. 요컨대 한 세기 전 개인들의 일상생활의 세세한 풍경에서부터 그 사회 전체가 지향하는 이데올로기에 이르기까지 이 작품은 거의 완벽하게 복원해줌으로써 우리가 잊고 있거나 모르고 있던 과거의 모습을 되돌아보게 한다. 우리가 살고 있는 현재의 삶이 제대로 된 삶인지 알 수 없고 미래의 삶이 어떤 것인지 예측할 수 없을 때 우리는 우리의 과거를 되돌아본다. 과거의 거울에 비추어서 현재 삶의 모습을 파악하고 미래의 삶을 내다볼 수 있기 때문이다. 우리가 과거를 알고자 하고 역사를 배우고자 하는 까닭이 여기에 있다. 소설가는 역사의 공적 기록에 드러나지 않은 개인의 삶을 재구성함으로써 인간과 사회에 대한 이해와 새로운 해석에 도달하는 것을 목표로 작품을 쓴다. 이 작품을 통해서 작가는 이미 잊힌 한국어를 끌어내서 현대어를 더욱 풍요롭게 할 수 있는 가능성을 열어놓았고, 이제는 볼 수 없는 생활의 풍속을 되살려놓음으로써 오늘의 생활 풍속의 뿌리를 확인하게 한다. 가령 각설이타령, 방아타령, 곰보타령, 양반타령, 약타령, 짚신타령 등 무수하게 많은 타령을 복원한 것은 우리말의 풍부한 표현과 리듬을 되살려놓은 것이며, 그들이 여인숙이나 장터에서 우연히 만나서 주고받는 대화나 수인사를 하는 과정에서 비유법이나 간접화법을 사용하는 것은 보부상들의 생활 풍속을 실감나게 볼 수 있게 한다. 아마도 그러한 연유로 『객주』의 현대적 가치라는 주제가 주어진 것 같다.

2

그러나 과거에 대한 이러한 복원과 상기는 이 작품의 현대적 가치를 드러내기에 충분한 것이 아니다. 보다 중요한 것은 이 작품이 왕조사나 전통적인 역사소설에서 볼 수 있는 영웅 중심주의를 벗어나 서민들의 구체적 삶을 그리고 있다는 사실이다. 작가 자신이 후기에서 "상투적인 개념에서 따지고 든다면 이 소설에는 주인공이라 할 만한 사람이 없다. 이것은 한 사람의 영웅도 만들지 않았다는 말과 상통한다. 그러면서도 그 많은 등장인물들 모두에게 나름대로 고유한 삶의 모습을 색출해서 악센트를 주려고 노력했다"고 고백하고 있는 것처럼 이 작품은 무수한 서민들의 이야기이다. 그럼에도 불구하고 이 작품이 재미있는 것은 서민들 개개인의 삶이 영웅적 삶 이상의 극적인 요소를 지닌 개성을 갖추고 있다는 것이다. 그런 점에서 이 작품에는 영웅이 없는 것이 아니라 모든 등장인물들 하나하나가 영웅이고 작품의 주인공이다. 고전적 작품이 한 사람의 영웅을 중심으로 전개된 반면에 이 작품은 수많은 등장인물을 모두 주인공으로 삼아도 손색이 없는 특별한 개성과 남다른 운명을 지니고 있다는 점에서 고전적 작품과는 다르게 보인다. 이 작품에 나오는 옥골선풍에 대의를 좇는 성품을 지니고도 뛰어난 장사 수완을 발휘하는 천봉삼, 송파의 쇠살쭈로 송만치에게 아내를 빼앗기고 김학주에게 재물을 빼앗긴 복수를 하고 전국을 떠돌다가 송파에서 쇠전을 다시 일으키는 데 성공한 조성준, 젓갈장수 출신으로 조성준의 재물을 가로채고 반명의 유부녀 운천댁을 아내로 삼아 권력에 아부하며 안변 현감에 이르기도 했으나 종당에는 모든 재산을 탕진하고 매월이에게 보복당하는 길소개, 들병이 출신으로 장사 수완이 능숙하고 대범한 성격에 술수가 능해 무녀로도 이름을 떨친 인물로 천봉삼의 구명에 나선 매월이, 백정의 딸로서 최돌이의 아내가 되어 면천하고 최돌이가 죽자 천봉삼을 연모하여 인연을 맺는 월이, 안동 포목도가 고명딸로, 과부가 되어 신석주의 첩실이 되나 천봉삼을 연모하여 아들을 낳지만 의문의 죽음을 당한 조소사, 황해도 갯바닥 출신으로 천봉삼과 동업하며 의리와 정의를 지키는 데 목숨을 바친 선돌이 등을 작가는 놀라운 상상력으로 창조해서 서로 유기적인 관계를 맺게 한다. 따라서 이들 등장인물 하나하나는 어떤 소설의 주인공으로도 손색이 없는 뚜렷한 개성과 유위전변의 운명을 지니고 있지만 이들이 엮어내는 드라마는 그 어느 한 인물만을 주인공이라고 부를 수 없게 만든다. 이것은 이 작품의 현대적 가치를 가장 잘 드러내는 요소이다. 그렇기 때문에 9권으로 된 소설 전체를 읽는 동안 긴장을 풀 수 없고 어느 권에서나 독자의 상상을 뛰어넘는 사건과 반전에 빠지지 않을 수 없다.

물론 여기에도 민영익, 이용익, 민겸호, 김보현 등 당시의 양반이나 지배 계층에 속한 역사적 인물들이 등장하고 있다. 하지만 그들은 스스로 주인공이 되지 않고 다른 인물들의 존재 가능성을 입증하고 그들의 시대를 부여하는 역할을 한다. 예를 들어서 천봉삼으로 대표되는 보부상들의 사적인 삶이 우리 사회의 변동이라고 하는 공적인 역사와 구체적인 관계를 맺게 되는 과정에 역사상 실존한 그들이 존재하는 것이다. 실제로 천봉삼은 신상들과 일부 권력과 기존의 쇠살쭈들의 반대에도 불구하고 송파의 시재 접장이 되어서 조성준이 빼앗겼던 아성을 되찾게 되고, 나아가서는 다락원과 평강과 원산포에 이르는 상로를 개척함으로써 원산포로부터 평강을 거쳐 송파에 이르는 쇠전을 지배하기에 이른다. 그는 휘하에 1백여 명이 넘는 보부상을 거느리면서 임오군란 진압에 보부상을 동원하라는 이용익과 민영익의 간청을 거절했다가 조정의 미움을 사기도 하고, 또 원산포의 개항을 계기로 일본 상인과 왜통사들이 보부상의 상전을 침식해 들어오게 되자 자신의 세력을 이용하여 이들의 침식을 저지하려다가 죽을 고비를 겪게 되지만 명성황후의 도움으로 살아난다. 역사적 실존 인물들은 그런 점에서 다른 인물들이 살고 있는 시대의 참조 체계의 역할을 하고 있다. 역사적 실존 인물들은 소설에서 다른 등장인물들이 어느 시대에 속하는지 다시 설명해야 할 필요가 없게 만들어주는 증인의 역할을 할 뿐 소설의 주인공 역할을 하지 않는다. 이런 현상을 소설에서 '서술의 경제 원칙'이라고 부른다. 그것은 이 작품이 문학적 기법에서 현대적 가치를 지니고 있다는 것을 증명하기에 충분한 것이다.

이 작품에 나오는 인물들이 보부상이라고 하는 것도 이미 이 작품의 현대적 가치를 증명하는 요소이다. 보부상이란 동가식서가숙하며 한 푼의 이익을 위해 전국을 누비는 사람들이다. 전국을 누빈다고 하는 것은 그들의 삶이 여행의 연속이라는 말이다. 소설이 등장인물들의 모험담이라고 할 때 모험이란 낯선 곳, 미지의 세계를 탐험하는 것이다. 그것은 사람의 삶 자체가 가지고 있는 속성이다. 우리가 지금 여기를 떠나면 무슨 일이 일어날지 모르고 사는 것이 인생이다. 소설이 재미있는 것은 바로 그러한 인생과 가장 많이 닮은 이야기이기 때문이다. 모르는 것, 미지의 세계에 대한 호기심은 우리로 하여금 소설을 읽게 만든다. 보부상들은 매일 여행을 하는 사람이다. 이번 장삿길은 얼마나 이문을 남기게 될까, 내일은 어떤 사람과 만나게 될까, 자신에게 닥쳐올 일들을 모른 채 길을 떠나는 보부상들의 삶은 우리 인생의 상징적 축도이다. 거기에는 사랑과 미움, 기쁨과 슬픔, 환희와 고통, 희망과 절망의 순간들이 우리를 기다리고 있다. 그들은 오늘 만난 사람과 내일 헤어져야 하고 헤어졌던 사람과 다시 만나게 되는 인생의 무상함을 사는 사람들이다. 한 푼의 이익을 위해 싸우기도 하고 의리를 지키기 위해 거금을 미련 없이 던져버리는 그들은 때로는 이권이나 권력 때문에 때로는 의분이나 의리 때문에 폭력을 휘두르기도 하고 목숨을 바치기도 한다. 그들의 삶에는 끝없는 모험이 연속된다.

『객주』에 나오는 대부분의 등장인물들은 앞에서도 말한 것처럼 이름 없는 서민들이다. 무명의 서민들이란 역사에서 지배적 영웅이 아니라 피지배의 민중이다. 그들은 역사의 거대한 물결에 휩쓸려 끊임없이 사라지고 끊임없이 태어나는 개인들로서 어디에도 이름이 나타나지 않는 존재다. 작가는 그들에게 이름을 부여하고 그들로 하여금 각자가 소중한 삶을 가지고 있다는 것을 외치게 만들고 있다. 작가는 그들을 역사의 조역으로 남겨둔 것이 아니라 역사의 주역으로 부각시키고 있다. 보부상의 이야기가 역사가 아니라 소설로 만들어져 있다는 것은 작가가 역사적 사실을 토대로 작가의 개인적 상상력을 동원해서 많은 허구적 인물을 창조했다는 것이다. 허구적 인물의 창조란 작가가 작중인물에게 생명을 불어넣는 것을 의미한다. 이미 역사적 사실로 증명된 것이나 논리적으로 설명된 것만이 아니라 생명만이 지니는 독특한 현상을 그림으로써, 작중인물이 한 사람의 생명체로 태어나게 하는 것이다. 그래서 작가는 한 작중인물을 그리면서도 무질서하고 거친 보부상에게 어떤 인간적인 측면이 있는지 설득력 있게 보여준다.

> 열여덟에 누이의 일로 고향에서 쫓겨난 지 이제 꼬박 일곱 해가 흘러가고 있었다. 한둔한 지 일곱 해, 결코 짧은 세월이 아니었다. 멀리는 의주까지, 원산포, 〔……〕 과천과 말죽거리 〔……〕 중뿔나게 가진 것도 없이 적수단신(赤手單身) 홀몸으로 북녘 지방은 아니 간 데 없이 대중없이 헤매고 다닌 셈이었다. 누이의 잘못이 아니라 천성으로 역마살을 끼고 태어난 죄인임이 분명하였다. 식채(食債)에 물리어 막창(幕娼)과 수작하여 야반도주한 적도 있었고, 대궁상을 얻어먹으며 끼룩끼룩 운 적도 있었다. 때로는 여염집 낭자에게 설핏한 연정을 품은 적도, 복에 없는 취리를 얻은 적도 있었으나, 언제나 세월은 소태 같아 남은 건 적수공권(赤手空拳) 외롭고 쓸쓸한 자기 몸뚱이 하나였다. 〔……〕 어쩌다 낯선 타관 고갯마루에 앉아 설핏 노을을 바라보고 앉았노라면 뭉클 고향 생각이 치밀곤 하였다.

이처럼 때로는 자신의 몸뚱이를 슬프고 외로운 것으로 느끼고 고향을 그리워하는 모습은 자신의 지나간 삶에 대한 반성과 회한을 지닌 인간적 체취를 느끼게 한다. 이처럼 다감한 작중인물이 일단 행동에 뛰어들면 마치 극단적 허무주의자들처럼 물불을 가리지 않고 냉정하고 잔혹해지는 것은 인간이 지닌 양면성을 그대로 드러내준다. 그들은 때로는 동패의 원수를 갚기 위해 잔인한 일을 저지르기도 하고 때로는 과부로 살고 있는 여자를 겁탈하기도 하고, 소매치기에 실패한 동료에게 장문을 내리기도 하고, 이방이나 현감과 같은 벼슬아치들의 죄를 묻기도 하며, 자신의 생명을 위해서는 양갓집 여자의 정조나 친구의 생명을 무시하기도 한다. 그들은 삶의 고통과 슬픔에 대한 처절한 의식을 갖고 있기 때문에 행동에 나설 때 비정한 모습을 보일 수 있는 것이다. 고통받고 비천하게 살아가는 이들에게서 잡초와 같은 생명력을 발견하게 하는 작가의 예리한 관찰력은 보부상을 단순히 미화하지 않는 것으로 나타난다.

작가 김주영이 가지고 있는 인간의 고통에 대한 놀라운 서술 능력은 이 작품 도처에서 빛을 발하지만 특히 다음 세 장면에서 압권으로 나타난다. 하나는 행요를 할 수 없는 신석주의 요구를 받고 젊은 여자 조소사가 달빛을 받으며 춤추는 장면이고, 다른 하나는 신석주가 자신에게 후사가 없음을 한탄하여 소첩의 방에 젊은 천봉삼을 들여보내고 자기에게는 아갈잡이를 해서 재갈을 물리고 뒷결박을 짓고 다리를 묶어서 요동을 치지 못하게 함으로써 고통스러운 하룻밤을 보내는 장면이고, 또 다른 하나는 무자리 백정 출신의 월이가 오랫동안 사모해왔던 천봉삼에게 받아들여지자 얼어붙은 강으로 나가서 얼음을 깨고 그 속에 몸을 씻고 돌아오는 장면이다. 이 세 장면은 인간의 원초적 욕망과 그 욕망의 절실한 표현에 관계된 것이면서도 그 고통의 진정성이 여실히 드러나는 장면으로서, 작가 김주영의 인간에 대한 깊이 있는 이해와 그의 탁월한 서술 능력을 여실히 보여주고 있다. 이러한 상상력과 표현은 『객주』의 현대적 가치를 입증하기에 충분한 것이다.

역사적 상처와 문학적 극복

—박완서 씨의 삶과 문학

1

박완서 씨의 영결식이 있던 날 나는 여행 중이었다. 귀국하는 길에 비행기 속에서 그의 부음을 전하는 신문 기사를 읽고 나는 큰 둔기로 머리를 얻어맞은 것 같은 충격을 받았다. 개인적인 친분이 두텁지 않은 나는 박완서 씨가 병환 중이라든가 투병 중이라든가 하는 소식을 전혀 듣지 못하고 있던 터에 갑작스러운 그의 부음을 읽고 한쪽이 무너지는 것 같은 허망함을 느끼지 않을 수 없었다. 더구나 최근 몇 년 사이에 우리 문단의 어른들이 하나둘 세상을 떠나는 것을 보며, 나는 한국 문학의 한 세대가 지나가는 것에 대한 안타까움과 쓸쓸함을 금할 수 없었다. 4년 전에 시인 오규원 씨와 김영태 씨, 3년 전에 소설가 홍성원

씨, 박경리 씨, 이청준 씨, 1년 전에 시인 최하림 씨 등 내가 가까이 지낸 문단의 선배들과 동료들이 이렇게 하나둘 세상을 떠나는 것을 보며 인간은 누구나 죽는다는 평범한 진리가 그 어느 때보다 절실하게 다가왔다. 그런 생각을 하니 산다는 것이 너무나 허무하게 느껴진다.

평소 글 쓰는 일 이외에는 이렇다 할 문단 활동이 많지 않았던 나는 문인들과의 개인적인 교류가 적은 편이다. 박완서 씨 또한 내향적인 성격으로 문단의 행사에 자주 참여하지 않았고 참석한 경우에도 남의 눈에 두드러지지 않게 수줍은 듯 조용히 자리 잡고 있었다. 그러다가도 어느 문학상 시상식장에서 만나면 그는 다정한 미소를 띠고 반가움을 표현하며 안부를 물었다.

나는 박완서 씨와 단 한 번 여행을 함께한 적이 있다. 1982년, 군사정부가 문인들의 해외여행을 조직하고 지원한 일이 있다. 박완서 씨와 나는 그때 시인 홍윤숙 씨, 소설가 이호철 씨, 유재용 씨, 김승옥 씨, 염재만 씨, 김홍신 씨 그리고 아동문학가 한 분 등과 한 그룹이 되어 프랑스, 그리스, 인도를 다녀왔다. 약 2주일 동안의 여정을 함께하는 동안 일행의 문인들은 동고동락하며 서로 가까워지게 되었다. 그 가운데서도 박완서 씨는 함께 여행하는 동안 내게 깊은 인상을 심어주었다. 장거리 여행으로 온몸이 지칠 법도 하련만 그는 한 번도 피곤한 기색을 보이지 않았다. 그러기는커녕 여행 기간 내내 그는 시간을 너무나 철저하게 지켰고, 문화와 풍속이 서로 다른 여러 나라를 돌아다니는 동안 현지 음식들에 깊은 호기심을 갖고 어떤 음식이든지 먹어보고 그것을 메모해두는 작가적 태도를 잃지 않았다. 아니 음식뿐만 아니라 자신이 보는 새로운 문물 전체를 메모하고 자신의 인상을 적어놓는 것을 보면서 그야말로 타고난 작가라는 인상을 받았다. 웬만한 일에는 불평을 하거나 비판하지 않는 그가 여행 중에 딱 한 번 울분을 토한 적이 있다. 우리가 힌두교의 성지 바라나시에 갔을 때였다. 새벽잠에서 완전히 깨어나지도 못한 채 사람들의 웅성거리는 소리에 놀라 일어난 우리는 주변을 돌아보고 어안이 벙벙해졌다. 가로등이 환하게 밝혀진 길 양쪽에 병든 사람들이 땅바닥에 드러누워서 신음 소리를 내고 있었고 보호자로 보이는 사람들은 주전자에 물을 길어오거나 음식을 만들고 있었다. 성지 바라나시에서 죽으면 극락에 간다는 종교적 믿음 때문에 모든 환자들이 그곳으로 모여든다는 설명을 들은 그는 "도대체 이 나라 정치인들은 무엇을 하고 있느냐, 배고프고 가난한 환자와 서민 들을 이렇게 내팽개칠 수 있느냐"며 타고르문학회 회원들과 논쟁을 벌이기까지 했다. 나는 평소에 과묵하고 개인적인 주장을 내세우지 않던 그가 과격하다 싶을 정도로 적극적인 자세를 취하는 것을 보고서야, 그가 사적인 분노는 극히 자제하지만 공적인 의분은 강한 분이라는 것을 알게 되었다. 그날에 보았던 박완서 씨의 분노는, 관광객들에게 당당하게 손을 벌려 구걸하면서도 깊고 맑은 눈동자를 잃지 않는 가난한 인도인에 대한 연민이라기보다는 종교의 힘으로 나라를 다스리기 위해 백성들을 빈곤 상태에 놓아두는 몽매주의 정치인들과 지도자들을 향한 폭발이었다. 박완서 씨는 그 때문에 인도에 체류하는 6일 내내 불편한 마음을 감추지 못하고 괴로워했다. 나는 가는 곳마다 아파하는 그의 신음을 듣는 것 같아서, 그가 다시는 인도와 같이 종교적 믿음에 모든 것을 맡긴 극빈의 나라는 여행하지 않을 줄 알았다. 더구나 뉴델리 공항을 떠나며 발송한 짐 가운데 그의 짐 하나가 분실되어 가난한 인도에 대한 그의 실망은 이만저만한 것이 아니었다.

때문에 10년 후 그가 인도와 비슷한 처지에 있는 티베트와 네팔 여행을 다녀왔다는 소식을 듣고 나는 놀라지 않을 수 없었다. 더구나 티베트에서 히말라야를 넘어서 네팔로 갔다는 기행문을 발표한 것을 보고 나는 작가 박완서 씨에 대해서 다시 생각하게 되었다. 한순간의 삶에 지나지 않는 이 세상에서의 가난과 궁핍을 부끄럽다거나 고통스럽게 생각하지 않는 인도인들이 영겁의 세계에서 극락을 누리고자 하는 정신세계를 가지고 희망 속에 살고 있는 것에 대해 그는 새로운 이해를 하게 된 것 같았다. 그가 유니세프 친선 대사가 된 것이 인도를 처음 방문한 다음 10년 후의 일이라는 것은 가난과 빈곤 속에 버려진 인도의 아이들에게서 받은 깊은 충격과 관련이 있을 터였다. 아마도 흙바닥 위에서 살고 있는 인도인의 삶에서 처음에는 인간적인 모멸감을 느꼈겠지만 그들의 맑은 눈동자와 밝은 표정에서 받은 깊은 인상은 그들의 삶에 감추어진 인간의 존엄성과 고귀한 정신을 발견하게 만들었기 때문이었으리라. 그는 그들을 통해서 물질적 풍요란 누리는 방법에 따라 그 가치가 달라질 수 있고 가난이란 받아들이는 방식에 따라 그 의미가 달라질 수 있다는 것을 깨달은 것처럼 보인다. 그런 점에서 박완서 씨의 깨달음은 자신이 살아오면서 경험한 데서 이룩한 경험주의적이라고 할 수 있다.

2

박완서 씨의 소설 세계는 자신이 살아온 경험을 떠나서는 상상할 수 없다. 데뷔작인 『나목』에서부터 출발해서 『휘청거리는 오후』 『목마른 계절』 『엄마의 말뚝』 『그해 겨울은 따뜻했네』 『서 있는 여자』 『미망』

『저문 날의 삽화』『그 많던 싱아는 누가 다 먹었을까』『그 산이 정말 거기 있었을까』『친절한 복희씨』에 이르는 문단 생활 40년 동안, 작가 박완서는 40여 권의 장편소설과 소설집을 꾸준히 펴내왔다. 그는 공간 적으로는 개성과 서울, 시간적으로는 일제 강점기부터 오늘에 이르기 까지 80년의 세월(여기에 유일한 예외가 한말로부터 6·25까지 다룬『미 망』이다)을 다룬 작가이다. 아마도 40세에 문단에 데뷔하여 40년 동안 40여 권의 소설을 발표한 작가로서의 이력은 한국 문학사에서 그가 처음이 아닐까 싶다. 그는 그만큼 열심히 작품 활동을 했고 그 누구도 따라가지 못할 정도로 독자의 사랑을 받은 작가다. 격동의 한국 현대 사 80년을 배경으로 한 그의 작품 세계는 여든을 일기로 했던 그의 물 리적 나이와 궤적을 함께한다. 그것은 작가의 유년 시절의 추억에서부 터 성장해온 과정, 작가가 겪은 6·25사변, 전통적인 가족제도의 변화 속에서 겪는 온갖 우여곡절, 노년기에 경험하게 되는 삶과 죽음의 환 희와 아픔, 육체적 늙음의 현상들에 대한 세밀한 관찰과 희화화된 서 술 등 이 땅에서 현대사 80년을 살아온 사람의 도저한 자기 고백이다. 그의 소설은 희미하게 빛바랜 가족사진의 선명한 재생이고 사진에서 지워진 인물의 부활이며 잃어버린 시간의 되찾음이다. 그의 소설을 읽 노라면 때로는 "소설은 거리에 들고 다니는 거울"이라 말했던 스탕달 의 정의(定義)가 떠오르기도 하고, 때로는 호적부와 경쟁하고자 했던 발자크의 정의를 연상하게도 되고, 때로는 유전적인 요인으로 삶의 밑 바닥을 헤매는 인간의 운명을 그리고자 했던 졸라의 소설과 연관 짓게 된다. 그의 인물들은 특별한 재능을 지닌 천재도 아니고 기구한 운명 을 가지고 태어난 이단아도 아니면서 한국 현대사의 격랑을 고스란히 경험하는 보통의 일상인들이다. 대부분이 여성 화자인 그의 작중인물들은 당시의 작가와 비슷한 나이로 등장하며 작가가 경험했음 직한 사건들을 겪으며 살아간다. 그래서 많은 경우 작가의 분신이 아닐까 하는 혐의를 갖고 작품을 읽게 만들고, 그 인물들의 삶과 사유를 통해서 작가의 삶과 사유를 유추하게 만든다. 그런 의미에서 작가의 성장 과정과 가족 관계가 작품 속에 그대로 투영되어 그 문학적 리얼리티를 훌륭히 발휘한 예로, 짐작건대 박완서 씨의 경우를 능가하는 작품은 찾아보기 힘들 것 같다.

박완서 씨의 소설에서 가장 자주 등장하는 인물은 화자인 '나'와 '엄마' 그리고 6·25사변 때 피살된 '오빠'이다. 「엄마의 말뚝 1」에 등장하는 화자는 작가 자신과 마찬가지로 개성에서 태어나 여덟 살 때 서울로 이사를 온다. 자신의 의사와는 상관없이 '엄마'에 이끌려 고향인 '박적골'을 떠나온 일은 주인공에게 '낙원'을 잃어버린 상처를 입힌다. 그 상처의 가장 상징적인 행위가 긴 머리칼을 가위로 싹둑 잘라낸 일이다. 그것은 따뜻하고 편안한 시골 생활과의 단절이라는 실낙원의 아픔이 가져온 상처를 의미하면서 동시에 춥고 불안한 미지의 세계를 향해서 떠나는 새로운 출발을 의미한다. 양의술에 대한 무지 때문에 남편을 잃은 '엄마'는 그 무지를 극복하는 길을 찾아 극단적인 선택을 한 것이다. 전통적인 폐쇄 사회의 붕괴와 새로운 문명 세계의 도래를 예견한 '엄마'는 '신학문'과 '신교육'을 받을 수 있는 '대처'로 떠나기 위해 온갖 관습과 굴레를 벗어던지는 것을 서슴지 않는다. 시아버지의 안온한 보호가 자신이 박고자 하는 말뚝에 방해가 될 때 '엄마'는 딸에게 거의 폭력으로 비치는 행동도 마다하지 않는다. 아들과 딸 세대를 위해 서울에 '말뚝'을 박지 않는 한 그들을 무지의 세계, 봉건적 세계에서 벗어나게 할 수 없다는 것을 알고 있는 '엄마'는 과감하게 집과 재산을 버리고 고향을 떠난 것이다. 서울에 왔지만 사대문 안에 입성하지 못한 그녀는 현저동 산비탈의 단칸방에 세 들어 살며 온갖 수모를 겪는다. 삯바느질 수입으로 생계를 유지하며 현저동 서민들을 본데없고 배운 데 없는 '상것들'이라고 경멸하는 '엄마'는 사대문 안에 입성하는 데 성공한다. 얼핏 보면 소시민적 행복과 출세주의에 사로잡힌 듯한 이 같은 '엄마'의 행동은, 사실은 남편을 여읜 그녀가 시아버지의 지배 아래 살아야 했던 박적골의 가부장제 사회생활을 청산하는 것을 의미한다. 그것은 전통적 유교 사회에서 가정주부에게 씌워진 굴레를 벗어버리는 것이고 남편을 여읜 여성에게 씌워진 올가미를 끊어버린다는 점에서 자못 혁명적인 결단이라 할 수 있다. 유교적 남성 중심 이념에 사로잡혀 있는 중산층 양반 가정을 벗어난다는 것 자체가 엄청난 모험이기도 하지만, 양갓집 주부에게 맡겨진 살림만 사는 것으로 자기 임무를 다할 수 있었던 '엄마'가 삯바느질로 단칸 셋방에서 세 식구의 생계를 유지하며 두 남매를 교육시킨다는 것은, 적어도 전통적인 가정의 굴레 속에 안주하는 것이 아니라 자식을 신학문, 신교육을 받게 함으로써 자신의 타고난 한계를 벗어나게 만드려는 의지의 표명이다. '엄마'는 자신이 신학문, 신교육의 세례를 받은 것도 아니고, 당시 신여성처럼 깨어 있는 의식을 가지고 있는 것도 아니지만 자식 세대가 살아가야 할 삶에 대한 놀라운 통찰력을 보여주고 있는 것이다. 따라서 그녀는 가정주부로서 하나의 생활인에 지나지 않지만, 그렇기 때문에 그녀는 주위 사람들을 교육시키거나 계몽시키려 하지 않지만, 자식들을 '박적골'에서 키우고 싶어 하지 않는 것이다. 그런 '엄마'는 화자인 '나'에게서 낙원을 빼앗아가고 친구들과 헤어지게 만들며 산비탈 동네인 현저동에서 외롭게 살아가게 만든다. 그런 점에서 '엄마'

는 나에게 많은 정신적 상처를 입힌 존재이면서 동시에 나를 키워준 존재이다.

3

「엄마의 말뚝 2」에서 화자는 폭력을 행사하는 주체로서의 엄마가 아니라 역사적 상처를 입은 한 많은 존재로서의 엄마를 알게 된다. 팔십대의 '엄마'가 한밤중에 병원에서 일으킨 발작은 평생 동안 가슴에 묻어두었던 한의 정체를 밝혀준다. 그것은 남편을 잃고 홀로된 '엄마'가 의지하고자 했던 아들의 죽음으로 인한 것이다. 분단 후 좌익에 가담했다가 피신했던 아들이 6·25사변이 터지자 의용군에 지원했다가 탈주를 시도한다. 그 과정에서 아들이 인민군 군관에 의해 피살된 사건이 '엄마'에게 포한(抱恨)을 짓게 만든 것이다. 그 사실을 통해서 화자인 '나'는 '엄마'에게서 받은 상처를 치유하기에 이른다. 박완서 씨의 소설에서 '화자'와 '엄마'의 대립과 갈등은 끝없이 되풀이되는 주제이지만, 그 되풀이는 손쉬운 화해를 이끌어내기 위한 것이 아니라 서로를 깊이 알고 이해에 이르는 길을 모색하기 위한 것이다.

'오빠'의 죽음은 '엄마'에게뿐만 아니라 화자인 '나'에게도 가장 큰 상처로 남아 있다. '오빠'의 죽음이 분단 현실과 6·25사변과 관련이 있는 것처럼 이 상처 역시 역사적 상처이다. 박완서 씨는 어쩌면 이 역사적 상처를 문학적으로 치유하기 위해서 소설을 쓴 것이 아닐까. 작가 스스로 "나의 초기 작품치고 6·25의 망령이 얼굴을 내밀지 않는 작품이 없다"고 고백하고 "무당이 지노귀굿해서 망령을 천도하듯 나는 내 글쓰기로 내 속에 꼭꼭 가둔 망령을 자유롭게 풀어주고 아울러 나 또한 자유로워질 수 있는 지노귀굿을 삼으려 들었다"고 말한 것은 작가의 6·25 체험과 소설이 얼마나 깊은 관계를 맺고 있는지 실감하게 한다. 전쟁으로 인한 억울한 죽음과 그것을 목격한 자신의 억울함을 마음속에 간직하고만 있을 것이 아니라 그것을 언어화함으로써 죽은 사람의 억울함을 풀어주고 자신의 억울함도 풀기 위해 소설을 썼던 것이다. 그 가운데서도 가장 억울한 기억으로 남아 있는 '오빠'의 죽음이 『그 많던 싱아는 누가 다 먹었을까』 『그 산이 정말 거기 있었을까』 『목마른 계절』 등의 작품에서 중요한 모티프로 되풀이해서 등장한다. 6·25사변을 다룬 이들 작품에서 박완서 씨는 남북으로 나누어진 분단 현실에서 어느 편이 정의이고 불의인가 하는 이념적 문제로 접근하지 않는다. 분단의 현실을 두고 대부분의 서민들이 이념적인 이유로 자의로 어느 편을 선택한 것이 아니라, 우연찮게 그리고 타의에 의해 어느 편에 서게 되는 현실을 잔혹한 운명으로 제시하고 있다. 박완서 씨는 6·25사변 때 피란 간 사람들만 고생한 것이 아니라 서울에 남아서 온갖 고통을 겪은 사람들의 삶도 있다는 것을 구체적 인물을 통해 증언하고 있고, 국민들을 인민군 치하에 내팽개치고 피란 갔던 위정자들이 오로지 생명을 건지기 위해 인민군에게 밥을 해준 것을 부역 죄로 다스리는 나라에서 과연 살아남을 수 있는 사람이 누구냐고 항변하고 있고, 무산대중을 해방시키고자 내려온 인민군 군관이 서민들마저 피란을 가버린 현저동의 빈집을 보며 배신감을 느끼는 장면을 통해 이념의 허위성을 드러내고 있다. 전쟁은 그것을 겪은 모든 사람들에게 개개인에 따라 상처를 입힌다. 그 상처는 평생 동안 개인의 내면에 감추어진 채로 그들을 괴롭히지만 그들은 상처의 아픔을 말할 줄 모른다. 박완서 씨는 자신의 내면에 감추어진 상처뿐만 아니라 말 못 할 다른 사람의 상처까지 드러냄으로써 상처를 치유하고 극복하고자 한 뛰어난 작가이다.

4

나는 박완서 씨의 작품에 대해서 두 편의 글을 쓴 바 있다. 1987년 동아출판사에서 나온 '우리 시대 우리 작가'라는 전집에 작품론「함께 사는 꿈을 위하여」를 썼고, 1991년 문학과지성사에서 나온 소설집『저문 날의 삽화』(2002년 소설명작선 개정판)에 작품 해설로「젊음과 늙음의 아름다운 의식」을 썼다. 전자의 글은, 그의 작품『서 있는 여자』가 다루고 있는 남녀평등과 여성 해방에 관한 문제를 검토한 것이고, 후자는 육십대에 접어든 작가가 천착하기 시작한 노인들의 삶과 늙음의 문제를 검토한 것이다.『서 있는 여자』는 오십대에 접어든 작가 자신이 산업화와 개인주의가 팽배해지고 있는 당시 가정과 가족이라는 제도의 변화를 목격하면서 여자의 삶이란 무엇인지 다시 생각한 작품이다. 부모님의 가장된 행복의 허위를 알게 된 여주인공은 가정에서의 남녀평등이야말로 그 위선을 깨뜨리는 것임을 알게 된다. 대학 교수를 남편으로 둔 어머니는 소시민적 행복의 조건을 모두 갖추었음에도 불구하고 밤이면 남편과 별거하는 일상적 허위 속에 살고 있다. 행복을 가장한 어머니의 삶을 통해 가정에서의 남녀 간 불평등이 얼마나 부당한 것인지 알게 된 주인공은 집안의 반대에도 불구하고 가난한 남자 친구와 결혼하여 철저하게 평등 논리를 펼치고자 한다. 여기서 작가는 잡다한 일상생활이란 오랜 관습과 이데올로기의 지배를 받고 있기 때문에 생각처럼 단순한 평등 논리로만 이루어질 수 없다는 것을 구체적으로 보여주며 주인공이 결혼 생활에 실패하는 과정을 추적한다. 주인공은 자기 쪽에서도 자신의 주장이 제대로 지켜지기 어렵다는 것을 알게 되고 남편에게서는 더더욱 지켜지기 어렵다는 것을 알게 되자 결연히 이혼을 선언하고 혼자 사는 길을 선택한다. 그러나 작가는 그 선택이 문제의 해결이 아니라 새로운 문제의 시작임을 밝힌다. 작가는 혼자 사는 것이 남녀 불평등 사회에서 결코 행복하기 힘들다는 것을 밝히면서 사회 전체가 평등해져야 한다는 보편적이고 근원적인 문제를 제기하는 데에 이르고 있다.

박완서 씨의 후기작에 속하는 『저문 날의 삽화』에는 '삽화'라는 제목이 말해주는 바처럼, 인생의 여러 가지 모습들이 삽화의 형식으로 제시되고 있다. 여기에는 복 많은 노인으로 보이는 많은 사람들이 실제로 그토록 행복한 삶을 살지 못한다는 이야기로 가득하다. 작중인물들은 일상생활에서 부딪치는 희로애락의 사건들을 통해서 때로는 상처받고, 때로는 소외당하고, 때로는 배신당하고, 때로는 외로움에 몸부림치고, 때로는 그 모든 아픔을 수용한다. 그들은 40년을 함께 살고도 어느 날 문득 남편에게서 낯섦을 느끼기도 하고, 늙은 시아버지가 청상과부가 된 며느리에게 연민을 느끼면서도 아무런 해결책을 제시하지 못하고, 고아가 된 친구의 아들을 입양하지만 남편의 과거를 의심한 아내가 부자간을 이간질하여 파국에 이르기도 한다. 또 운동권에 가담했다가 수사 기관의 고문으로 정신질환을 앓고 있는 아들을 둔 어머니의 고통스러운 일상이 그려지기도 하고, 공무원에서 은퇴하고 교외에서의 편안한 말년을 꿈꿨던 주인공이 교통사고로 아들을 잃는 아품을 경험하기도 한다. 그들은 인생의 말년을 보내며 '보통 때의 삶'을 희구한다. 폐암에 걸린 주인공의 소박한 바람은 "보통 때처럼 구는 거"였다. "보통 때처럼 저녁 반찬이 뭐냐부터 묻고" 소주를 반주로 저녁 식사를 하는 것이다. 화자인 아내는 그런 남편을 "보통 때처럼 바라볼 수" 있기를 바라지만 그럴 수 없는 자신을 발견한다. 그럼에도 불구하고 아내는 '보통 때'처럼 바라보는 척하며 자신의 마음이 '보통 때'와 다르다는 것을 애써 내색하지 않는다. 그것은 박완서 씨의 노년의 작품들이 젊은 시절의 작품들과 달라졌다는 것을 의미한다. 성장기의 역사적 상처를 시시콜콜 드러냄으로써 그것을 치유하고자 했던 주인공들이 나이가 들어가면서 생로병사가 자연의 이치임을 깨닫고 받아들이는 지혜를 터득하고 있는 것이다. 인간은 누구나 일생 동안 많은 험한 꼴을 경험하지만 그 아픔과 슬픔을 내면화하고 견뎌내면 새로운 삶의 순간과 마주한다는 사실을 알게 된다. 삶이란 그 모든 것의 결정체라는 것을 알아가는 주인공들의 모습은 지혜롭고 아름다운 늙음의 철학을 지니고 있다. 모든 아픔이나 슬픔을 받아들이고 죽음마저도 삶의 일부로 파악하고자 한 박완서 씨의 노년의 작품들은 늙음의 과정을 작별의 아름다운 의식(儀式)으로 바꿔놓고자 하는 작가의 감동적인 노인 철학을 대변해주고 있다.

5

박완서 씨는 그의 작품에서 일단 상황과 인물이 설정되면 그 상황과 인물을 끝까지 밀고 가는 엄청난 에너지를 소유한 작가이다. 그렇기 때문에 그는 어느 쪽을 선택하든 그 인물을 극단까지 밀고 가서 그가 어떻게 그 험한 꼴을 당하는지 독자에게 짓궂을 정도로 자세하게 보고한다. 그의 작중인물은 절대적으로 선한 사람도 없고 절대적으로 악한 사람도 없다. 그것은 다시 말하면 그의 작중인물은 상황에 따라서 누구든지 선한 사람도 될 수 있고 악한 사람도 될 수 있다는 말이다. 그렇기 때문에 그의 소설을 읽으면 때로는 그가 인간에 대한 애정이 옅은 것은 아닐까 의심이 들 만큼 잔인하게 느껴질 때도 있고, 일상적 생활의 자세한 서술로 인해서 삶의 비루함에 진저리를 칠 때도 있고, 창자를 자르는 듯한 아픔을 느낄 때도 있다. 그의 작품들은 그가 일생 동안 겪었던 온갖 험한 꼴을 개인적인 차원에 머물게 하지 않고, 지난 한 세기 동안 우리 전체의 삶으로 일반화할 수 있는 아픔과 슬픔, 기쁨과 즐거움으로 이야기해준 상세한 보고서이다. 이 보고서에는 우리가 감추고 있거나 모르고 지나쳐버린 상처를 우리 각자의 것으로 만들어준 감동적인 체험이 들어 있다. 그 체험 때문에 박완서 씨의 작품은 일상적 삶에 묻혀 사는 독자들에게 자아를 발견하는 기쁨과 즐거움을 준다. 그가 우리 곁을 떠난 자리는 허전하지만 그가 남긴 작품들은 그를 잃은 독자들 마음을 어느 정도 위로할 수 있을 것이고 그 속에 그가 영원히 살아 있을 것으로 기대한다.

김용만의 소설
─현실과 환상의 사이에서

1

김용만의 소설에는 공통된 하나의 주제가 있다. 그것은 작중인물의 자살 혹은 자살 미수가 소설의 핵심 모티프로 자리 잡고 있다는 것이다. 40여 년 전의 이야기를 전하고 있는 「압송」에서 살인범으로 재판을 받는 정태수는 일심 공판을 받고 감옥에서 동맥을 끊고자 자해를 시도하지만 간수에게 발견되어 구급 조치를 받는다. 「엄마의 가상공간 현실공간」에서 주인공 김찬혁은 30층 건설 공사 현장에서 떨어졌으나 허리에 묶인 구명 밧줄 덕택에 생명을 구한다. 그는 평생을 흠모하며 살아왔지만 가문의 원한 관계 때문에 외면하고자 노력한 전순영과 화해와 사랑의 순간을 가진 다음 동해에 자신의 몸을 던져 자살한다. 「악마의 원형을 찾아서」의 주인공인 소설가 기용은 평생을 "누구에게도 사랑받지 못한 외로운 존재로 죽고자" 하며 자신의 자살을 예정하고 있다. 이처럼 사람이 죽음을 선택하고 결행하고자 한다는 것은 삶에 대한 절망감이 그만큼 강하다는 것을 의미한다. 삶과 죽음이란 어떤 개인의 선택의 문제가 아니라 그 개인에게 주어진 운명의 문제이다. 그러나 자살이란 자신의 의지에 의해 죽음을 선택하는 적극적인 행동이다. 그 행동에 이르기 위해서는 그것을 유발한 원인이 있게 마련이다. 물론 이들에게는 겉으로 보기에 그럴 만한 이유가 되는 사건이 분명히 있다.

「압송」의 정태수는 6·25 때 부역한 가족이라는 신분 때문에 고향을 떠나 강릉에 숨어 살아야 하는 운명을 이해하지 못한다. 타향에서 생계를 유지하기 힘든 그들 가족의 약점을 이용해서 선주인 허석주는 어머니에게 생선 행상을 시켜주는 대가로 어머니를 겁탈하고 어머니와 관계를 지속하는 한편, 누나를 어촌계에 취직시켜준 대가로 누나를 농락한다. 누나인 정선미가 임신을 하게 되자 허석주는 자신의 체면이 손상될 것을 꺼려 어머니와의 관계를 밝히고 정선미가 스스로 몸을 숨기기를 원한다. 그러나 허석주의 바람과 달리 어머니와 자신이 동시에 허석주에게 농락당한 것을 알게 된 정선미는 자살을 시도한다. 자신의 비극적 운명을 마감하고자 한 정선미는 자살에 실패하고 불구의 환자로 고통스러운 삶을 이어간다. 정태수는 흉악하고 간교한 허석주의 동물적 인간성이 자신의 가족들을 파탄에 빠지게 만들었다는 것에 원한을 품고 허석주를 살해한다. 살인 혐의로 재판을 받는 과정에서 누나인 선미가 동생의 죄를 가볍게 만들고자 하는 일념에서 공개적으로 허석주의 간악하고 파렴치한 행동을 폭로하는 것을 듣고 정태수는 자살을 시도한 것이다. 그런 점에서 본다면 그의 자살 시도는 허석주를 살해했음에도 불구하고 자기 가족이 당한 수모와 비극적 운명이 전혀 변하지 않은 것에 대한 절망이라고 볼 수 있다.

악에 대한 응징으로서의 정태수의 행위는 아버지에 대한 태도로 인해 모순에 빠진다. 6·25사변 때 공산치하에서 자신의 아버지가 마진구 형사의 아버지를 끌고 가서 처형하고 까맣게 태워버린 사건은 정태수 집안이 원죄처럼 떠안고 살아야 하는 악이다. 사실 그의 어머니와 누나 정선미가 정태수의 아버지 정문식에게 매달려 마진구의 아버지의 목숨을 구하고자 한 것은 그들에게 아무런 죄가 없음을 이야기해준다. 그러나 그들은 아버지의 행위에 죄의식을 느껴 떳떳하게 살지 못하고 고향을 떠나 타향에서 숨어 살기에 이른다. 그들은 이데올로기와 상관없는 순박한 마음의 소유자로서 아버지의 행위에 대해서 속죄의 삶을 사는 사회적 약자이다. 그 때문에 그들은 고향도 버리고 아무도 모르는 타향에서 남몰래 살고자 하지만 사회적 강자인 허석주는 그들의 약점을 이용해 어머니와 딸을 동시에 농락한다. 이러한 사실이 숨어서 조용히 살고자 하는 정태수로 하여금 또 하나의 살인을 저지르게 만든다. 그것은 그들 부자 2대를 살인자가 되게 만든다.

그러나 작가는 인간의 비극적 운명을 전하는 데서 끝나지 않고 삶에 대한 희망의 메시지를 전하고자 한다. 어린 시절 정선미와 친하게 지낸 마진구는 그들이 고향을 떠난 뒤에 정선미에 대한 호감을 버리지 못한다. 그는 형사로서 살인범 정태수를 서울로 압송하면서 그가 정선미의 동생이라는 것을 알게 되고 그에게 온갖 편의를 제공한다. 대부분의 경찰 사고가 인정주의에서 비롯된다는 것을 알고 있으면서 그는 어린 시절의 사적인 친분 때문에 정태수를 압송 전날 어머니와 면회를 시키고, 서울로 압송 도중에 수갑을 풀어 자유롭게 만들어주고, 형무소에 수감되기 전에 병상에 누워 있는 누나 정선미를 만나러 가게 허용한다. 이러한 과정은 작가가 작중인물에게 부여한 인간에 대한 신뢰를 입증하고 있다고 할 수 있다. 그러나 그것은 자신의 삶에 대한 주인공들의 깊은 성찰이나 갈등을 도외시한 감상적 인정주의의 혐의를 벗어나기 힘든 것처럼 보인다. 더구나 주인공 마진구가 정태수의 귀환을 기다리면서 혼자서 맥주를 마시며 하루 종일 보내는 과정은 정태수의 귀환과 함께 인간과 세계에 대한 불가해한 문제와 부딪치고 싸우는 대신에 그것으로부터 쉽게 벗어나 자신이 원하는 방향을 선택한 것이 아닐까 생각하게 한다.

2

그의 두번째 작품인 「엄마의 가상공간 현실공간」에 나오는 김찬혁은 건설 공사장에서 자살하고자 떨어졌으나 허리에 묶어놓은 밧줄 덕택에 30층 고공에 매달려 구조된다. 그는 고향에서 유소년 시절을 보낼 때 모범적인 학생으로 소문이 났다. 그는 사관학교에 합격은 했으나 입학이 거절된 다음 깡패처럼 악마로 변하여 폭력 전과 3범의 경력을 가질 정도로 흉악해진다. 그는 자신이 유복자로 태어난 연유를 알고 아래뜸골 전씨네를 원수로 대한다. 아래뜸골 전순영의 할아버지는 일제 강점기에 산림 감시원으로 일제에 충성을 하며 윗뜸골 사람들을 억압했고, 6·25 때 인민군 패잔병들에게 음식을 제공한 찬혁의 아버지는 순영의 아버지의 밀고로 죽는다. 찬혁은 아래뜸골 전씨들을 미워하면서도 유독 전순영에게만은 마음속에 호감을 갖고 있으나 겉으로 드러내지 않는다. 그는 이루어질 수 없는 사랑의 비극적 운명을 인식하고 순영과의 관계를 외면하면서, 그의 고향 새뜸골에서 윗뜸골의 김씨네와 아래뜸골의 전씨네 집성촌 사이에 있는 갈등의 중심에 살고 있다. 그는 순영의 아버지가 정치적인 목적으로 두 마을의 화해를 시도할 때 그 허구성을 들고 반대하는 입장을 취한다. 순영이 개입해서 찬혁에게 설득을 시도하고 두 마을이 화해에 이르게 되었지만 화해의 연결고리인 위락 시설의 화재는 찬혁으로 하여금 마을을 떠나 건설 공사장을 떠돌게 만든다. 그는 자신의 비극적 운명을 이기지 못하고 공사장에서 죽음의 길을 선택하지만 성공하지 못한다. 그러나 그의 소식을 언론의 뉴스로 알게 된 순영의 출현은 찬혁을 또 하나의 갈등에 사로잡히게 만든다. 찬혁의 닫힌 가슴을 열어보겠다고 온몸으로 덤벼오는 순영을 받아들이지 않을 수 없었던 찬혁은 그녀와의 마지막 열정을 불태운 다음 바다에 몸을 던진다. 그는 순영에게서 진정한 사랑을 발견하고 순영을 자신의 구원의 신으로 여긴다. 왜냐하면 순영만이 그를 악마적 삶에서 구해줄 수 있었기 때문이다.

그의 자살은 자신의 일생에 훼방을 놓은 한 가문을 증오하고 보복해야겠다는 당위론과 자신이 사랑해온 여자의 열정을 거부하지 못하고 받아들인 행복론 사이에서 삶의 모순을 철저하게 인식한 낭만적 허무주의에 기인하고 있는 것 같다.

작가는 이 작품에서 두 마을의 대립이라는 원한 관계가 어떤 대가를 치르고 극복되는지 밝히고 싶었던 것 같다. 그것은 할아버지 세대에서 아래뜸골과 윗뜸골의 대립을 낳은 산림 감시원의 역할과 아버지 세대에서 이념적 대립을 이용한 살인적 밀고를 거쳐, 제3세대인 찬혁과 순영 사이에 도달하게 된 화해와 화합으로 극복된다. 그러나 그 극복은 두 사람의 행복이 아니라 찬혁의 자살로 표현되는 또 다른 비극적 운명의 작용으로 나타난다. 그것은 출신이 전혀 다른 찬혁과 순영이라는 두 인물의 설정에서부터 찬혁이 자살을 선택하고 순영이 가출을 감행하는 결과에 이르는 과정 전체가 말해주고 있다. 순영의 할아버지가 총각 때 좋아하고 흠모한 여자 신 씨가 찬혁의 할머니라는 설정, 순영 아버지가 찬혁의 아버지를 빨갱이로 몰아 죽게 했다는 설정, 아래뜸 마을이 부자로 살고 윗뜸 마을이 가난하게 산다는 설정, 순영이 아버지의 뜻에 따라 대전의 부자 백상태와 결혼한 반면에 찬혁은 대학에 진학하지 못하고 노동판을 떠돌며 혼자 살고 있다는 설정, 순영이 백상태를 범죄자로 취급하며 멸시한 반면에 찬혁을 솔직하고 올곧은 사람으로 생각하고 있다는 설정 등은 인간은 자신이 타고난 운명을 극복할 수 없는 존재라는 비극적 세계관의 철저한 표현이다. 그것은 사랑과 선의를 가진 개인들이 해결할 수 있는 성질의 것이 아니라 개인으로서는 아무리 몸부림쳐도 극복할 수 없다는 숙명론을 연상시킨다. 그것은 작가 자신의 낭만적 허무주의가 작품 전체에 편재해 있다는 생각을 떨쳐버릴 수 없게 만든다. 왜냐하면 두 사람의 관계가 너무나 많은 우연의 지배를 받고 있기 때문이다.

이 작품에서 오히려 주목의 대상이 될 수 있는 것은 순영의 가출이다. 시골 면장을 할 때부터 개인의 축재와 출세를 위해 가족 관계마저 이용의 대상으로 삼아온 전덕술을 아버지로 둔 순영은 사기와 간통과 수뢰죄로 복역한 남편을 맞아들인다. 그녀는 딸로서 '기계'처럼 아버지의 축재와 출세의 도구 역할을 한 다음에는 위선적 생활을 하는 국회의원 남편과 한 가정을 지키는 아내로서 역할을 기꺼이 수행한다.

아이를 생산하고 남편을 맞아들이는 주부로서의 생활을 기계적으로 수행하는 그녀는 남편을 사랑하지도 않고 존경하지도 않으면서 가정을 이끌어온 자신의 삶에 반기를 든다. 김찬혁을 찾아나서 자신의 사랑을 고백하고 마지막 열정을 불태우는 것이다. 도덕적으로 불륜의 낙인을 모면할 수 없는 이 행위는 평생을 '기계'처럼 제도와 관습의 도구로 살아온 삶의 가면을 벗어버리고 자신에게 정직한 삶의 진실을 찾고자 하는 그녀의 반항이다. 그 반항은 찬혁이나 자신에게 파멸을 가져올 수 있는 파괴력을 갖고 있지만 그녀는 두려워하지 않고 감행한다. 그 결과 그녀는 찬혁을 자살하게 만들고 자신은 가정을 떠난다. 그것은 삶의 모순을 극복하고자 하면 할수록 더 큰 절망과 부딪치게 된다는 비극적 운명과 정면으로 맞서는 하나의 방법이다. 그녀의 삶은 위선적인 현상 유지로 행복을 찾는 것이 아니라 고통스러운 현상 파괴를 통해 진실을 찾고자 하는 하나의 선택이다. 아마도 이러한 점이 이 작품에 녹아 있는 작가의 의도가 아니었을까 짐작된다.

3

세번째 작품인 「악마의 원형을 찾아서」는 30여 년 가까이 아내와 결혼 생활을 하고 이혼한 소설가 '기용'의 이야기다. 그는 41년 전 고등학교 2학년 때 쓴 일기에서 "사랑하는 여자와 아들딸 낳고 행복하게 살 팔자라면 지금 당장 한강에 투신하겠다"라고 쓴 바 있지만 아들딸 낳고 30여 년의 결혼 생활을 한 다음 아내와 이혼에 합의한다. 이혼의 조건도 서로 상대편보다 더 좋은 남자나 여자를 만나지 못하면 다시 결합

한다는 것이다. 이 작품은 결혼을 희화화하고자 하는 작가의 의도를 뚜렷이 드러내고 있다. 30여 년의 결혼 생활을 혼인신고 없이 해왔다는 사실과 "누구에게도 사랑받아보지 못한 외로운 존재로 죽고자 한다"는 고백 사이에는 주인공이 말할 수 없는 어떤 진지한 고민이 들어 있기 때문이다. 그것은 머슴의 아들로 태어나 병상에서 앓고 있는 어머니를 30여 년 동안 간호한 아들의 고통이다. 그는 어쩔 수 없이 어머니를 돌볼 수밖에 없었지만 그로 인해서 삶에 대한 어떤 환상도 가질 수 없는 존재가 되어버린다. 그래서 고등학교 2학년 때 쓴 일기와 같은 생각을 하기에 이른 것이다. 그가 아내와 동거하면서 혼인신고를 하지 않은 것은 가정이라는 굴레가 가지고 있는 온갖 함정에서 자유롭고자 하는 소망이 있기 때문이다. 그러나 그가 자살의 충동을 이기지 못하고 자살을 시도하는 것은, 아내와 동거 생활을 하는 동안 결혼이라는 제도에 묶이지 않는 자유로운 삶을 살았다고 자부심을 가졌으나 아내가 2년 만에 다른 남자와 결혼하고 행복하게 사는 것을 보면서 자신이 자유를 즐기며 살고 있다는 믿음이 하나의 허위의식에 지나지 않는다는 것을 깨달았기 때문이다.

그는 삶의 의미를 잃고 자살을 하려고 하는 순간 '하선미'와 그녀의 딸 '잔아'를 만난다. 그가 잔아에게 끌린 것이나 잔아가 그에게 끌린 것은 유년 시절의 상처를 가지고 있다는 공통점 때문이다. 세 살 때 업둥이로 하선미의 집에 들어온 잔아는 일곱 살 때 의붓아버지로부터 성폭행을 당하고도 어머니라고 부르는 하선미에게 그 사실을 고백하지 못한다. 오히려 십대 때 몸을 팔아 집세를 마련하며 어머니의 생활을 돕는 잔아는 악령 들린 여자가 된다. 그녀는 기용의 운명을 예언하기도 하고 자기 안에 감추어진 악마의 정체를 찾고자 하기도 한다. 현실의 잔혹한 고통 속에서 죽지 않고 사는 방법은 자신이 인간으로 사는 것이 아니라 신으로 사는 수밖에 없는 것이다. 그것은 현실 속에 몸 담고 있는 인간적 존재의 삶이 아니라 환상 속에 살고 있는 환상적 존재의 삶일 수밖에 없다. 그녀가 자신의 성장 과정을 기용에게 이야기하는 것은 기용의 고등학생 시절의 일기를 읽은 다음이다. 이십대 초반의 여성이 68세의 노인에게서 진정한 사랑을 느끼게 되는 것은 두 사람의 영혼 속에 자리 잡은 악마의 원형이 성장 과정에서 경험한 슬픔이라는 공통점을 발견한 이후의 일이다. 이 기괴한 사랑의 정체를 통해서 작가는 행복, 기쁨, 즐거움 같은 삶의 환희란 불행, 아픔, 슬픔과 같은 삶의 고통과 대칭되는 것임을 보여주고 싶었던 것 같다.

이러한 소설들을 통해서 김용만은 그의 상상 속에 펼쳐지는 환상을 자유롭게 다룸으로써 현실을 환상처럼 제시하는 능력을 보여주고 있다. 그것은 삶의 구체성이 결여되었다는 비판으로부터 자유로울 수 없지만 소설이 꾸며낸 이야기라는 기원적 정의를 벗어나지 않는다는 것을 인정하게 만든다. 고통스러운 현실을 혹독하게 산 인물은 자신을 그 현실로부터 떼어놓고 싶은 욕망을 뿌리칠 수 없는 것이다.

오수연의 소설 「벌레」
─ 현실과 환상의 사이에서 2

오수연은 1994년 『현대문학』에 장편소설 『난장이 나라의 국경일』이 현상 모집에 당선됨으로써 화려하게 문단에 등장한 중견 작가이다. 그는 1997년 첫 창작집 『빈집』을 출간하여 문단의 주목을 받은 다음 1997년부터 2년 동안 인도에 체류하며 오래된 역사를 가진 세계에 새롭게 눈을 뜨고, 2001년 연작소설집 『부엌』을 출간하고 여기에 수록된 중편소설 「땅 위의 영광」으로 제34회 한국일보문학상을 수상했다. 또한 2007년 소설집 『황금지붕』을 출간하고 '신동엽 창작지원금'을 수상했다. 그는 1990년대에 문단에 등단한 이른바 '486세대'의 대표적인 작가로서 전쟁의 와중에서 폐허가 되어가는 팔레스타인과 이라크의 현장에 뛰어들어 전쟁의 포화 속에 신음하는 약소 민족들의 목소리를 전하는 역할을 맡은 보기 드문 실천적 소설가이다. 오랜 군사독재로부터 자유로워진 1990년대 한국 소설이 대서사를 잃어버리고 일상적 삶의 미세한 관찰로 위축되어가고 있는 현실에서 오수연은 인류가 봉착하고 있는 당면 문제와 정면으로 부딪치는 건강한 현실주의 문학을 대변하고 있는 작가이다. 여기에 소개하는 「벌레」는 그의 비교적 초기작으로서 창작집 『빈집』에 수록되어 있다.

이 작품에 등장하는 '나'는 온몸이 가려운 증세로 고통을 받고 있다. '나'는 피부과 의원에 가서 진찰을 받는다. '박피 수술'이 전문인 의사는 여성으로서 수치심을 견디며 보여주는 환부를 힐끗 쳐다보고는 자신의 약 처방을 주고 누구에게나 하는 주의 사항을 나열한다. 의사는 환자의 개인적 사정에 귀를 기울이지도 않고 전문가답게 똑같은 진단을 내린다. '나'는 의사의 처방대로 약을 바르고 의사의 주의 사항을 지키려고 노력한다. 그러나 가려움 증세는 가라앉지 않고 '나'를 괴롭힌다. '나'는 다시 피부과 의원을 찾아가고 의사는 똑같은 진단과 처방으로 대응한다. 의사는 박피 수술 전문의이기 때문에 그 분야의 첨단 의료 설비와 치료 기법을 자랑할 뿐 모든 가려움증을 '아토피' 증세로 진단하고 처방하는 기계화된 의사이다. 그것은 다른 피부병의 치유에는 뜻이 없고 박피술이라는 피부 성형에만 관심을 보인다는 점에서 돈 버는 기계의 상징이다.

보름 동안 이틀 간격으로 찾아간 병원에서 똑같은 대접을 받는 '나'는 가려움증의 원인을 새로 입주한 아파트의 벌레에 있다고 짐작한다. 서울 근교에 조성된 신도시에 있는 그의 아파트에는 벌레가 우글거린다. 갖가지 곤충들이 아파트 안으로 밀려드는데도 불구하고 주민들은 그 사실을 입 밖에 발설하지 않는다. 그런 소문이 나면 평생 갚아야 할 빚을 지고 분양받은 아파트의 값이 떨어질 것이기 때문이다. 늦은

봄부터 시작된 나방이의 공세는 여름 내내 아파트 안에 벌레들을 들끓게 했고 그 안에 살고 있는 '나'는 가려움증으로 고통을 받고 있다. 따라서 근본적인 대책은 아파트에 벌레가 들끓는다는 사실을 인정하고 소독을 해서 곤충들을 박멸해야 하는 데 있음에도 불구하고 주민들은 아파트 가격의 하락만 두려워서 벌레가 들끓는 사실을 감추려 하고 있다. 따라서 '나' 혼자서 병원에 다니며 치료를 받고자 하는 것은 가려움의 고통으로부터 벗어나고자 하는 개인적인 노력이다. 아파트 전체의 근본적인 해결책은 주민들의 합의로 소독과 방제를 하는 것이다. 그러나 '나'는 "내가 할 수 있는 일은 은밀히 피부병을 치료하는 일뿐이다"라고 고백한다.

그런데 어느 날 '나'는 병원에 비치된 여성 월간지에서 피부과 원장에 관한 기사를 읽게 된다. 그 기사는 "건강 상담이나 피부 박피술 소개가 아니라 가족 인터뷰"였다. 그 의사가 아파트 베란다에 스티로폼 상자를 놓고 거기에 야채를 가꾼다는 기사이다. 음식 찌꺼기를 발효시킨 퇴비로 무공해 채소를 재배하는 의사와 연주회로 바쁜 바이올리니스트 아내가 사진의 주인공이다. 의사가 손수 기른 채소로 가족의 건강을 지킨다는 이 기사는 '나'에게 충격을 준다. 한 달에 단 하루만 쉬면서 매일 수많은 환자를 받을 정도로 "일터에서는 냉혹한 돈벌레"인 원장이 "가정에 돌아가면 애처가이자 자상한 아버지가 되는" 위선적 삶을 미화시키고 있기 때문이다. 단순한 미화가 아니라 베란다에서 전원 생활의 꿈을 이루고 있다거나 의사 자신이 채소를 가꾼다는 거짓말을 만들어내고 있다. 그것을 간파한 주인공 '나'는 "아파트 문턱을 넘어가면 도살자요 넘어 들어오면 수호천사가 되는 이 신비한 마법을" 터득한다. 지금까지 원장으로부터 홀대를 받은 이유를 알게 되자 "저도 피부 박피 수술을 받겠어요! 저도 수술해주세요!"라고 '나'는 선언한다.

작가는 이 부분까지는 사실주의적 관점에서 서사를 꾸미고 있다. 그러나 원장의 위선적 삶을 간파하는 순간 '나'는 자신의 몸에 비늘이 돋는 것을 본다. 여기에서부터 작가는 환상적 수법을 통해서 서사를 이어간다. 밤새도록 벌레들과 끝없는 싸움을 벌인 '나'는 벌레들을 빗자루와 쓰레받기로 쓸어내다가 새벽녘에 온몸이 가려워오는 것을 느끼고 잠옷을 벗어던진다. 머리에서부터 발끝까지 자신의 온몸에 빈틈없이 퍼져 있는 비늘이 불빛을 받아 빛난다. 그 순간 '나'는 벌레가 된 것이다. 카프카의 『변신』을 연상시키는 벌레가 된 '나'는 배가 "투명하고" 그 "안쪽에서 푸르고 붉은 액체가 빠르게 흘러가고 있"음을 목격한다. 그 순간 '나'에게 변화를 요구하고 가출했던 남편이 돌아온다. 남편은 결혼한 지 4년이 되던 어느 날 '나'에게 "사람답게 살아보자"고 제안했었다. 그 제안 가운데 하나가 "아이를 낳는" 것이었고 '나'는 거기에 동의하지 않았다. 여자가 결혼하면 "달라져야 한"다고 생각한 남편은 '나'와 의견 대립을 해소하지 못하자 가출했다. 돌아온 남편은 변신한 '나'를 부둥켜안고 "사랑해"라고 속삭인다. 벌레인 '나'는 "삐리리리릿"이라고 속삭인다.

작가는 아마도 오늘의 한국 사회에 만연해 있는 금전 만능주의와 가족 이기주의를 통해서 자기만의 삶을 살고자 하는 한 여성의 고통을 형상화하고자 이 작품을 쓴 것 같다. 여성을 둘러싼 모든 것이 여성의 정체성을 위협하는 것이기 때문에 주인공은 자신의 정체성을 지키려고 하면 할수록 육체적 가려움과 남편과의 헤어짐이라는 고통을 받는다. 그 고통으로부터 벗어나는 길은 자기 정체성을 포기하고 굴욕적인 벌레로서 사는 것이다. 작가는 여성이 받는 고통을 사실적 수법으로 그린 반면에 벌레로서의 삶을 환상적 수법으로 그림으로써 문학적 형상화에 성공하고 있다. 그것은 우리의 삶에 있는 비루함을 발견한 독자에게 쓰라린 아픔을 경험하게 하고 비루한 삶을 벗어날 수 없는 독자에게 참담한 반성을 하게 만든다. 왜냐하면 부조리한 현실을 고발하기는 쉽지만 그 현실을 받아들이고 삶의 비루함을 인정하기는 쉽지 않기 때문이다.

우화의 시

—송찬호의 시

송찬호는 1987년 『우리시대의 문학』 6호에 「금호강」 「변비」 등을 발표하여 문단에 등장한 이래 『흙은 사각형의 기억을 갖고 있다』 『10년 동안의 빈 의자』 『붉은 눈, 동백』 『고양이가 돌아오는 저녁』 등 네 권의 시집을 출간한 비교적 과작의 시인이다. 약 5년마다 한 권의 시집을 발간한 셈인데 시집이 발간될 때마다 그는 한국 시단에서 꾸준히 주목받아왔다. 2000년 세번째 시집 『붉은 눈, 동백』으로 그는 제13회 동서문학상과 제18회 김수영문학상을 수상했고, 2008년 제8회 미당문학상을 수상했으며, 2009년 『고양이가 돌아오는 저녁』으로 대산문학상을 수상함으로써 한국에서 시행되고 있는 문학상 가운데 큰 상을 대부분 수상했다. 문학상이란 우연의 결과일 수도 있고 인맥이나 교우 관계에 좌우될 수도 있지만 송찬호가 충청북도 보은이라는 시골에 은거

116

하며 오직 시작에만 매진하는 독특한 시인이라는 것을 감안하면 그의 시가 한국에서 얼마나 높이 평가되는지 짐작하게 한다.

여기에서 소개되고 있는 시 가운데 「흙은 사각형의 기억을 갖고 있다」는 흙 속에 묻히는 죽은 자의 무덤을 보며 살아 있을 때 그가 가지고 있던 온갖 욕망과 지식, 꿈과 현실이 사각형으로 파놓은 무덤 속에 묻힘으로써 무화되는 것을 목격한 시인의 깨달음을 노래한다. "풍성한 과일을 볼 때마다/그의 썩은 얼굴을 기억하듯" 시인은 '죽음을' 삶의 완성된 '형식'으로 인식한다. 삶 속에 죽음이 있고 죽음 속에 삶이 있다는 인식을 근거로 삶과 죽음의 경계를 넘나드는 시인은 젊은 시절에 이미 한 치 앞을 내다볼 수 없는 미래에서 삶의 무상성을 파악하고 있다. 어쩌면 그 때문에 시인은 일찍이 모든 생존 경쟁의 다툼을 피해 시골에서의 은둔 생활을 선택했던 것 같다. 시인은 「구두」 한 켤레도 자신의 발을 가두는 '작은 감옥'으로 인식한다. 새장 속에 갇혀 있는 새가 살아 있는 새가 아니듯이 구두 속에 갇혀 있는 발은 살아 있는 발이 아닌 것이다. 구두-발-새-구름으로 연결된 그의 초기의 상상력은 다분히 초현실주의자의 그것이다. 구름 위에 올려져 있는 새 구두를 한 척의 배로 비유한 것은 살바도르 달리나 르네 마그리트의 그림에서 볼 수 있는 것과 같은, 이 세상의 모든 구속으로부터 벗어나고자 한 초현실주의적 상상력이 아니고는 불가능한 것처럼 보인다.

「칸나」에 오면 시인은 붉은 칸나를 의인화하고 있다. 드럼통에 심은 칸나는 가난한 집에 핀 꽃의 상징이다. 몇 가지 초록색 식물들 사이에 붉게 핀 칸나는 마치 노래를 너무 많이 불러서 목이 부은 삼류 가수의 형상이다. 또 저녁노을을 받고 붉게 타오르는 칸나의 모습은 평생 여행용 가방을 들고 자신에게 어울리지 않는 쇠 구두를 신고 세월이 흘러가도록 노래만 부르며 청춘을 보낸 늙은 여가수의 모습이다. 시인이 "별들 날 없는 삼류 가수의 삶을 위해 부른 애잔한 응원가"라고 고백하고 있는 것처럼 여기에는 세월의 때를 감출 수 없는 남루한 삶의 흔적들만 남아 있다. 시인은 식물과 동물, 그리고 자신의 일상적 공간에 있는 모든 사물들에서 그 삶의 흔적을 찾고자 한다. 왜냐하면 그에게 있어서 시는 "문자로 세상을 일으키"는 것이기도 하고 "노래가 되"기도 하고 '연애'를 가능하게 하기도 하고 "빵을 구울 수 있"기도 한 것이기 때문이다. 그렇기 때문에 시인은 키가 작은 '채송화'를 한 권의 책으로 읽을 줄 안다. 쪼그리고 앉아야 읽을 수 있는 그 책에서 "소인국 이야기"를 읽은 시인은 "깨진 거울"을 찾아내고 "고양이 수염"을 가려내고 "비둘기 똥"의 흔적을 본다. 그것은 '호수'가 되기도 하고 '주석'을 달기도 하고 '헌사'를 남기기도 한다. '채송화'는 그의 삶과 꿈을 모두 찾아낼 수 있는 상상력의 "작은 영토"가 된다. 그렇기 때문에 "구두 한 짝" "깨진 거울"과 같은 일상적 사물들이 그의 소인국에서는 한낱 쓰레기에 지나지 않는 것이 아니라 "큰 호수"에 떠 있는 배가 되기도 하고 뜨락과 울타리가 있는 영토가 되기도 한다.

그의 시 「빈 집」은 재개발이 한창이던 시대에 철거의 대상인 '빈집'을 통해서 음지의 풍경을 보여준다. 오래된 건물의 다락에는 원래 살림에 도움이 되지 않는 온갖 허섭스레기들이 가득 차 있다. 그 집이 철거 대상이 되면 그 골칫거리들이 모두 밖으로 옮겨지고 모든 가구들도 치워지고 창문도 없어진다. 한때 피아노 소리가 나던 여유와 행복의 상징으로 보인 빈집은 도둑고양이만 드나드는 폐허가 된다. 주인 없는 집에 각다귀 떼처럼 들러붙어 있는 것은 '노숙의' 구름이다. 빈집을 차지한 노숙자와 퇴거를 요구하는 철거반원들의 관계를 통해서 시인은 발전의 그늘에 가려진 문명의 폐허를 우화 속 풍경으로 보여주고 있다. 그렇기 때문에 '피아노/고양이' '노숙자/철거반원'의 대립 항들이 현실 속의 존재가 아니라 우화 속의 존재로 보인다.

이런 우화의 세계가 가장 잘 나타난 시가 「고양이」이다. 서구화된 가정에서 사랑받는 애완동물이 된 '고양이'가 "철학 시간"을 갖는다. "앞발을/가지런히 모으고 앉아 모서리 구멍을 응시하고 있"는 고양이의 모습에서 고양이의 "철학 시간"을 읽어낸 시인은 고양이를 의인화시키고 있다. 집 안에서 "네발 달린 의자에 사뿐히 뛰어 올라 털실이 떠나간/털실 바구니에 들어가 때때로 달콤한 오수를 즐기"는 고양이를 시인은 인간에 의해 길들여진, 문명화된 고양이로 인식한다. 어둠과 추위로부터 쫓겨 왔다는 점에서 사람과 다를 바 없는 고양이는 이따금 "철학 시간"에 "사라진 사냥 시대"의 기억을 되살린다. 그러나 "달콤한 오수"를 즐겨온 문명화된 고양이는 꿈속에서 자신이 가지고 놀던 "손거울" "집 열쇠" "어항의 물고기"가 사라지는 꿈을 꾼다. 그것은 "사라진 사냥 시대"를 상기시키는 "모서리 구멍"을 응시한 철학 시간을 갖고 난 다음 오수를 즐기는 가운데 한 체험이다. 따뜻하고 밝은 집 안에서 여러 가지 장난감을 가지고 노는 재미 때문에 춥고 어두운 바깥에서 사냥하며 위험을 무릅쓰고 살던 야생의 생활을 잊어버린 고양이가 문득 본래의 자아를 발견하는 우화를 통해서 시인은 우리에게 대량생산과 소비 시대를 사는 우리 자신이 망각하고 있고 잃어버리고 있는 본래의 삶을 일깨워주고 있다. 우리의 비극은 문명의 세례를 받은 우리가 본래의 삶으로 돌아갈 수 없다는 데 있다.

「접시라는 이름의 여자」라는 시는 "불꽃이 그녀의 일생일 줄 알았고/사랑만이 오직 불순물처럼/그녀의 일생에 끼여들 것으로 알았"던

여자가 "열심히 접시를 닦"으며 "잠시 행복해"지는 모습을 그리고 있다. 그 여자가 비록 "손톱 밑에서 양파 냄새가 배어나오"지만 잠깐 틈을 내서 "창가의" "테이블에 앉아 책을 읽"는 모습은 너무 아름답다. "불의 딸"답게 자신이 선택한 일, 자신이 하는 일에 충실한 여자의 모습은 "위급한 상황"이 발생하지 않는 한 흐트러짐 없이 평화롭고 행복하다. 그녀의 평화는 그녀만의 시간을 갖는 한 유지될 수 있지만 외부의 군대가 쳐들어오면 깨진다. 그것을 시인은 남편과 아이들이라고 말한다. 일상의 늪은 함께 살아야 하는 남편과 아이들의 존재로부터 시작된다. 그 끔직한 군대를 "마요네즈 군대" "토마도 군대"라고 표현한 것은 그것이 일하는 여자의 외세임을 보여주고자 한 것이다.

시인은 삶을 적당히 위무하고 세상을 다독이는 시가 아니라 그만의 독특한 안목으로 사물과 세계를 표현한 시를 쓰고자 한다. 그는 자연 속에 살면서 꽃과 나무, 동물들과 식물들에게 스스로 말하게 함으로써 문명적 삶에 대한 깊은 반성에 이르게 한다. 그의 시에서 동물들과 꽃과 나무가 스스로 말을 하는 것은 동화나 우화에서 볼 수 있는 수법이다. 그것들의 말을 통해서 시인은 오염된 문명 속에 살고 있는 우리에게 자연의 목소리를 듣게 만든다. 그는 한국 시에서 특이한 자리를 차지하고 있는 시인이고 주목받는 시인이다.

III
문학과 세계

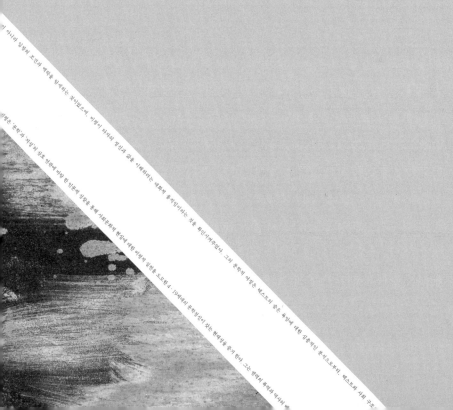

문학작품 속의 한국전쟁

1

한국전쟁은 1950년 6월 25일 북한의 남침으로 시작되어 1953년 7월
의 정전협정까지 3년 동안 치러진 전쟁을 의미한다. 그 명칭은 한국에
서는 6·25동란으로 일컬어지던 것을 외국 언론에서 한국전쟁(Korean
War)으로 부른 데서 기원한다. 올해는 6·25동란 60년이 되는 해이
다. 일제로부터 해방된 지 5년 만에, 그리고 외세에 의해 남북으로 나
뉘어 두 개의 정부가 들어선 지 3년 만에 발발한 한국전쟁은 한국 사
회를 뿌리부터 바꾸어놓았다. 한국전쟁은 한국인 300만 명을 희생시
켰고 천만 명에 달하는 이산가족을 만들어놓았다. 한국 소설의 소재와
배경의 측면에서 본다면 한국전쟁은 그 어떤 역사적 사건보다 한국 문

학에서 큰 비중을 차지한다. 준비된 남침으로 북한군은 전쟁 개시 1개월 만에 국군을 대구 근교까지 밀어냈고 남한의 5분의 4를 지배하였다. 반격에 나선 국군과 유엔군은 5개월 만에 압록강 연안까지 진격했다. 그러나 중공군의 참전으로 다시 서울을 내주고 되찾는 공방전 끝에 유엔군은 북한군과 현재의 휴전선을 경계로 정전협정을 맺었다. 밀고 밀리는 전쟁의 와중에서 1천만 명이 넘는 피란민들이 남쪽으로 이동한 엑소더스는 농경 사회를 토대로 한 한국의 전통 사회를 뒤흔들어 놓았다.

2

1950년대 한국 소설의 대부분은 한국전쟁을 소재나 배경으로 삼고 있다. 전쟁을 직접 겪은 이들 세대의 작가로 염상섭, 안수길, 황순원, 김동리, 박경리, 장용학, 선우휘, 손창섭, 서기원, 오상원, 이범선, 이호철, 송병수, 하근찬 등을 들 수 있다. 염상섭, 안수길, 황순원, 김동리를 해방 후 제1세대 작가라 한다면, 1950년대 작품 활동을 시작한 이들 제2세대 작가들은 전후 세대라 부를 수 있다. 6·25전쟁이 한국의 가족, 계층, 사회를 뒤흔들어놓는 '대격변(catastrophy)'이고 엄청난 '폭력(violence)'이기 때문이다. 전후 세대 작가들은 전쟁에 직접 참가하여 적군과 싸우면서 스스로 죽을 고비를 여러 번 넘기고, 함께 싸우던 전우들의 죽음을 목격한 세대로서 소설 속 인물을 통해서 잔혹한 전쟁을 고발하고 그 속에서 살아남은 사람들의 방황과 생존을 위한 몸부림을 기록하고 있다. 그들이 형상화한 작중인물은 인간 존재의 유한성과 우연성에 절망하면서 정신의 지주를 찾고자 처절한 싸움을 벌인다. 그럼에도 불구하고 반공주의로 무장된 이 인물들은 그들 사회가 지향하고 있는 이데올로기를 검토할 여유도 갖지 못한다. 그들은 자신들이 수행하고 있는 전쟁의 의미를 질문하지도 못한다. 그들은 자신이 살게 될 사회가 어떤 것이어야 하는지 전망하지도 못한다. 그들은 역사의 희생자이고 현실의 피해자일 뿐이다. 그런 점에서 전후 세대의 작가들에게 소설이란 그들이 경험한 현실을 재현하는 것이고 그 현실의 부조리를 고발하는 것이며 인간 운명의 우연성을 밝히는 것이다. 그리하여 그들 소설은 전쟁이라는 극한 상황 속에서 나타나는 여러 가지 현상을 보고한다. 첫째, 북한이 받아들인 공산주의는 전통적인 지주들을 악의 축으로 몰아서 그들의 토지를 강제로 빼앗고 노동자 농민들에게 무상으로 배분한다. 그 과정에서 지주와 소작인 사이에 갈등과 대립이 격화되고 고발과 살인 사건이 빈발한다(황순원, 선우휘, 이범선, 하근찬). 둘째로 전쟁에 참여한 사람들은 전쟁에 수단과 방법을 가리지 않고 이겨야 하기 때문에 무자비하고 잔혹한 야수성을 드러냄으로써 인간의 존엄성을 상실하게 된다(선우휘, 오상원, 이범선). 셋째로 전쟁으로 가족과 사랑하는 사람을 잃은 젊은이들은 전장에서 입은 정신적 상처로 고통을 받으며 방황한다. 지키고 추구해야 할 가치 체계를 잃어버린 그들은 때로 부도덕한 선택을 하기도 하고 방탕한 행위를 보이기도 하지만 그들은 전쟁의 상처가 아물지 않아 고통을 겪는다(염상섭, 황순원, 서기원, 이범선, 하근찬). 넷째, 부모와 형제를 잃은 어린이들은 피란의 물결에 휩쓸려서 거리를 떠돌며 굶주림을 해결하고자 어른들의 어둡고 불결한 세계에 물들기도 하지만 성장을 멈추지 않는 모습을 보여준다(이호철, 송병수). 다섯째, 전쟁으로 실종된 사랑하는 사람이나 위기에 처한 가정을 구하기 위해 인간으로서의 자존심과 자긍심을 버리고 자기 자신을 내던지는 여성들을 통해 사랑의 위대한 힘을 발견하게 한다(염상섭, 황순원, 김동리, 박경리, 서기원). 여섯째, 가족의 일부를 남겨두고 고향을 떠나 남쪽으로 온 피란민들은 남쪽에 뿌리박기 위한 고난과 고향으로 돌아가지 못하는 분단 현실의 고통을 안고 한 많은 생활을 한다(안수길, 장용학, 이범선, 이호철). 전후 세대 작가들은 전쟁이라는 폭력이 개인에게 강요하는 비극적 체험을 통해 상처받은 영혼들의 방황을 형상화하며 수많은 질문을 던진다. 그것은 전쟁이라는 극한 상황 속에서 인간 존재란 무엇인지, 인간답게 사는 것이 무엇인지, 사람과 사람 사이의 관계를 이어주는 윤리, 도덕, 법률이란 얼마만큼의 가치가 있는지, 이유도 모른 채 사랑하는 사람이 죽어가는 슬픔과 적이라는 이름으로 죽여야 하는 부조리를 누가, 무엇이 부여하는지 등의 질문으로 나타난다.

3

이들보다 몇 년 뒤에 작품 활동을 시작한 최인훈은 1960년에 발표한 「광장」에서 6·25동란을 새로운 각도에서 조명하고 있다. 해방 후 월북한 아버지를 둔 주인공 '이명준'은 남쪽의 수사기관으로부터 부당한 폭행을 당한다. 그는 인천의 친구 집에 갔다가 북한으로 밀입국한다. 그는 무산대중의 이상국을 찾아 월북한 아버지가 특권을 누리며 사는 것을 보고 공산 정권의 허위성을 알게 된다. 북한이 남조선을 해방시킨다는 명목으로 남침하자 그는 전쟁에 동원된다. 낙동강 전투에서 포로가 된 그는 포로 석방의 기회에 남쪽도 북쪽도 선택하지 않고 제3국을 선택한다. 「광장」은 사회적으로 금기시되었던 분단된 두 체제를 객관적이고 근본적인 측면에서 다룬 새로운 소설이다. 주인공은 북한이 전쟁을 하면서 자행하는 거짓에 대해서는 환멸을 느끼지만, 전장에서 다시 만난 은혜와의 사랑이 가장 소중한 진실이라는 것을 깨닫는다. 그러나 전쟁은 그 두 사람이 사랑의 진실을 오래 누릴 수 있도록 내버려두지 않는다. 은혜를 잃은 다음 포로가 된 그는, 부정과 부패로 물들어 있는 남쪽의 자본주의 사회도 선택할 수 없고 인민을 내세우며 독재적 권력을 휘두르는 북쪽의 공산주의의 위선과 거짓을 선택할 수도 없어서 제3국을 선택한다. 북한의 공산주의나 남한의 자본주의는 외부에서 수입된 명목상의 이데올로기일 뿐, 한국 사회의 내적 필연성에 의해 선택된 이데올로기가 아닌 것이다. 그러나 그는 인도에 도착하기 전에 인도양에 투신한다. 그의 자살은 단순한 죽음이 아니라 사랑과 이데올로기 가운데 사랑의 진실을 깨닫게 된 그의 깊은 성찰의 표현이고, 죽음이 도피나 패배가 아니라 사랑의 완성에 이르는 하나의 길이 될 수 있다는 깊은 통찰의 표현이다. 왜냐하면 그가 투신하기 전에 갈매기가 날아다니는 환상은 은혜의 배 속에 있는 새 생명의 상징이기 때문이다. 생명에 대한 외경은 그로 하여금 그들의 진실한 사랑의 열매를 받아들이지 않을 수 없게 만든다. 그런 점에서 본다면 전후 세대의 소설은 반공 의식으로 무장된 전통적인 휴머니즘을 통해서 둔 선악의 대결 구도를 실현하고 전쟁의 피해자로서의 인간 조건의 부조리를 형상화하고 있는 반면에, 「광장」은 이념과 현실의 괴리에 고통당하는 개인과 그 개인이 진실한 사랑의 발견에 치르는 값비싼 대가를 통해서, 근대적 의미의 개인의 등장을 형상화하고 있다. 그렇기 때문에 이 소설은 줄거리를 전달하는 단선적 서사가 아니라 사건이 끊임없이 지체하거나 과거로 되돌아가는 근대적 형태를 갖출 수밖에 없다. 그런 점에서 본다면「광장」은 한국전쟁을 한 차원 높게 해석한 탁월한 작품이면서 제3세대의 문학을 예고한 작품이다.

4

제3세대는 유년 시절에 피란민의 대열에서, 혹은 후방에서 겪은 한국전쟁의 기억을 가진 세대로서 정전 후 10여 년이 지난 다음 작품 활동을 시작한 작가들을 지칭한다. 그들은 해방 후 처음으로 한글을 배우고 한글로 사유하고 한글로 표현하는 '한글세대'로서 4·19 학생혁명을 주도했다는 점에서 '4·19 세대'라고 불리기도 한다. 여기에 속한 작가들은 김승옥, 이청준, 박태순, 서정인, 홍성원, 김주영, 조해일, 김원일, 전상국, 유재용, 조선작, 윤흥길 등이다. 그들은 한국전쟁에 대한 어린 시절의 기억을 가지고 있고 아버지 세대와 함께 살면서 그들에게 남아 있는 전쟁의 상처를 발견하고 그 상처가 그들이 살고 있는 현실과 관련되어 있음을 발견한다. 그들은 민주주의 교육을 받은 세대로서 자신이 살고 있는 사회를 자신이 선택할 수 있다는 자유주의와 개인주의 의식의 소유자들이다. 4·19 학생혁명을 통해서 자유민주주의를 획득한 경험이 있는 그들은 자신이 속한 사회 체제가 자신의 의사에 반할 때 의사표시를 주저하지 않는다. 그들은 개인과 개인, 개인과 사회의 갈등과 대립의 정체를 밝히고 산업화되고 상업화되는 시장경제 체제 속에서 개인이 설 자리를 찾고 있다. 그렇기 때문에 그들의 문학은 다양하고 개성이 뚜렷하지만 그들의 작품 속에는 한국전쟁의 흔적이 남아 있고, 때로는 그 전쟁 자체를 전면적으로 다루기도 한다. 어떤 작가들은 유년 시절에 입은 정신적 상처를 내면에 지니고 살지만 어떤 조건만 갖추어지면 그 상처가 끊임없이 덧나서 괴로움을 당하는 주인공들을 다룬다(이청준, 서정인, 김원일, 박태순). 이들 작가들 가운데는 전쟁으로 잃어버리거나 헤어진 아버지 부재의 가정에서 어린 나이에 생계를 책임져야 하는 가부장의 역할을 떠맡은 주인공들을 다룬 작가들도 있다(김주영, 김원일, 유재용, 조해일, 조선작). 또 다른 작가들 가운데는 이념적인 차이로 아버지의 부재를 드러내지 못한 채 허무의식에 사로잡혀 방황하는 개인을 주인공으로 삼아 자신의 정체성에 질문을 던지는 인물들을 다룬 작가들도 있다(김승옥, 김원일). 다른 한편으로는 전사한 손자를 맞아들이는 할머니의 아픔이나 고향에 돌아갈 꿈을 실현하지 못하고 죽어가는 실향민 아버지의 한을 다룸으로써 전쟁의 상처, 나아가서는 분단의 상처가 한국인의 삶 속에 뿌리 깊이 남아 있다는 흔적을 파헤친 작가들도 있다(윤흥길, 유재용, 전상국). 또 어떤 작가는 우리 사회를 구성하고 있는 모든 집단, 모든 계층, 모든 신분의 인물들이 겪고 있는 한국전쟁의 전모를 형상화하고 전쟁의 폭력성과 이데올로기의 허상을 파헤침으로써 반전사상을 구현한 작가도 있다(홍성원). 이들 제3세대의 작가들은 한국전쟁에 직접 참여하지 않았으면서도 그것이 오늘의 그들의 삶에 어떤 식으로 남아 있고 어떻게 영향을 미치고 있는지 질문한다. 그것은 그들 개인의 존재에 역사적 문맥을 부여하는 것으로 근대적 개인의 발견에 해당한다.

이들 제3세대의 작가들에게서 1980년대 이후에 발견되는 현상은 주인공의 죽음을 기본 모티브로 삼은 작품들이 많다는 것이다. 다시 말하면 그것은 1950년대 초 한국전쟁에 직접 참여했거나 전쟁을 체험한 주역들이 실제로 세상을 떠날 나이에 이르렀다는 것을 의미한다. 이제 잊힐 만한 6·25전쟁이 그들의 죽음을 통해서 제3세대 작가들의 기억을 되살리고 그것이 가지고 있는 현실적인 의미를 다시 부각시키고 있는 것이다. 전쟁 후 많은 세월이 흘렀음에도 불구하고 분단 현실의 상존은 이들 세대가 전쟁의 후유증을 그대로 앓고 있음을 말해준다. 다른 말로 하면 한국전쟁 제1세대의 죽음이 소설 속에서 제3세대의 삶의 현실을 의식하게 하고 문제화시키고 있다고 할 수 있다. 죽음이 곧 삶이 되는 이 역설적 현실이 분단 한국이 겪고 있는 아픔이 아닐까 생각된다.

5

그렇다면 한국전쟁의 상처는 치유될 수 없는 것인가? 물론 통일이 되지 않고 분단 현실이 지속되는 한 근본적인 치유가 불가능할 것이다. 그러나 2000년대 중반에 발표된 황석영의 『손님』은 근본적인 치유는 아니지만, 원한과 증오를 풀 수 있는 가능성을 제시하고 있다. 그는 자생적 근대화를 이루지 못한 우리 민족이 외래 사상에 걸려서 서로 죽이고 죽는 피의 참극을 불렀다고 진단한다. 여기서 말하는 외래 사상이란 사회주의와 기독교를 가리키는데, 작가는 그것을 '손님마마'라 부른다. 이 작품은 오래된 원한으로 상처 입은 영혼들을 치유해서 폭력의 유혹으로부터 벗어나게 만듦으로써 남북이 함께 살 수 있는 길을 열고자 한다. 작가는 "아직도 한반도에 남아 있는 냉전의 유령들을 이 한판의 굿으로 잠재우고 싶다"고 말한다. 여기서 한판의 굿이란 『손님』이라는 작품을 가리킨다. 죽어서도 평안히 잠들지 못하고 떠돌고 있는 영혼에서 악령을 쫓아내줌으로써 평안히 잠들게 하는 것은 억울하게 죽은 영혼들의 이야기를 들어주는 것이라고 작가는 말한다.

여기에서 이청준이 1994년에 발표한 『흰옷』에서 한 말을 상기할 필요가 있다. 그는 이 작품에서 어느 시골 산골에 아직도 "무덤도 없이 백골로 뒹굴고 있는 수많은 주검들" 즉 "좌익 유격대의 주검도" "우익 토벌대의 주검도" 이제 와서는 "사상이나 이념의 색이 다 바랜 백골로 남아 있"는 모든 혼백들을 한자리에 불러 달래고 위로해야 한다고 주장한다. 이 말은 유격대와 토벌대뿐만 아니라 전쟁의 와중에서 양쪽에서 희생된 무수한 양민들의 이름 없는 영혼들을 편히 잠들게 하는 위령제와 같은 과정을 거쳐야 남북의 화해와 평화가 가능할 것이라는 주장이다. 그러나 진정한 위령제는 전쟁 당사자인 제1세대가 아니라 전쟁과 상관없는 제4세대에 의해 치러질 수 있다는 것을 작가는 암시하고 있다. 왜냐하면 그들만이 어느 쪽에도 치우치지 않고 객관적으로 바라보는 눈을 갖고 양쪽의 희생자들을 함께 위로할 수 있기 때문이다. 아직도 북한이 쳐들어오는 악몽이나 흉몽에 시달리고 있는 기성세대의 한계를 이청준은 적절하게 지적하고 있다.

한국 문학은 한국전쟁이 아직 정전 상태라는 현실을 일깨워주며, 빠른 시일 안에 진정한 평화가 오기를 바라면서 한국인에게 남아 있는 한국전쟁의 상처를 치유하고자 한다. 그것은 전쟁 없는 세계를 향한 한국인의 꿈을 대변한다.

관련 작품

염상섭: 『취우』
황순원: 『카인의 후예』『나무들 비탈에 서다』
김동리: 「흥남철수」
손창섭: 「신의 희작」「잉여인간」「미해결의 장」「비 오는 날」
장용학: 『원형의 전설』「요한시집」
선우휘: 「불꽃」「깃발 없는 기수」「추적의 피날레」
서기원: 「암사지도」「이 성숙한 밤의 포옹」
이호철: 「탈향」『소시민』
하근찬: 「나룻배 이야기」「홍소」「왕릉과 주둔군」
오상원: 「백지의 기록」
박경리: 『전장과 시장』
이병주: 『지리산』
최인훈: 「광장」
김승옥: 「서울 1964년 겨울」「무진기행」
이청준: 「소문의 벽」『조율사』「병신과 머저리」『흰옷』
서정인: 「원무」
박태순: 「무너진 극장」
홍성원: 『디데이의 병촌』『남과 북』
조해일: 「아메리카」
조선작: 「영자의 전성시대」
김주영: 『천둥소리』「아들의 겨울」
김원일: 『마당깊은 집』『노을』『불의 제전』

유재용: 「누님의 초상」「거목」
전상국: 「아베의 가족」「고려장」
이동하: 「장난감 도시」
윤흥길: 「장마」「에미」
황석영: 『손님』
조정래: 『태백산맥』
이문열: 『영웅시대』
오정희: 「유년의 뜰」「중국인 거리」
임철우: 「아버지의 땅」

문학과 환경

1

20세기에 들어와서 과학기술의 발전은 전 세계를 급속한 산업화로 치닫게 만든다. 시장경제 체제에서 산업화는 기계화와 대량생산으로 특징지을 수 있는데 그것이 야기한 대기오염과 지구의 온난화는 인간이 살고 있는 환경을 파괴하고 생태계의 질서를 흔들어놓고 있다. 바로 그 때문에 세계는 나라마다 환경문제를 제기하고 있고 삶의 조건으로서의 좋은 환경을 조성하고자 노력한다. 실제로 최근 몇 년 동안 우리가 목격하고 있는 자연재해는 우리가 살고 있는 지구가 앓고 있다는 것을 입증하고 있다. 가까운 예로 아일랜드의 화산 폭발로 유럽 전체가 항공 대란을 겪고 있는 것이나, 멕시코 만에서의 원유 유출로 대서양 연안의 아메리카 대륙을 완전히 오염시킴으로써 생태계를 파괴하고 있는 것이나, 중국 남부와 인도에 내린 폭우로 수만 명의 인명 피해와 수십만 명의 이재민이 발생하고 있는 것이나, 아이티와 중국 서남부 스촨성에 일어난 지진이 그 지역 전체를 파괴하고 있는 것은 많은 사람들로 하여금 지구의 종말이 오지 않을까 걱정하게 만든다. 이러한 재난으로 인한 환경 파괴는 하나밖에 없는 지구가 인류의 생존의 영원한 터전이 될 수 없지 않을까 하는 우려를 낳고 있다. 그것은 인류가 만든 산업 문명이 인간에 의한 자연의 정복과 착취의 수단에 지나지 않을 뿐 인류의 행복을 보장해주지 않는다는 것을 일깨워주기도 한다.

산업 문명이 발달하기 이전 농경 사회에서는 모든 생명체가 먹이사슬을 형성하여 공존 공생의 순환 체계를 형성하고 생존의 필요에 따라 자연을 이용하는 삶의 양식을 만들어낸다. 하지만 인간에게 풍요와 안락을 약속하는 산업사회에서는 인류가 생산을 대량화하기 위해 기계 문명을 발달시킴으로써 자연의 순환 체계를 무너뜨리고 간접화된 욕망을 충족시키기 위하여 대량으로 소비하는 삶의 양식을 만들어낸다. 그런 점에서 삶의 양식이 서로 다른 동서양에서 자연에 대한 개념이 전혀 다르게 나타난다.

서양에서 자연은 신이 인간의 생존을 위해 인간에게 준 공동의 재산이다. 그렇기 때문에 인간은 생명과 편리를 위해 자연을 최대한 이용할 수 있는 권리를 가진 것으로 인식하고 있다. 산업사회는 자연에 노동을 가미하여 인간을 위한 재화를 만들어내고 인간의 욕망을 충족시키고자 하는 사회라고 생각할 수 있다. 반면에 동양의 전통적인 농경 사회는 인간이 대지를 개간하여 식량을 얻어내는 사회라는 점에서는 서양의 산업사회와 유사한 측면이 있지만 농사가 자연의 토양이나 절기에 순응하지 않고는 불가능하다는 점에서 다른 측면이 있다. 동양의 전통적인 농경 사회는 기후와 절기와 지질을 고려하여 자연의 섭리를 따름으로써 더 많은 식량을 생산하여 인간의 욕망을 충족시키고자 하는 사회이다. 그런 점에서 서양의 산업사회는 자연을 이겨냄으로써 인간이 필요로 하는 재화를 최대한 만들어내는 사회라면 동양의 농경 사회는 인간이 자연과 조화를 이루며 자연의 길을 따름으로써 최대한 수확을 얻는 사회이다. 서양의 산업사회는 자연을 정복하고 인간의 욕망을 만들어내는 도시 중심으로 발달한 반면에 동양의 농경 사회는 자연에 순응하며 소박한 욕망을 충족시키는 농촌 중심으로 유지되었다. 이러한 현상은 서양의 성당이나 교회가 문명의 도시에서 가장 중요한 광장에 자리 잡고 있는 반면에 동양의 불교 사찰이 자연의 깊은 산골에 자리 잡고 있는 것과 상통한다. 도시 중심의 서양의 기술 문명은 자연을 파괴하며 인간의 욕망을 충족시킬 수 있는 도구들을 생산하여 자연을 존중하는 동양의 농경문화를 힘으로 정복함으로써 19세기 제국주의가 세계를 지배할 수 있게 만든다.

동양과 서양의 자연에 대한 이러한 차이는 서양 문학이 인간존재와 인간 상호관계의 구명에 집중되고 있는 반면에 동양 문학은 자연의 아름다움을 노래하고 자연과 조화를 이루며 사는 삶을 예찬하고 자연과 하나 되는 삶의 꿈을 노래하는 것에서 드러난다. 소설이 문학의 주류를 형성한 19세기 서양 문학은 삶의 괴로움과 고통을 그리고 있는 반면에 시가가 문학의 주류를 형성한 19세기 동양 문학은 자연 속에 사는 삶의 즐거움과 기쁨을 노래한다. 자연과 인간이 구분된 서양 문학은 인간존재와 삶에 대해 깊은 탐구에 도달하고자 하는 삶의 모습을 제시하는 반면에 자연과 인간이 하나가 되고자 한 동양 문학은 자연 속에 사는 삶의 즐거움과 자연의 아름다움에 동화되는 조화를 노래한다.

과학기술의 발달과 교통 통신의 혁명이 일어난 21세기에는 동서양의 구분이 없어지고 농경 사회마저 산업사회로 흡수된다. 도시와 농촌의 구분이 없어지고 인간 욕망의 구조가 도시와 농촌 사이에 유사해져가고 있다. 보다 많은 재화를 소유하는 것이 삶의 질을 가늠하는 척도가 되어버린 오늘의 산업사회에서 왜소해지고 소외된 개인이 제기하는 자기 존재의 정체성에 관한 질문이나, 타인과의 소통과 자아실현의 길을 찾아 헤매며 개인의 사회적 성취에 관한 욕망의 추구는 소설의 주제가 된다. 집단을 형성해 살고 있는 개인은 그 집단으로부터 끊임없이 역사적 상처를 입을 수밖에 없고 문학은 그 상처와 고통을 찾아내고 기록한다. 전 세계의 도시화는 필연적으로 채워질 수 없는 욕망을 만들어내고, 이를 실현하기 위해서 인류는 환경을 끝없이 파괴한다. 그것은 자연이란 신이 인간에게 생명과 편리를 위해 마련해준 것이라는 관념에서 비롯된다.

2

환경이라는 말을 제일 먼저 문학비평에서 사용한 19세기 프랑스 비평가 이폴리트 텐느는 그것이 인간의 영구적·원초적 성향에 영향을 미치는 인간 밖의 자연을 의미한다고 생각했다. 그는 그리스 라틴 민족과 게르만 민족 사이에서 나타나는 차이가 그들이 생활하고 있는 지역의 차이에서 유래한다고 주장한다. 그에 의하면 그리스 라틴 민족은 아름다운 풍광에 둘러싸여 명랑하고 안온한 해안 지방에 살기 때문에 항해와 산업에 종사하고 변론술에 능한 반면에, 게르만 민족은 춥고 습기 많은 울창한 숲 속에 살아 강렬한 감각을 소유하고 호전적이며 과격한 성격을 지닌다는 것이다. 여기에서 환경은 인간의 외적인 조건으로서 인간의 성격 형성에 영향을 미치는 결정적 인자가 된다. 인간이 자연에 속하고, 자연의 일부에 지나지 않는다는 이러한 관념은 환경이 개인을 만든다는 결정론과 연결된다. 반면에 자연을 개척의 대상으로 삼고 인간의 생존과 편리를 위해 신으로부터 받은 유산이라는 개념은 환경을 부의 축적이나 삶의 질을 향상시키는 도구로 생각하게 만든다. 전자의 경우는 인간보다 환경이 먼저라는 생각이라면 후자의 경우 인간이 환경보다 우선한다는 것이다. 산업사회는 바로 후자의 관점에서 자연이나 환경을 정복의 대상으로 삼는다.

한국 소설에서 환경문제가 본격적으로 거론된 것은 산업화가 한창 진행 중에 발표된 이문구의 '농촌소설'이라 할 수 있다. 물론 그 이전에 농촌소설을 쓴 이무영이나 박영준의 소설에서도 농촌의 현실이 주제가 되기는 했지만 그것은 어디까지나 가난의 문제를 제기하거나 소박한 농민의 심성을 제시하는 데서 멀리 가지 못하고 있다. 이문구는 한국 사회에 산업화의 거센 물결이 밀려오는 과정에서 농촌이 겪어야 했던 변화를 통해 환경이 파괴되는 과정을 생생하게 그리고 있다. 그렇다고 해서 이문구가 환경의 파괴를 소설의 주제로 삼았다는 것은 아니다. 만일 그것을 소설의 주제로 삼았다면 이문구의 소설은 독자들에게 큰 감동을 주지 못했을 것이다. 왜냐하면 그 경우 이문구의 소설은 '테제소설'에 머물었을 것이기 때문이다.

원래 소설이란 주어진 시간과 공간 속에서 볼 수 있는 개인의 상처와 고통을 통해서 인간의 보편적 삶의 감추어진 모습을 드러내는 것이다. 이문구의 소설은 농촌에 사는 주인공이 산업화의 물결이 밀려오는 농촌의 변화 속에서 고통받고 저항하며 변화하는 모습을 그리고 있다. 전통적인 농촌 생활이 자연 속의 존재 자체에 자족하는 무위의 삶이었던 데 반하여 산업화와 도시화의 물결이 시골 생활에 변화를 가져오는 이문구의 주인공의 농촌 생활은 소유의 거대한 욕망에 시달리는 빈곤의식의 삶이다. 그들은 '나물 먹고 물마시고 팔을 베고 누웠다'는 전통적인 농촌 생활의 자족적인 즐거움을 누릴 때보다 많은 것을 소유하고 부의 축적을 이루었음에도 불구하고 상대적 빈곤감으로 고통을 받고 괴로움을 느낀다. 그들은 농토가 개간되고 공장이 들어서고 새로운 주택 단지가 만들어지는 현실 덕택에 자신의 땅의 값어치가 상승하고 있음에도 불구하고 불안감을 떨칠 수 없고, 갑작스러운 땅값의 상승이 그들의 부를 보장해주는 것이 아니라 그들을 농촌에서 쫓아냄으로써 그들의 정착 생활에 종지부를 찍게 하지 않을까 시름에 잠기게 한다. 실제로 이러한 농촌의 환경 파괴는 그 많은 농민들로 하여금 도시의 변두리로 쫓겨 가서 떠돌이의 삶을 살게 만든다. 개발독재 시대의 이러한 현상을 이야기하는 것은 이문구뿐만 아니다. 산과 밭을 무자비하게 굴삭기로 파헤치고 트럭터로 밀어붙이는 개발독재를 동시대의 작가 최인호는 '미개인'으로 표현했고 윤흥길은 도시 변두리의 주민들을 허허벌판으로 몰아내며 겉으로만 단장을 하고 삶의 터전이 되기에는 너무나 열악한 대단지 주택을 '낙원'으로 표현한 당국의 거짓에 대하여 그 정체를 밝힘으로써 떠돌이의 분노를 폭발시킨다. 이문구의 소설이 이들의 소설과 다른 점은 군사독재로부터 억압을 받고 산업사회로부터 소외된 그의 주인공들이 그런 가운데서도 살아남는 지혜를 스스로 터득한 인물들이라는 데 있다. 그의 지혜 가운데 가장 탁월한 것은 억압과 소외를 직접적으로 표현하고 대항하는 대신에 유머와 해학으로 그 정체를 희화시키는 가운데 자신의 내면에 쌓인 한을 밖으로 내보내는 데 있는 것이다. 이문구는 자신이 사는 농촌이 도시화되어가는 과정 속에서도 소유의 삶을 사는 것이 아니라 존재의 삶을 살고, 욕망의 허상을 쫓는 것이 아니라 자연과의 조화를 이루는 삶을 꿈꾼 작가이다. 그렇기 때문에 자연 속에 사는 그의 눈에는 도시적 삶의 욕망이나 부를 소유하고자 하는 탐욕이 어리석은 인간의 희극적 욕망에 지나지 않는다. 그는 토지나 자연을 소유의 대상으로 삼고 부의 축적의 수단으로 삼는 산업사회가 공해를 유발하고 생태계를 파괴하여 인간이 살 수 없는 환경으로 만드는 것을 희화한다. 그는 그런 욕망에 사로잡힌 인물을 익살과 해학으로 형상화함으로써 분노와 고발의 문학이 가지고 있는 목적성을 벗어나 감동과 설득에 이르게 만든다.

이러한 이문구 소설은 인간존재와 사회적 제도 사이의 갈등과 삶에 대한 깊은 통찰을 통해 개인이 입고 있는 역사적 상처의 진정한 모습을 발견하고 그것을 치유하는 방법을 모색하는 소설 본래의 문법을 충실하게 따르고 있다. 그렇기 때문에 그의 소설은 인간의 이야기라는 범주를 벗어나지 않는다. 인물이 없는 소설이란 존재하지 않는 것처럼 소설이란 인간 중심적인 이야기다. 환경이 인간의 삶의 조건이라면 인물의 삶을 이야기하는 소설은 환경에 대한 탐구를 통해 인간의 이해에 도달하는 장르이다. 그런 점에서 모든 생물의 관계를 의미하는 생태계란 그 자체만으로 소설의 주제가 될 수 없다. 가능한 것이 있다면 인물의 삶의 조건이나 인물의 자연관 혹은 우주관의 표현으로서의 환경이 있을 뿐이다. 흔히 아프리카 대륙의 사막화는 19세기 서양 식민지 정책에 의해 사탕수수나 커피의 재배가 원시 밀림들을 벌목한 데서 유래한다고 말해진다. 그것은 인간이 자연을 소유하고 개발하여 재화를 얻고자 함으로써 생태계의 순환 구조와 조화를 무너뜨린 결과 사막화라는 재앙을 불러왔음을 의미한다. 그러나 그것이 소설의 주제가 되기 위해서는 그런 현실 속에서 고통받고 상처 입은 개인이 자신의 생존을 위하여 환경의 파괴에 대항하여 싸우는 삶의 과정을 보여주어야 한다. 주어진 환경과 싸우는 인물이 없는 소설이란 가능하지도 않고 존재하지도 않는다. 그런 점에서 인물을 떠나서 환경 자체만을 다루는 소설이란 가능하지도 않고 존재하지도 않는다. 소설에서 환경은 인물에 현실의 구체성을 부여하는 필수적인 요소이지만 그 자체가 소설의 주제가 될 수 없는 까닭도 여기에 있다.

3

소설에서와는 달리 시에 있어서 환경은 좋은 주제가 된다. 시는 인물이 없어도 얼마든지 가능한 장르이다. 인물은 시에 있어서 주제도 될수 있고 비유의 대상도 될 수 있다. 자연이나 그 속에 살고 있는 인간의 환경이 모두 시의 대상이 되는 것은 시가 이야기를 필수적으로 가져야 하는 장르가 아니기 때문이다. 이미지나 상징이나 비유는 대상에 대한 시인의 감각과 인식을 언어로 표현하는 수단이다. 시의 주제가 되는 환경이란 다양한 내포의 의미를 갖는다. 그것은 때로는 자연을 의미하고 때로는 생태계를 가리키고 때로는 생명 자체를 표현한다. 여기에는 모든 생명 있는 것들이 가치 있는 것들이라는 생명 중심주의가 깔려 있다. 그래서 많은 시인들이 환경이나 자연을 노래할 때 시적 화자와의 일체감을 전제로 하게 된다. 그런 시 가운데 정현종의 「숲에서」를 읽으면 시인이 나무와 하나 되는 꿈을 읽을 수 있다.

> 만물 중에 제일 잘생긴
> 나무야
> 내 뇌수도 심장도 인제
> 초록이다
> 거기 큰핏줄과 실핏줄들은
> 새소리의 샘이며
> 날개의 보금자리!
> (지저귀는 실핏줄이여
> 날으는 큰핏줄이여)
>
> ─「숲에서」 제1연

시인은 식물인 나무와 동물인 새를 자신과 똑같은 생명체로 인식하고자 한다. 나무에도 '뇌수'도 있고 '심장'도 있다고 생각하는 시인은 나무에서 '큰핏줄'과 '실핏줄'을 찾아내고 거기에서 새소리가 솟아나는 샘과 날개의 보금자리를 발견한다. 그 순간 나무는 새가 되고 새는 시인이 된다. 그것은 인간 중심주의를 넘어서 생명 중심주의에 도달하고자 하는 시인의 생명 사상을 드러낸다.

> 내 필생의 꿈은
> 저 새들 중 암놈과 잠을 자

위는 새요 아래는 사람인

半人半鳥 하나 낳는 일!

새여, 내 부적이여

나무여, 내 부적이여

—제2연

시인은 새와 하나 되어 반인반조를 하나 낳는 꿈을 말하고 숲 속에서
는 나무나 새가 모두 시인과 같은 생명체임을 강조한다. 그것은 생태
계를 구성하는 것이 생명체임을 말하는 것으로 생명 중심의 생태주의
를 표현한다. 그것은 모든 생명의 아름다움을 보지 못하고 생명체 간
의 조화와 순환 구조를 무너뜨리고 있는 세계에서 고통받고 있는 시인
이 생명의 환희를 꿈꾸며 노래하는 것이다. 모든 살아 있는 것들의 아
름다움을 노래하고 그것과 하나 되고자 하는 꿈을 노래하는 정현종의
시는 생명 중심주의에 속한다.

세상의 나무들은

무슨 일을 하지?

그걸 바라보기 좋아하는 사람,

허구한 날 봐도 나날이 좋아

가슴이 고만 푸르게 푸르게 두근거리는

그런 사람 땅에 뿌리내려 마지않게 하고

몸에 온몸에 수액 오르게 하고

하늘로 높은 데로 오르게 하고

둥글고 둥글어 탄력의 샘!

하늘에도 땅에도 우리들 가슴에도
들리지 나무들아 날이면 날마다
첫사랑 두근두근 팽창하는 기운을!

—「세상의 나무들」 전문

말없이 서 있는 나무들을 보면서 그것의 보이지 않는 운동을 읽어내는 시인은 땅으로 뿌리내리고 하늘로 솟아오르는 나무의 모습에서 온몸으로 움직이는 생명의 힘과 아름다움을 보여주며 관능적인 생명의 리듬을 느끼고 자연의 순환 원리를 파악한다.

시인은 자신이 생명의 리듬을 깨뜨리고 자연의 순환 체계를 무너뜨리는 산업사회에 살고 있다는 것을 깨닫고 모든 생명이 위협받고 있다는 인식에 도달한다. 그러나 그 깨달음과 인식으로 환경 운동이나 생태주의 운동에 나선다면 그는 운동가에 지나지 않을 뿐 시인이 아니다. 왜냐하면 시인은 몸으로 행동하는 사람이 아니라 언어로 표현하는 사람이기 때문이다. 시인은 자연이나 환경, 나아가서는 생태계가 생명을 전제로 하지 않으면 아무런 의미가 없다는 것을 아는 사람이다. 시인은 생명의 아름다움, 생명의 힘, 생명의 순환 원리가 모든 살아 있는 것들의 소중한 가치임을 일깨우는 근원적인 생태주의자이다. 거기에는 인간도 자연의 일부에 지나지 않는다는 생명 사상이 자리 잡고 있다.

4

소설에서 환경 자체가 주제가 될 수 없는 것처럼 시에서도 생태계 자체가 주제가 되는 것은 아니다. 여기에서도 끊임없이 문제가 되는 것은 생태계 전체를 자신의 삶의 일부로 인식하는 시적 화자의 존재이다. 시적 화자가 존재하지 않는 시가 없는 것처럼 생태계에서 자신의 삶과 연결된 근원적인 문제를 제기하는 사람이 있을 때 생태계는 시적 주제가 될 수 있다. 마찬가지로 자연에 의존하지 않는 인간의 생존은 상상할 수 없다. 인간은 자연을 지배하는 중심적 존재가 아니라 자연과 함께하는 존재이다. 산과 바다, 구름과 바람, 나무와 풀, 식물과 동물, 꽃과 나비 등 우주 안에 존재하는 모든 것은 시적 화자의 존재와 인식의 범위 안에서 의미 있는 것이다. 자연이라는 이름으로 부르고 있는 그 모든 것들은 시인의 존재를 포함하여 삶을 형성하는 것들이다. 그러나 산업사회에서 삶을 형성하는 것에는 휴대폰, 텔레비전, 디브이디, 자동차, 컴퓨터 등 문명의 산물들도 포함된다. 이 문명의 산물들의 도전을 받은 시인은 그것들이 시인이 살고 있는 세계에서 삶의 질서를 어지럽히고 시인이 가지고 있는 자연의 개념을 흩뜨려놓는 데서 고통을 받는다. 그렇기 때문에 시인은 산업사회 이전의 자연관, 농경 사회의 자연관으로 회귀하고자 하는 향수를 갖는다. 문제는 한번 산업화된 사회는 다시 농경 사회로 돌아갈 수 없다는 데 있다. 따라서 시인은 농경 사회로의 회귀를 꿈꾸는 것이 아니라 사물들과 맺고 있는 관계로 요약할 수 있는 생태계와 환경 속에서 새로운 삶의 질서를 회복하고 새로운 자연의 개념을 확립하는 것을 꿈꾼다. 그것은 사물들의 존재를 인정하고 사물들과 맺고 있는 관계가 주종 관계가 아니라 대등 관계가 되는 시인의 꿈이다. 그러나 대등 관계는 곧 사물의 자율적 존재 가능성을 이야기하는 것이 아니라 그것을 바라보고 인식하는 시인의 눈을 통해서만 존재할 수 있는 성질을 띤다. 시인의 시선에 파악된 사물들은 시인에게 정서적·감각적 반응을 일으키는 이미지로 나타날 뿐이다.

이러한 관점에서 문학은 환경이나 생태계의 문제만을 주제로 다룰 수 있는 장르가 아니다. 문학은 모든 생명의 본질을 구명하고 그것들이 가지고 있는 가치들을 회복시키고 그것들의 관계가 보여주는 질서를 구축하는 근원적인 장르이다. 문학은 작가나 시인, 등장인물이나 시적 화자와 같은 사람이 다른 생명체와 맺고 있는 관계를 통해서 환경과 생태계, 나아가서는 자연에 대한 감각과 의식을 회복시키고자 하는 언어의 복합체이다. 따라서 인간 중심적인 환경의 문제나 생명 중심적인 생태계 문제나 모두 문학의 근원적인 문제로 제시하고 그것을 의식하게 하는 것이지만 그것들을 해결하는 해답을 제시하는 것은 아니다. 가장 가치 있는 문학은 독자에게 감동을 주면서 그 문제를 의식하게 하고 제기하게 하는 문학이다. 그 점에서는 시와 소설에 차이가 있을 수 없는 것 같다.

분석과 해석

1

오늘 제가 이 자리에 선 것은 새로운 연구 결과를 발표하기 위한 것이
아닙니다. 지난 2월 말로 36년 동안 살아온 대학의 강단에서 은퇴한
이후 저의 생활에 대한 작은 보고를 하기 위한 것입니다. 은퇴 이후의
저는 새로운 연구에 착수한 것이 아니라 교수라는 신분에서 자유로워
진 것을 즐기면서 10개월을 보냈습니다. 그 자유는 제가 학생들에게
무엇을 가르치지 않아도 된다는 자유이며 동시에 새로운 연구를 하지
않아도 된다는 자유입니다.

　교육과 연구에 얽매이지 않아도 된다는 자유는 그렇다고 해서 제
가 아무것도 하지 않아도 된다는 것만을 의미하지는 않았습니다. 그것

은 저로 하여금 그동안 제게 허용되지 않았던 문학작품의 자유로운 독서와 즐김을 가능하게 해주었습니다. 그래서 지난 10개월 동안 저는 10여 권의 소설과 시집, 그리고 100여 편의 단편소설과 수백 편의 시를 읽을 수 있었습니다. 문학작품의 독서는 저의 상상력을 끊임없이 고양시켰습니다. 젊은 작가와 시인 들의 작품들은 저로 하여금 그들의 놀라운 상상력과 새로운 감수성에 감탄하게 만들고 고전적 작가와 시인 들의 작품은 문학의 캐논에 대해서 다시 한 번 생각하게 만들었습니다. 이러한 생활은 저로 하여금 제가 살아온 문학적, 그리고 학문적 삶에 대해서 가장 허심탄회하게 되돌아볼 수 있는 기회를 제공해주었습니다.

대학에서 불문학과에 다니는 동안 저는 다른 학생들이 모두 그러했던 것처럼 앙드레 지드, 앙드레 말로, 생텍쥐페리, 베르나노스, 프랑수아 모리아크, 사르트르, 시몬 드 보부아르, 카뮈 등의 20세기 현대 작가와 볼테르, 루소, 메리메, 발자크, 플로베르, 모파상, 졸라 등의 근대 작가들을 읽고 공부하였습니다. 여기에서 저는 문학작품이란 인간의 삶과 표리 관계를 갖추고 보이지 않는 인간 조건의 위기를 드러내며 삶에 있어서 윤리 문제를 제기하는 것이라는 생각을 갖게 되었습니다. 대학 시절 『산문시대』에 발표한 첫번째 평론인 「작가와 문학적 변모」라는 장용학론이나 신춘문예 입선작인 「자연주의 재고」라는 염상섭론이나 1960년대 말에 쓴 「식민지시대의 문학」이라는 지식인론은 거의 그런 문제에 초점이 맞추어져 있음을 확인할 수 있었습니다. 아직 문학에 대한 깊이 있는 지식이나 다양한 관점을 갖추지 못한 저는 사르트르의 문학 이론 가운데 일부를 원용해서 당시 한국의 대표적인 실존적 작가의 작품을 신랄하게 비판하는 우견을 보였고, 졸라의 『실험

소설론』과 뒤랑티의 19세기 사실주의 이론에 의해 염상섭이 자연주의 작가가 아니라 사실주의 작가라고 입증하고자 하였으며, 일제 강점기에 나타난 지식인 작가들의 친일 행위에 대해서 단호하고 매정한 어조로 비판하였습니다. 그것은 제가 역사주의와 도덕주의에 사로잡힌 사람들이 빠지기 쉬운 독선적 단죄의 우를 범하지 않았나 생각됩니다.

저는 대학원에서 많은 강의와 세미나를 통해서 역사주의나 윤리 의식으로부터 자유로워진 관점에서 문학을 바라볼 수도 있다는 시각을 갖게 되었습니다. 누보로망과 구조주의에 관한 강의를 들으면서 문학작품을 문학작품으로 만드는 이유에 대해 생각하기 시작했고 19세기 소설과 20세기 소설이 다른 문학적 조건을 비교함으로써 모든 뛰어난 문학작품은 문학적 전통의 위반을 통해 새로운 전범을 만드는 것임을 알 수 있었습니다.

여기에서부터 문학을 공부한다는 것은 한편으로 문학의 전범을 알고자 하는 것이고 다른 한편으로 문학의 위반을 아는 것이 되었습니다. 문학의 전범을 알고자 한 노력 가운데 가장 오래된 것은 아리스토텔레스의 『시학』을 들 수 있겠지만 20세기의 대표적인 것으로는 러시아 형식주의자들의 『문학의 이론』을 들 수 있습니다. 이미 2천 년도 더 전에 우리를 감동시키는 작품의 원천을 설명하고자 한 아리스토텔레스가 문학의 전범을 설명하고자 한 최초의 이론가라면 러시아 형식주의자들은 문학작품을 문학작품이게끔 하는 문학성을 밝히고자 한 점에서 20세기의 괄목할 만한 이론가들입니다. 러시아 형식주의자들의 이론은 소쉬르의 일반언어학 이론과 함께 프랑스의 구조주의 문학이론과 기호학 이론의 정립에 결정적인 역할을 합니다. 이미 다 알려진 것처럼 이들의 이론적 뒷받침을 받아서 롤랑 바르트의 『기호학 요강』「이야기의 구조적 분석 입문」『모드의 체계』, 토도로프의『구조 시학』『산문의 시학』, 제라르 주네트의『문채』 등 프랑스의 구조주의 문학 이론과 기호학 이론의 주요 저작들이 나온 것을 알게 되었습니다. 이러한 저서들의 독서는 제게 소설의 구조에 관심을 갖게 만들었고 뷔토르의 소설『정도DEGRES』에 관한 분석을 시도하게 만들었습니다.

2

뷔토르의 소설『정도』는 처음 읽는 독자를 당황하게 만드는 아주 특이한 소설입니다. 이 소설은 3부로 나뉘어져 있고 각 부마다 화자도 다를 뿐만 아니라 2인칭 단수로 된 수신자도 바뀝니다.

제1부는 피에르 베르니에(Pierre Vernier)라는 인물이 화자로 나옵니다. 파리의 한 리세에서 역사와 지리 수업의 담당 교사인 그는 매해 똑같은 수업을 반복하는 자신의 삶이 기계적이고 소비적이라는 데 의식을 갖기 시작하여 무언가 생산적인 일을 하기로 합니다. 그는 자신이 수업에 들어가는 클래스 가운데 하나인 고등학교 2학년 A반(프랑스어로는 Seconde A)을 완벽하게 묘사하고자 합니다. 31명의 학생이 한 반을 형성하고 있는 반 전체를 완벽하게 묘사한다는 것은 쉬운 일이 아닙니다. 그는 자신이 행한 수업 시간에 일어난 일을 완벽하게 묘사할 수 있지만, 자신의 눈앞에서 일어난 사건이 그 이전, 즉 자신이 부재했던 시간에 일어난 사건과 연결되어 있다는 것을 깨닫습니다. 그는 2학년 A반 학생 가운데 하나인 피에르 엘레(Pierre Eller)에게 그가 없을 때 일어난 것(예를 들면 다른 수업 시간에 일어난 것이나 동료 학생

이 학교 밖에서 겪은 것 등)을 보고하게 만듭니다. 그는 자신의 조카인 엘레를 통해서, 그리고 엘레의 또 다른 쪽 아저씨이며 프랑스어 교사인 앙리 주레(Henri Jouret)를 통해서 2학년 A반에 대한 정보를 수집하지만 그 모든 정보를 자신의 글에 담을 수 없다는 것을 느끼기 시작합니다. 그는 시간이 지날수록 2학년 A반 전체를 묘사하는 것이 불가능하다는 것을 알게 되자 작품을 완성하지 못하고 병상에 눕게 됩니다.

제2부는 피에르 엘레가 화자로 나와 피에르 베르니에에게 보고하는 형식을 띱니다. 엘레는 외삼촌인 베르니에와의 약속을 지키기 위해 베르니에가 없을 때 일어난 사건을 일일이 보고하고자 노력합니다. 하지만 모두 보고하는 것이 불가능하다는 것을 깨달은 그는 자신이 밀고자가 되어버리는 현실 때문에 갈등을 느끼게 되자 점점 더 베르니에와 멀어져서 마침내 베르니에를 미워하기에 이릅니다. 그가 보고를 충실히 하지 않을 뿐만 아니라 외삼촌을 만나는 것마저 기피하게 되자 둘 사이의 관계는 파국을 맞이하게 됩니다.

제3부는 엘레의 고모부이며 또 다른 아저씨인 프랑스어 교사 앙리주레가 피에르 엘레에게 보고하는 형식을 띱니다. 앙리 주레는 자신이 2학년 A반에 들어갔을 때 일어난 일과 피에르 베르니에에게서 들은 이야기와 두 사람의 부재중에 일어난 사건을 피에르 엘레에게 보고합니다. 그는 피에르 베르니에가 2학년 A반 전체를 완벽하게 그린다는 불가능한 일에 도전했다가 실패하자 사랑하는 미슐린 파뱅과의 결혼에도 이르지 못하고 점점 건강이 악화되어 자리에서 일어나지 못한다는 증언을 합니다.

이처럼 줄거리를 이야기함으로써 저는 뷔토르의 작품을 완전히 전통적인 소설처럼 소개하는 우를 범했습니다. 이 작품을 직접 읽을 때는 이런 줄거리를 쉽게 도출할 수 없습니다. 왜냐하면 줄거리가 이처럼 시간 순서를 따르지도 않고 서로 인과관계로 이어져 있지도 않기 때문입니다. 이 작품을 직접 읽으면 작품 자체가 이야기로서의 규범을 위반하고 무수한 문단을 펼쳐놓은 것 같습니다. 앞 문단과 그다음 문단이 서로 단절된 것처럼 보여서 어떤 순서로 배열된 것인지 알 수 없습니다. 마치 천식 환자가 호흡을 하는 것과 같은 문장을 읽는 느낌입니다. 그것은 이야기로서의 소설의 전범을 위반하고 있습니다. 그래서 이 작품에서 이야기는 흐르지 않고 토막들을 늘어놓은 듯합니다.

따라서 이 작품을 직접 읽지 않고 줄거리로 전해 듣는 것은 뷔토르뿐만 아니라 누보로망 작가들이 모두 거부하는 독서 방식입니다. 그것은 소설을 자신의 삶과 연결시키는 생산적인 방식이 아니라 남의 이야기를 듣고 소비해버리는 비생산적 방식이라는 것입니다. 그런 식으로 소설을 읽는 것은 우리로 하여금 인과관계로 나타나지 않는 삶의 고통을 깨닫는 것이 아니라 삶이 이로정연(理路整然)한 인과관계로 이루어진 것이라는 착각에 빠지게 만든다는 것입니다. 그것은 소설을 자신의 이야기가 아니라 남의 이야기로 전해 듣는 것입니다. 소설이 이처럼 독자를 착각에 빠지게 만드는 한 문학은 피에르 베르니에처럼 우리가 일상적 삶이 감추고 있는 죽음의 그림자를 밝혀주는 것이 아니라 호도해버리는 데 기여합니다. 따라서 베르니에가 소모적 삶의 고통을 밝히고 그 정체를 깨닫는 방법은 자신이 살고 있는 세계를 정확하게 묘사하는 것이지만 이때 언어의 탄생은 베르니에가 그런 것처럼 삶을 대가로 지불한 결과입니다. 그 덕택으로 『정도』라는 소설이 태어난 것이라면 그것은 뷔토르의 그 이전 작품 『변경』이 태어난 과정과 동일하다는 것을 알게 합니다.

3

가정과 직장을 가지고 있는 한 중년 남자가 이제까지의 삶을 정리하고 새로운 삶을 위해 로마에 있는 애인을 데리러 가는 21시간 30분 동안의 기차 여행을 그리고 있는 이 작품은 자신이 살아온 삶에 대한 총체적인 보고를 통해서 자신의 삶에 대한 근원적인 질문과 해답에 도달하는 과정을 그리고 있습니다. 젊음을 잃어가는 마누라와 판에 박힌 관계로 이어진 아이들이 주인공의 피곤한 일상적 삶이라고 한다면, 파리에 새로운 직장을 갖게 된 젊은 애인과 꾸미고자 하는 생활은 주인공에게 젊음을 되찾게 해주는 활력이 넘치는 새로운 삶으로 보입니다. 그러나 늙어가는 자신의 육체와 정신에 젊음을 회복시키고자 하는 이 계획은 21시간 30분 동안의 기차 여행 과정에서 완전히 변경됩니다. 여행의 과정에서 만나게 되는 사람들을 통해서 주인공은 자신이 잊고 있었던 과거의 모습을 되살리고 자신의 미래의 모습을 상상하면서 현재의 계획이 헛된 망상에 지나지 않는다는 것을 깨닫게 됩니다. 아내 앙리에트에게도 눈부신 젊은 시절이 있었지만 그와 결혼 후에 살아온 소모적인 일상적 생활과 함께 시들어버린 늙음만 남아 있는 것처럼 젊은 세실도 파리에 데려다놓고 자신과 새로운 살림을 꾸릴 경우 그 젊음도 생활의 때가 묻으면 늙음만 남게 되리라는 것을 깨닫게 된 것입니다. 그것은 한번 흘러간 세월은 다시 오지 않는다는 시간의 불가역성에 대한 깨달음입니다. 외국 회사의 파리 지점장인 주인공 레옹 델몽은 사람이란 누구나 일상적 삶의 소모성으로부터 자유로울 수 없다는 깨달음을 통해서 자신의 젊음을 되찾고자 하는 헛된 계획을 변경하여 이제 더 이상 애인을 만나지 않고 늙어버린 아내와 함께 젊음의 추억이 남아 있는 로마를 다시 방문할 계획을 세우며 그 이야기를 글로 쓰고자 합니다. 한 일상적 인물이 작가적 인물로 변모하는 과정을 언어화한 것이 『변경』이라는 작품입니다. 이런 작품을 읽게 된 독자는 뷔토르의 소설이 자신의 일상적 삶에 대한 관찰과 반성으로부터 시작되었다는 것을 알 수 있습니다.

그러나 이러한 변모는 너무나 느리게 진행되어서 어디에서부터 시작되었는지 알 수 없도록 일어나고 있습니다. 그 느리지만 결정적인 변화의 정체를 밝히고 있는 것이 프랑수아즈 반 로섬 기용(Francoise van Rossum-Guyon)입니다. 그는 그의 박사 학위 논문인 『소설의 구조』에서 소설 『변경』에 나오는 문단들이 주인공 레옹 델몽의 변심 과정을 드러내는 배열 구조를 다음과 같이 밝혀냅니다.

『변경』의 문단 배열 구조[1]

ch. I	ACA
ch. II	ABCBA
ch. III	ABCDCBA
ch. IV	ABCDACDCADEDA
ch. V	ABCDCBACDEDCA
ch. VI	ABCDCACDEDA
ch. VII	ABCDACDEA
ch. VIII	ABCACDADEA
ch. IX	ABACADAEA

[1] F.van Rossum-Guyon, *Critique du roman*, p. 249.

여기에서 알파벳은 주인공이 살아온 시기와 관련된 문단입니다.

A: 현재
B: 미래
C: 근접 과거
D: 2년 전 그리고 1년 전 세실과 함께한 과거
E: 3년 전 그리고 20년 전 앙리에트와 함께한 과거

여기에서 볼 수 있는 것처럼 제1부에 해당하는 1장, 2장, 3장은 엄격한 대칭 구조를 형성하고 있으나 제2부에 해당하는 4장부터 그 대칭 구조가 무너지기 시작하여 소설의 끝까지 회복되지 않습니다. 그것은 주인공의 결심이 여행의 초기에는 확고부동했으나 4장부터 마음이 흔들리기 시작하여 마지막에는 완전히 계획을 변경하기에 이르렀음을 보여줍니다. 특히 9장에서는 '현재 – 미래 – 현재 – 근접 과거 – 현재 – 세실을 만난 과거 – 현재 – 앙리에트와 결혼한 과거 – 현재'라는 왕복운동을 하는 묘사를 통해서 현재의 자아를 냉철하게 인식하는 단계에 도달하는 과정을 뚜렷하게 보여줍니다. 그것은 레옹 델몽의 삶의 순간들을 과거, 현재, 미래로 구분하고 그 과정에서 현재의 순간을 결정하는 요소들을 드러나게 만듭니다. 그러나 이러한 도식을 작가가 작품을 쓰면서 사용했는지 우리는 알 길이 없습니다. 작가는 거기에 대해서 어떤 기록도 남기지 않고 있습니다. 문학작품을 이런 방식으로 읽을 수 있는 가능성을 알게 한 것이 구조주의입니다. 그것은 문학을 역사주의나 윤리 의식으로 읽지 않을 수 있는 가능성을 열어주었습니다. 보이지도 않고 알 수도 없는 부분이 너무나 많은 삶과 세계에 더듬거리며 접근하는 또 다른 방식에 매료된 나는 그런 분석적 독서에 빠졌습니다.

4

『정도』라는 작품에서 고등학교 2학년 A반이라는 집단을 완벽하게 묘사하고자 하는 주인공 베르니에는 스스로 작가의 작업을 연상시키는 구상들을 작품 속에서 밝히고 있습니다. 그는 그 집단 전체를 어디에서부터 묘사할 것인지 어느 순간을 중심으로 묘사를 전개할 것인지, 어떤 사건으로부터 출발할 것인지 하나하나 결정해 나아갑니다. 그가 제일 먼저 결정하는 것은 2학년 A반의 구성원들이 31명의 학생과 11명의 교사라고 한다면 이들을 하나하나 다루는 것보다 이들을 그룹으로 묶어서 다루는 것이 효과적이라는 결론입니다. 그는 첫번째로 인척 관계의 정도에 따라 가까운 인척 관계로부터 멀어지는 인척 관계로 3인을 한 그룹으로 묶습니다.

그룹 A: 〈피에르 베르니에 – 피에르 엘레 – 알리 주레〉
그룹 B: 〈알랭 무롱 – 르네 발리 – 미셸 다발〉
그룹 C: 〈앙트와느 보니니 – 드니 레니에 – 베르나르 위베르〉
그룹 D: 〈프랑시스 위테르 – 알프레드 위테르 – 장 피에르 코르미에〉
그룹 E: 〈앙드레 뒤 마르네 – 위베르 주르당 – 조르주 타베라〉
그룹 F: 〈장 클로드 파주 – 조르주 마르탱 – 앙리 파주〉
그룹 G: 〈피에르 모레 – 모리스 탕갈라 – 골리에 사제〉

이처럼 7개의 그룹이 제1부에 소개됨으로써 21명이 그룹으로 묶입니다. 각 장의 묘사는 기준이 되는 날과 시간을 중심으로 이루어지는데, 피에르 베르니에는 자신이 묘사하는 2학년 A반의 묘사가 엘레를 위한

것이라고 함으로써 피에르 엘레의 15번째 생일인 1954년 10월 12일을 기준으로 삼습니다. 시간표에 나타난 바에 의하면 베르니에가 2학년 A반에 역사와 지리를 가르치러 들어가는 시간은 15시에서 16시 사이입니다. 따라서 베르니에는 이 시간을 묘사의 중심축으로 삼고 이 시간을 기준으로 앞으로 가거나 뒤로 가는 시간의 이동을 조직적으로 합니다. 위에서 그룹 A부터 그룹 G에 이르기까지 집단이 중심축의 시간에 나타나는 것은 따라서, 제1장에서 그룹 A, 제2장에서 그룹 B, 제3장에서 그룹 C, 제4장에서 그룹 D, 제5장에서 그룹 E, 제6장에서 그룹 F, 제7장에서 그룹 G이고, 중심축보다 1시간 전인 14시부터 15시 사이에 나타나는 것은 제2장에서 그룹 A, 제3장에서 그룹 B, 제4장에서 그룹 C, 제5장에서 그룹 D, 제6장에서 그룹 E, 제7장에서 그룹 F이고, 중심축보다 한 시간 뒤인 16시에서 17시 사이에 나타나는 것은 제3장에서 그룹 A, 제4장에서 그룹 B, 제5장에서 그룹 C, 제6장에서 그룹 D, 제7장에서 그룹 E입니다. 이것을 도표화하면 다음과 같습니다.

	10월 11일	10월 12일	10월 13일
시간	14 15 16 17	13 14 15 16 17	14 15 16
1장		A	
2장	A	A B	
3장	A B	B C A	A
4장	B C A	A C D B	A B
5장	C D B	B D E C A	B C A
6장	E C	C E F D B	C D B
7장		G E C	E C

여기에서 볼 수 있는 것처럼 하루 가운데 15시가 중심축을 이루고 인

물 집단이 각 장으로 넘어오면서 알파벳 순서로 나타나고 그 이전의 시간과 이후의 시간에도 똑같은 현상을 나타냄으로써 인물들의 등장이 알파벳 순서로 기둥을 이루고 있습니다. 각 장 안에서 문단들은 시간적인 순서를 따르고 있지만 알파벳 기둥을 따라간다는 것은 한 장에서 다른 장으로 넘어갈 때 동일한 시간에 다른 그룹은 무엇을 했는지 알게 합니다. 이 도표는 알파벳 기둥들이 15시라는 중심축을 기준으로 비스듬한 대칭 구조를 형성하고 있으나 중심축에서 멀어질수록 그 규칙성이 약화됨을 알게 합니다. 그것은 주인공 베르니에가 중심축으로 삼고자 한 자신이 가르치는 역사 지리 시간에는 2학년 A반 전체를 거의 완벽하게 묘사하기에 이르지만 그 중심축에서 멀어지는 순간부터 2학년 A반의 극히 일부분만을 묘사할 수 있을 뿐임을 여실히 드러냅니다. 그것은 주인공이 클래스 전체를 묘사하고자 하면 할수록 묘사에서 빠진 것들이 많이 나타나고 빠진 것들이 나타나면 날수록 주인공 자신은 자신이 시도하고 있는 일로부터 배반을 당하게 되어 있음을 의미합니다. 주인공은 자신이 가장 확고하다고 믿었던 조카 엘레와 불화 속에 빠지고 2학년 A반을 묘사하는 데 성공하지 못함으로써 몸이 쇠약해져 죽음에 이르게 됩니다. 그는 자신의 생명을 대가로 치르고 『정도』라는 작품을 남긴 셈입니다. 여기에는 유한한 인간존재가 유한성을 극복하고 영원히 남는 길은 '작품'밖에 없다는 작가의 문학관을 그대로 드러내고 있습니다. 뷔토르는 이러한 작업을 하기 위해서 42명의 등장인물에 번호를 부여하였던 것 같습니다. 리카르두가 쓴 『누보로망』에는 『정도』를 위한 작업 도식이 나옵니다.[2] 여기에는 1부터 42까

---

2 Jean Ricardou, *Le Nouveau Roman*, Seuil, 1973, p 38.

지 순서대로 나오고 바로 밑에 줄에는 그보다 4칸 어긋나게 1부터 42까지 순서대로 나오고 그 바로 위에는 8칸 어긋나게 1부터 42가 나옵니다. 그것은 위의 〈도표 2〉에서 ABCDEFG로 되어 있는 것을 숫자로 바꿔놓은 것입니다. A를 〈1 피에르 베르니에〉 〈2 피에르 엘레〉 〈3 앙리 주레〉로 등으로 바꿔놓는다면 ABCDEFG는 〈1,2,3,4,5,6,7,8,9,10, 11,12,13,14,15,16,17,18,19,20,21〉에 해당합니다. 뷔토르는 베르니에로 하여금 2학년 A반을 완벽하게 묘사하게 만들기 위해서 42명 가운데 누구도 빠짐없이 완벽하게 등장시키게 하는 데 이 작업 도식을 사용한 것이 분명합니다. 제1부에서는 인척 관계의 정도에 따라 21명을 그룹으로 만들고, 제2부에서는 그것으로 불가능한 사람들 가운데 주거지의 인접성의 정도에 따라 14명을 다시 그룹으로 만들고, 제3부에서는 나머지 7명을 개인으로 파악하여 모두 42명을 등장시킵니다. 2학년 A반이라는 집단 묘사는 그 바탕에 숫자로 된 도식의 도움을 받아 구조화됩니다. 그 구조는 1954년도 달력의 구조와 유사한 구조입니다.

이러한 구조 분석은 이야기의 형태의 분석에 가깝습니다. 그 형태는 그 자체로 무엇을 의미하기 위해 있는 것이 아니라 충만한 형태입니다. 거의 의미 없는 의미라고 말할 수 있는 그 형태는 그 자체가 하나의 놀이와 같습니다. 소설을 이런 식으로 분석하는 작업은 겉으로 보이지 않는 소설의 구조를 알게 하는 역할을 합니다. 따라서 구조가 단단할 때는 주인공의 시도가 어느 정도 성공적으로 이루어지고 있다는 것을 확인할 수 있습니다. 반면에 구조 자체가 무너지기 시작하거나 불안정한 상태에 있다는 것은 주인공의 시도가 실패하고 있다는 것을 알게 합니다. 분석을 통해서 이러한 구조를 발견하거나 어떤 사실을 확인하는 것은 그 자체가 재미있고 신나는 일입니다. 그러나 그것만으로 소설의 독서가 끝났을 때 문학을 공부하는 자신에게 회의가 들고 공허감을 떨쳐버릴 수 없습니다. 소설을 객관적으로 읽고 논리적으로 분석하는 것만으로 문학의 감동을 설명할 수 없기 때문일 것입니다. 문학이 아무리 무상적인 것이라고 자신을 달래보지만 공허하기 짝이 없습니다.

여기에서 저는 왜 주인공 베르니에가 자신의 일상적 삶을 소모적이고 비생산적이라고 생각했는지 질문을 던지지 않을 수 없었습니다. 그것은 그가 고등학교 역사와 지리를 담당하는 선생이라는 직업과 관련이 있는 것처럼 보였습니다. 역사와 지리는 우리가 살아온 과거와 살고 있는 세계를 가르치는 교과목입니다. 고등학교에서 가르치는 지식들은 이미 검증되고 확실한 지식들인 반면에 주인공이 보면서 살고 있는 현실은 한마디로 말할 수 없고 확실하게 알 수 없는 유동적이고 불확실한 것입니다. 그러한 세계에서 해마다 똑같은 내용을 반복적으로 가르친다는 것은 비현실적이고 무미하고 피곤한 일이 아닐 수 없습니다. 자신이 알고 있는 지식의 소비자에 지나지 않는다는 그의 의식은 자신의 삶의 불모성에 대한 깨달음에 다름 아닙니다. 기계적이고 소모적인 자신의 삶에 대해서 의식을 하기 시작한 사람은 그러한 삶의 허구성이나 위선에 대해서 견딜 수 없습니다. 그러한 사람은 자신의 삶의 질곡을 극복하는 길을 모색합니다. 뷔토르의 주인공은 그러한 현실을 언어로 바꿔놓음으로써 보다 명확하게 의식하고 시간의 덧없는 흐름 속에 그것이 망각되는 것을 막고자 합니다. 그래서 많은 소설의 주인공들이 소설의 결말 부분에 가면 개종을 하거나 개심을 하는 것처럼 뷔토르의 주인공들은 자신의 일상적 삶을 글로 쓰고자 합니다. 이처럼 소설 주인공의 행동과 글쓰기를 구조적으로 분석하는 데서 끝나지 않고 그것이 삶의 보편적이면서도 근원적인 문제와 어떻게 연결되는지 설명하고자 하는 것은 일상적 삶의 에피소드를 전체에 대한 통찰이 가능한 해석의 단계로 끌어올리는 것입니다. 따라서 모든 구조 분석은 그 자체가 하나의 아름다운 작업일 수 있지만 전체와 관련된 해석의 단계로 넘어감으로써 의미화될 수 있습니다. 다시 말하면 모든 분석은 해석의 단계를 통해서 완성될 수 있습니다.

5

문학작품의 분석의 틀로서 구조주의는 내게 한국 문학작품을 읽는 데 많은 도움을 주었습니다. 박경리의 『토지』와 이청준의 '남도사람' '언어사회학서설' 등의 분석은 구조주의적 방법을 원용함으로써 새로운 의미를 읽어낼 수 있었습니다. 나는 보다 많은 사람들이 구조주의적 방법을 이해하고 그것을 통해서 한국 문학작품을 분석할 때 한국 문학이 훨씬 더 풍요로워질 것으로 확신하였습니다. 그리하여 『구조주의와 문학비평』에서 츠베탕 토도로프, 롤랑 바르트, 제라르 주네트, 르네 지라르, 뤼시앵 골드만 등의 이론을 소개하고 문학작품에 내재적으로 접근하는 다양한 분석 방법을 제시하고, 러시아 형식주의자들의 『문학의 이론』을 번역하였습니다. 이러한 작업을 할 당시에 나는 역사주의나 사실주의로부터 상당히 멀어져서 문학의 형태에 관한 분석과 캐논의 위반으로서의 현대 소설에 많은 관심을 갖고 있었습니다. 그리하여 로브그리예의 『누보로망을 위하여Pour un nouveau roman』와 미셸 뷔토르의 『새로운 소설을 찾아서Essais sur le roman』 등을 학생들과 읽고 번역본을 출판하였습니다. 이 두 권의 책은 현대 소설의 변화와 그 의미를 알게 하면서 동시에 소설의 형태가 그 내용과 완전히 표리 관계에 있음을 알게 하는 데 있어서 르네 웰렉의 『문학의 이론』과 함께 가장 중요한 책입니다. 캐논의 위반으로서의 현대 소설은 전통 소설에 대한 깊이 있는 반성을 가능하게 했지만 그것이 독자를 소설로부터 멀어지게 만들어 문학 자체를 문학 전공자들만이 누릴 수 있는 장르로 축소시킬 위험에 빠뜨리는 결과를 초래했습니다. 더구나 구조주의적 분석 방법은 일정한 전문적 지식을 갖추지 않고 문학의 즐거움을 누릴 수 없게 만들었습니다. 문학작품을 분석적으로 읽는 구조주의는 개개의 작품의 독창성은 발견하게 하지만 그것이 주는 문학적 감동의 보편성을 알게 하지는 못했습니다. 여기에서 바르트의 「이야기의 구조적 분석 서론」과 러시아 형식주의의 『문학의 이론』의 중요성을 재인식하고 바르트의 기호학적 작업들을 재검토하지 않을 수 없었습니다. 나는 대학원의 세미나에서 젊은 학도들과 함께 바르트의 『기호학 요강Elements de Semiologie』, 『현대의 신화Mythologies』 『모드의 체계Systemes de la mode』 『에스 제트S/Z』 등을 읽으면서 기호학이 문학뿐만 아니라 오늘날 우리 사회의 여러 현상을 객관적으로 분석하고 전체를 조망할 수 있는 해석에 도달할 수 있으리라는 기대를 갖게 되었습니다. 그리하여 젊은 학자들과 함께 『현대의 신화』와 『모드의 체계』를 번역 출판하고, 「한국 상품 광고의 기호학적 분석」을 시도하여 자동차 광고, 여성 의복 광고, 화장품 광고에 대한 기호학적 분석을 연구 결과로 내놓았습니다. 이 연구 결과는 한국의 상품 광고가 어떤 체계 속에서 제작되고 그것이 목표로 삼고 있는 것이 무엇인지 분석하는 데는 성공했지만 문화 현상과 사회 현상으로서 해석을 내리는 의미화 과정에까지 이르지 못했다는 아쉬움을 남겼습니다. 그것은 한국 기호학의 초기 단계라는 변명의 구실은 될 수 있지만 부끄러움의 대상이 아닐 수 없습니다. 분석의 결과가 분석 이전에 갖고 있던 인상을 확인하는 단계에 머물고 있다는 것은 한국을 잘 모르는 외국인에게 한국의 어떤 분야를 소개하고 이해시키는 수준을 벗어나지 못했다는 것을 의미하기 때문입니다. 그러나 그것은 꼭 부정적인 것만은 아니라고 생각합니다. 그것은 한국 기호학이 나아가야 할 방향과 도달해야 할 수준을 분명하게 보여주기 때문입니다. 한국의 기호학은 우리의 사회와 문화 현상을 분석하는 데서 끝나지 않고 새로운 의미를 드러내는 해석에 도달해야 합니다. 기호학이 아니면 볼 수 없는 것을 분석해내고 그것을 통해서 새로운 해석이 가능하다는 것을 보여주어야 합니다.

6

문학작품을 객관적으로 읽고자 하는 노력이 20세기에 와서 상당한 진전을 보게 된 것은 인간과 세계를 설명할 수 있는 인접 과학의 발전에 크게 힘입고 있습니다. 그 인접 과학은 바로 소쉬르의 일반언어학, 프로이트의 정신분석학, 마르크스의 사회 경제 이론에 바탕을 두고 발전한 것으로 오늘날 인간과 세계의 이해를 보다 객관화하고 과학화하고 분석적으로 만들고 있습니다. 그러나 다른 한편에서는 인문학의 위기를 거론하면서 인문학이 인접 과학의 업적을 이용하면서 스스로 전문화되어 어려워졌다는 인문학 비판론을 제기하고 있습니다. 인간과 세계에 대한 전체적인 조망은 게을리하고 전문적 용어와 이론을 도입하여 지엽적이고 세부적인 데 매달림으로써 인문학을 대중들로부터 멀어지게 하고 엘리트들의 전유물로 만들었다는 것입니다. 이런 주장에는 인문학자들이 받아들이고 반성해야 할 부분이 상당히 있는 것도 사실이지만, 그 속에는 물신숭배와 배금주의에 사로잡힌 사람들이 가지고 있는 반지성주의가 작용하고 있는 것도 사실입니다. 우리가 경계해야 할 것은 후자의 경우입니다. 반지성주의는 모든 새로운 것을 배격하거나 폄하하고 자신이 알고 있는 것만을 주장하고 남에게 강요하기 때문입니다. 그들은 문학도 그들이 생각하고 있는 범위를 벗어나지 않기를 바라고 그들이 알고 있는 전범만을 문학이라고 생각합니다. 그들은 문학의 전범이 장르나 시대나 장소에 따라 다른 것을 인정하지 않고 전범의 위반이 살아 있는 문학의 출발이라는 것을 알지 못합니다. 그렇기 때문에 한국의 기호학은 문학의 위반이 동반하는 윤리적 위반, 법률적 위반, 종교적 위반, 장르적 위반, 형태적 위반, 구조적 위반, 표현적 위반, 정서적 위반 등 다양한 위반의 정체를 밝혀내야 합니다. 그렇게 하기 위하여 한국 기호학은 지나친 전 문화를 경계하면서 한국의 반지성주의를 분석하여 그 정체를 드러내고 그것을 전체 속에서 조망하는 해석을 함으로써 새로운 전범이 무엇일 수 있는지 제시해야 합니다. 그것은 아마도 한국 기호학이 제1세대의 한계를 극복하고 세계기호학에서 독창적인 위치를 확보하는 길일 것입니다. 문학에 있어서 '위반'은 영원한 주제입니다.

세계화와 민족주의

1

최근의 언론 보도는 K-Pop이 파리를 점령했다고 하면서 한류가 전 세계의 젊은이들에게 전파되고 감동을 주는 현상을 통쾌하게 전하고 있다. 연주회가 진행되고 있는 동안 프랑스의 젊은이들이 한국말로 가사를 따라 부르고 함께 춤을 추는 장면이나, 연주회가 끝나자 한국말로 '사랑해요'라고 외치며 눈물을 흘리는 장면은 우리 시청자들을 감격하게 만들었다. 한류가 전 세계를 휩쓸고 있는 현상은 벌써 10년 전부터 일어났다. 「겨울연가」라는 TV 연속극이 일본 시청자들을 사로잡았을 때만 해도 그것이 일시적인 현상이라고 평가했다. 그러나 그 후 「대장금」을 비롯한 많은 TV 연속극이 중국을 거쳐 동남아시아로, 중동으로, 더 나아가서는 아메리카 대륙으로 퍼져나가면서 세계의 시청자들을 사로잡고 있다고 전한다. 그것을 보면, 한국의 대중문화가 세계인을 감동시킬 만한 보편성을 지니고 있다는 확신을 갖게 된다. 그것은 한편으로 국가 간의 장벽이나 거리가 별로 문제되지 않는 대중매체의 급격한 발달에 힘입고 있음을 말해준다. 다른 한편으로 대중문화 자체가 인종과 언어의 차이를 뛰어넘는 즐거움을 제공하는 보편성을 지니고 있다는 것을 입증한다. 이런 현상을 보면서 1960년대에 전 세계를 휩쓸었던 비틀스나 1970년대에 세계의 젊은이들의 우상이 되었던 엘비스 프레슬리의 광풍에 비견할 만한 청년 문화를 한류에서도 기대하게 된다.

그런데 나는 이런 현상을 보면서 우리 안의 깊은 곳에 무언가 불편한 것이 있다는 느낌을 지울 수 없다. 그것은 이른바 선진국의 대중문화가 한국과 같은 후진국을 휩쓸었던 과거의 역사처럼 우리의 대중문화가 그 전철을 밟고 있는 것이 아닐까 하는 의구심이다. 그러나 엄격하게 말해서 우리가 아직 일본이나 프랑스에 비해 선진국이 아니라는 사실, 우리의 대중문화에 열광하는 그들이 우리보다 후진국 백성이 아니라는 사실은 그러한 의구심이 일종의 콤플렉스의 소산임을 깨닫게 만들었다.

여기에서 나는 4년 전 유럽 여행에서 보고 느낀 것을 여러분에게 고백하고 싶다. 2007년 여름에 나는 한국기호학회를 창립한 회장으로서, 그리고 세계기호학회 집행위원으로서 핀란드 헬싱키에서 열린 세계기호학대회에 다녀왔다. 헬싱키는 내가 유년 시절 올림픽이 열렸던 곳으로 기억되는 도시다. 처음으로 방문한 북유럽은 여러 가지로 인상적인 곳이었다. 인구 5백 10만에 남북한 합한 우리나라의 1.5배가 넘는 넓은 국토를 가진 핀란드는 조용하고 한가롭고 여유 있는 나라로 보였다. 오랫동안 스웨덴과 러시아라는 강대국의 침략을 받아 외국의 점령 아래 있었던 경험에도 불구하고 핀란드 사람들의 표정은 밝고 친절했다. 그러한 핀란드는 헝가리, 폴란드, 체코 등의 동유럽 국가들과 다른 인상을 주었다. 핀란드의 첫인상은 노키아라고 하는 세계 제일의 휴대폰 회사를 갖고 있고 끝없는 자작나무 숲에서 나오는 목재를 생산하고 있는 나라답게 부유하고 정직해 보였다. 기차를 타고 아무리 달려도 산 하나 보이지 않았다. 넓은 평야 여기저기에서 숲의 그림자를 반사하는 호수와 거기에 비친 자작나무 숲의 하얀 피부가 그림처럼 전개되는 그 넓은 땅에서 사람들은 무엇을 먹고 사는지 나는 스스로에게 질문하지 않을 수 없었다. 자작나무 숲이 아닌 공터에는 푸른 초원이 펼쳐져 있고 매연을 내뿜는 굴뚝이라고는 하나도 보이지 않았다. 매연이 없는 깨끗한 나라에서 사람들은 먹을 것을 어디에 재배하고 입을 것을 어디에서 생산하는지 알 수 없었다. 그렇지만 학회가 열린 대학이나 부설 연구소에는 인력도 풍부했고 시설도 첨단화 되어 있고 물자도 넘쳐나는 것으로 보아 핀란드가 부유한 나라임에는 틀림없어 보였다. 음식점의 메뉴에는 언제나 야채와 과일이 풍부했고 햄이나 소시지 같은 저장 식품들과 연어, 흰 살 생선(그 생선의 이름을 우리말로 알고 싶었으나 프랑스말로 프와송 블랑[Poisson blanc]이라고 불린다는 것만 알 수 있었다)이 메뉴에서 빠진 적이 없었다.

기차를 타고 이마트라(Imatra)라는 소읍으로 가는 길에 볼 수 있었던 것은 그 넓은 평야 지대에 자작나무 숲과 산더미처럼 쌓인 목재 더미와 간혹 눈에 띄는 초원뿐이었다. 우리나라 같으면 초원 지대를 개간해서 곡식이나 야채를 재배할 만한 땅, 추위 때문에 개간이 어렵다면 비닐하우스라도 지을 법한 땅이 개간되지 않고 숲과 초원으로 덮여 있었다. 그 땅을 보면서 한국이 얼마나 비좁은지 생각하게 되었다. 기후와 지리적 특성 때문에 야채와 과일은 대부분 남쪽의 따뜻한 나라에서 수입한 것이지만 유럽연합 회원국이기 때문에 예상만큼 비싸지는 않았다. 거리나 카페에서 만난 사람들은 지중해 연안의 라틴족처럼 호들갑스럽지도 않았다. 그렇다고 해서 옛 소련의 위성국에서 자유를 획득한 지 얼마 되지 않아 무표정한 동유럽 사람들처럼 무뚝뚝하고 불친절하지도 않았다. 핀란드 사람들은 외국인을 대하는 태도가 의젓하면서도 깍듯했고 정확하면서도 친절했다. 러시아혁명 후 소련으로부터 독립한 다음에도 제2차 세계대전이 끝날 때까지 외국의 침략이 끊이지 않은 국가였으면서도 핀란드는 외침의 상처나 음산한 분위기가 전혀 없이 밝고 활달한 분위기를 느낄 수 있었다. 그것은 그 나라 사람들이 높은 소득과 철저한 사회보장제도를 갖춘 선진국의 국민이라는 자부심을 갖고 있기 때문인 것 같았다. 북극 지방에 가까워서 날씨가 춥고 눈이 많이 오고 낮에도 해를 보기 어려운 핀란드 사람들은 대부분 겨울에는 집에서 일을 하고 여름에는 강과 호수와 바닷가로 휴가를 떠나 삶을 즐긴다고 한다. 그들은 세계 1위의 판매량을 가진 노키아 휴대폰(며칠 전 언론 보도에 의하면 한국의 삼성 휴대폰이 노키아를 추월했다고 한다)과, 우리나라에서도 최고급 건축재로 수입하고 있는 자작나무 목재와, 연안에서 잡히는 풍부한 어획고로 높은 소득을 가진 국민이 되었다. 그들은 자기 나라에서 생산되지 않는 물자들을 남쪽에서 들여와 풍요로운 일상생활을 하고 있고 철저한 사회보장제도로 행복하고 안정적인 생활을 보장받고 있다. 유럽연합에 가입하여 유로화를 도입한 후 물가가 현저하게 상승한 것은 사실이지만 그로 인해서 생필

품들이 풍요로워져서 삶의 질이 개선된 것도 사실이라는 것이다. 스웨덴과 러시아라는 두 강대국 사이에 끼어 있는 그들의 복잡한 현대사에 비추어보면 핀란드에도 약소 국가마다 가지고 있는 민족주의가 중요한 가치로 작용할 것 같았다. 그런데 열흘 동안을 그 나라에 체류하며 많은 사람을 만나는 동안에 그러한 언급이나 주장을 한 번도 듣지 못했다.

2

그런데 그 여행길에 가장 눈에 띄는 현상은 한국 상품들이 어디를 가나 눈에 띈다는 것이었다. 핀란드에서 큰 건물 위에 설치된 LCD 광고판이나 호텔 방에 비치된 텔레비전은 대부분 LG 제품이었다. 학교를 비롯한 공공기관에서 사용하는 PC는 대부분 삼성 제품이었다. 러시아의 상트페테르부르크 거리에서 운행되는 많은 자동차 가운데 현대 자동차가 상당한 비중을 차지하고 있었다. 시가지의 요소마다 세워진 광고판 가운데 삼성의 컴퓨터와 휴대폰 광고와 LG의 TV를 비롯한 가전제품 광고, 현대의 자동차 광고 등은 한국 경제의 힘이 세계로 뻗어나가고 있다는 느낌을 부인할 수 없었다. 불과 10여 년 전까지만 해도 대부분의 옥외광고 자리를 차지하고 있던 것은 일본의 기업과 그 제품들이었다. 그러나 이제는 어느 틈에 한국의 기업과 그 제품들이 일본의 그것과 어깨를 겨루거나 그것을 압도하고 있었다. 한국 기업의 제품들과 홍보물이 어디에서나 눈에 띄는 것을 보고 20년, 30년 전에 소니, 토요타, 도시바 등 일본 기업과 제품들에 대해서 부러움을 느꼈던 기억을 되살리며 이제는 전 세계가 한국 상품의 시장이 되고 있다는 것을 실감할 수 있었다. 이러한 현상은 전 세계를 휩쓸고 있는 세계화의 물결에서 한국이 자유로울 수 없을 뿐만 아니라 그 물결을 탈 수밖에 없다는 것을 인정하게 만든다. 한국은 지난 50년 동안 1인당 GNP가 100달러 수준에서 20,000달러 수준으로 올랐다. 그리고 원조를 받던 나라가 이제 원조를 줄 수 있는 나라로 바뀌었다. 그것은 그만큼 한국이 성공적인 경제적 성장을 이룩했다는 것을 의미한다. 대외무역에 절대적으로 의존해온 한국의 경제 성장은 한국이 세계화의 물결을 가장 잘 탄 나라라는 것을 입증한다. 왜냐하면 분단된 좁은 땅에 지하자원도 없는 나라가 지금과 같은 경제 발전을 이룩한 것은 일찍이 전자와 자동차와 조선과 IT 산업에 눈을 뜬 한국 기업들이 전 세계를 한국의 상품 시장으로 삼았기 때문이다. 한국 상품이 세계시장을 휩쓸고 있다는 사실에 나는 자부심을 느끼고 있었다. 그런데 그러한 나 자신을 발견하고 나는 내 정신 속에 민족주의가 뿌리 깊게 자리 잡고 있다는 사실을 깨닫게 되었다. 여기에서 나는 내 정신 속에 세계화와 민족주의라는 서로 모순되는 두 가지 요소가 함께 있는 기이한 현상에 대해서 생각하지 않을 수 없었다.

3

한국의 민족주의는 단군의 자손이라는 단일민족 정신으로부터 비롯된다. 일제 강점 36년이라는 식민지 시대의 민족주의는 일제의 식민주의에 대항하는 당위성과 대항의 이데올로기로서 민족의 자주와 독립을 주도하는 정신으로 역할을 했다. 해방 후 민족의 분단은 우리 민족의 선택에 의해서 이루어진 것이 아니라 세계열강들의 이해관계에 의해 이루어진 것이다. 동족상잔이라는 뼈아픈 기억에도 불구하고 한국의 역사학계는 식민지 사관으로 씌어진 한국사를 수정하여 민족주의 사관에 의한 한국사를 정립하고 한국인의 역사의식을 키운다. 식민지 사관이 일제 강점기를 합리화하고자 사색당파 싸움을 과장하고 기자조선과 임나일본부설을 인정하는 역사관을 의미한다면 민족주의 사관은 한민족의 시조를 단군으로 삼고 고조선으로부터 단일민족 국가를 형성하여 반만년을 이어왔다는 역사관이다. 1960년대의 민족주의 사관은 이러한 역사관의 교육을 토대로 우리나라의 민족적 우수성에 대한 자긍심을 갖게 하였고 식민지 시대의 어두운 기억을 떨쳐버리고 6·25전쟁이 남긴 상처를 극복할 수 있게 만들었다. 1970년대의 민족주의는 '잘살아보자'는 '민족의 중흥'의 이념을 내세우며 교육받은 고급 노동력을 결집시켜 경제 발전의 원동력이 되게 한다. 얼마 전 그리스가 외환 위기와 재정 위기를 겪을 때 그리스 정부가 긴축 재정 안을 내놓았다가 국민들의 격렬한 저항에 부딪친 일이 있다. 그리스 정부가 정책을 잘못 세우고 시행해서 위기가 왔는데 왜 그 책임을 국민들에게 돌리느냐는 것이었다. 그런데 1990년대 말 한국에 외환 위기가 왔을 때 '금을 모아 나라를 살리자'는 캠페인을 벌인 한국의 민족주의는 국민들이 장롱 속에 보관하고 있던 결혼반지, 돌 반지 등의 금을 모아 외환 위기를 극복하게 만들었다. 2000년 6·15 남북공동선언에 담긴 민족주의는 분단된 한반도에 갈등과 대립의 시대를 마감하고 남북한의 교류와 평화 공존의 시대를 열고자 한 민족의 갈망을 담고 있다. 2002년 한일 월드컵에서 한국 축구팀이 4강에 오르는 신화를 창조함으로써 '붉은 악마'와 함께 전 국민이 하나가 되어 한국인의 능력을 민족적 능력으로 생각하기에 이른다. 역사학계의 학술적 연구와 이론화를 비롯해서 캠페인이나 운동 혹은 스포츠를 통한 현실적 사건에 나타난 민족주의는 분명히 한국인의 역량을 결집시키는 효과를 거두고 있다. 그런 점에서 단일민족이라는 의식을 중심으로 민족주의와 함께 살아온 우리는 이와 같은 예들을 통해서 한국의 현대사에서 민족주의가 긍정적 역할을 하고 있다는 것을 인정하지 않을 수 없다. 특히 식민지 시대를 겪은 역사적 체험은 민족주의를 통해서 민족적 아이덴티티를 확보하게 만들었다. 또 단시일 안에 경제 발전을 이룩하기 위해서는 국가 전체의 역량을 응집시키는 데 가장 편리한 민족주의에 호소함으로써 개인의 이해관계를 떠나 국가를 최우선의 가치로 삼게 만들었다.

4

그러나 전 세계를 상품 시장으로 삼으면서 세계 10위권의 경제 규모로 성장한 우리나라가 여전히 민족주의의 틀을 벗어나지 못하고 있다면 그것 또한 부끄러운 일이 아닐 수 없다. 국내에 입양되지 않은 많은 아이들을 지난 50년 동안 15만 명이나 해외로 입양시키고 아직도 해외 입양을 계속하고 있다는 것은 우리 사회가 가지고 있는 치부 가운데 가장 부끄러운 치부이다. 하인즈 워드처럼 성공한 사람에게는 한국이 어머니의 나라라고 호들갑을 떨며 강조하고 있으면서도 혼혈아들을 홀대하는 표현을 아무런 부끄럼 없이 사용하는 것은 우리의 민족 감정이 얼마나 용열한지 말해준다. 매년 3만 명 이상의 한국인 남자가 외국인 여성과 결혼하고 있음에도 불구하고 20만 명이 넘는 외국인 노동자들을 차별하고 제대로 대우를 해주지 않는 현실도 우리의 민족주의가 얼마나 이기적인 것인지 말해준다. 우리는 단일민족을 내세우면서 북한의 어린이들이 가난과 기아에 허덕이고 있는 현실을 외면하고 있다. 해마다 수십만 명이 탈북하여 이웃 나라에서 부랑하는 현실을 외면하면서 우리의 인권만을 강조하는 것은 감상적 민족주의가 가지고 있는 이중적이고 허위적인 우리의 치부에 다름 아니다. 세계에서 가장 비싼 쌀과 쇠고기를 먹고 사는 나라에서 외국 쌀의 수입을 반민족주의로 취급하고 외국산 쇠고기를 수입하는 것을 부도덕하게 생각하는 민족주의, 그것은 극히 폐쇄적이고 국수주의적인 민족주의이다. 값비싼 한우 대신에 값싼 수입육을 구입하고자 하는 것은 소비자의 자유이고 권리이다. 미국산 쇠고기에 뼛조각이 들어 있다는 이유로 쇠고기 전체를 수입 금지시킨다거나 미국산 쇠고기를 판매하는 매점에 오물을 뿌리고 매장 입구를 폐쇄한 쇠고기 파동은 감상적이고 이기적인 국수주의라는 비난을 면하기 어려울 것 같다. 왜 우리의 소비자가 세계에서 가장 비싼 소고기와 쌀을 소비해야 하는지, 그것을 논리적으로 설득력 있게 설명하는 것이 양식 있는 민족주의자가 할 수 있는 일이다. 전 세계에 가전제품과 IT제품, 선박과 자동차와 철강 제품을 가장 많이 팔고 있는 나라에서 쇠고기나 마늘 같은 농축산물의 수입은 까다롭게 규제하고 폭력적으로 반대한다. 그것은 합리적인 생각을 가진 사람이 취할 태도가 아니며 국가적으로나 사회적으로 용납되어서는 아니 된다. 왜냐하면 그것은 경제적으로 직접적인 손해를 자초할 뿐만 아니라 한국의 배타적 이미지를 세계에 심어줄 것이기 때문이다. 실제로 몇 년 전 농민들의 주장에 따라 중국산 마늘을 들여오지 못하게 했다가 중국이 우리나라 휴대폰의 수입을 금지한 사건을 기억할 것이다. 그 결과는 막대한 경제적 손실을 입고 중국산 마늘의 수입을 허용함으로써 국가적 체면을 손상시키고 중국의 요구에 굴복한 것이었다. 모든 거래는 되로 주고 말로 받을 때 수익성이 있는 것이지 말로 주고 되로 받는다는 것은 그만큼 손해를 입는다는 것을 말해주는 좋은 예이다.

5

2000년에 이루어진 6·15 남북공동성명은 한반도의 긴장 완화와 평화 정착에 획기적인 전기를 마련했다. 그러나 북한이 주장하는 '우리 민족끼리 잘살아보자'는 구호는 얼핏 들으면 민족의 동질성을 상기시키는 것 같지만 사실은 감상적 민족주의에 호소하는 것이다. 세계는 이제 '우리 민족끼리만 잘살' 수 없게 되어 있다. 이런 현실을 받아들인다면 그 말의 진정성은 검토의 대상이 되어야 한다. 우리 민족끼리 잘살기 위해서는 몇 가지 조건이 충족되어야 한다. 모든 것이 자급자족할 수 있도록 자원이 풍부하고 사회구조가 자유로운 시장경제 체제여야 하고 사회적 합의가 민주적 절차에 의해 이루어져야 하고 생활수준이 비슷하고 습관과 가치가 유사해야 한다. 더구나 남한은 전 세계에 문호를 개방하고 경제·사회·문화적 교류를 자유롭게 함으로써 세계화의 물결을 타고 있는데 반하여 북한은 세계에서 가장 폐쇄적인 국가로 극히 일부 국가와 선택적인 교류만 허용하고 있다. 전 세계를 한국의 상품 시장으로 삼고 수출에 국가 경제를 의존하는 한국은 다른 민족과 더불어 잘살고자 온갖 노력을 기울이고 있다. 이에 반하여 북한은 '우리 민족끼리 잘살아보자'고 제안하며 밖으로 모든 문을 걸어 잠그고 폐쇄적 민족주의를 주장한다. 더구나 그들은 국민을 가난과 굶주림에 시달리게 하면서 장거리 미사일을 개발하고 한반도 안에서 핵실험을 감행함으로써 동북아 비핵화와 평화 공존의 꿈을 위협하고 있다. 따라서 한국이 북한에 대해서 해야 할 일은 '우리 민족끼리만 잘살' 수 없다는 것을 납득시켜야 한다. 북한으로 하여금 폐쇄적이고 이기적인 민족주의에서 벗어나 인류의 공존과 평화라는 보편적 가치의 실현에 참여하게 해야 한다. 서로 다른 민족, 서로 다른 체제, 서로 다른 문화를 이해하고 인정하는 개방적인 세계화의 길에 나서야 한다. 그렇지 않고 배타적이고 폐쇄적인 민족주의에 빠지면, 국가나 민족이 절대시되고 파시즘이나 나치즘처럼 민족의 이름으로 이기적인 전쟁도 불사하게 된다는 것을 우리는 제2차 세계대전을 통해 너무나 잘 알고 있다. 가까운 예로서 얼마 전 노르웨이에서 극단적인 민족주의자가 80여 명의 청소년들을 무차별적으로 살해한 사건은 배타적이고 폐쇄적인 민족주의가 얼마나 무서운 결과를 가져오는지 알려준다. 오늘날 선진국에 속하는 나라가 모두 민족주의를 내세우지 않는 것은 그러한 경험을 갖고 있기 때문이다. 따라서 아직도 민족주의를 내세우는 나라는 그 독선적 성격 때문에 고립될 수밖에 없고 경제적 어려움을 겪을 수밖에 없다. 그렇지 않다면 민족주의는 경제적 어려움을 호도하기 위한 방법일지도 모른다. 얼마 전에 우리나라의 진보적인 문학 단체인 '민족문학작가회의'가 '민족'이라는 표현을 사용하지 않기로 했다. 그것은 그 표현이 가지고 있는 극우적 인상을 타파하기 위한 것으로 보인다. 인류의 공존과 세계의 평화라는 보편적 가치를 구현하는 것을 목표로 하고 있는 문학 단체가 '민족'이라는 폐쇄적·이기적 한정사를 가

지고 세계로 나아가고 세계의 문학인들과 교류하기 어렵다는 깨달음
에 도달한 것은 높이 평가해야 할 것이다.

6

한국은 1996년 OECD에 가입함으로써 경제적 선진국 대열에 들어섰
지만 1997년 외환 위기를 맞이하게 됨으로써 그 혹독한 대가를 치른
다. 그것은 경제적 성장에 상응할 만큼 한국 경제가 세계화되지 않았
다는 평가를 받았다. 한국은 그 후 모든 분야에서 사회적 갈등을 일으
키면서도 세계화라는 개혁의 고삐를 늦추지 않았다. 그 가운데 가장
괄목할 만한 것이 외국과의 자유뮤역협정(FTA)인 것 같다. 2003년
칠레와의 자유무역협정을 체결한 데 이어 2007년 미국과의 자유무역
협정을 체결하고 금년에는 EU와 자유무역협정을 체결했다. 국가 경제
의 70퍼센트가 수출에 의존하고 있는 현실에서 한국은 끊임없는 시장
개척에 나서지 않을 수 없고 그 결과 외국과의 자유무역협정을 체결하
지 않을 수 없는 것 같다. 우리의 시장을 개방하지 않고 외국 시장만
개방하라고 하는 것은 국제 관계의 상호적 정신에 어긋난다. 그런 점
에서 자유무역협정은 한국처럼 지하자원은 부족하고 인적 자원만 있
는 나라가 세계에서 살아남기 위한 불가피한 제도일 것이다. 그러나
그 제도의 도입은 외국과의 경쟁력이 떨어지는 산업의 도태를 가져올
것이고 경쟁력이 있는 산업만이 융성하는 것으로 이어질 것이다. 바로
그러한 이유 때문에 칠레와의 자유무역협정 체결 때도 그렇지만 미국
과의 자유무역협정 때 일부 시민 단체와 농민들의 격렬한 반대가 있었

다. 사실 평생을 농사만 짓고 살아온 농민들의 생계를 생각하면 값싼 외국의 농산물이 들어와서 우리의 시장을 점령하는 것은 농민들의 생존권을 박탈하는 것과 다를 바 없다. 그렇다고 해서 국가 경제를 위해 농민들에게 손해를 감수하라고 희생을 요구할 수만도 없는 일이다. 그렇기 때문에 대책 없는 농산물 시장의 개방은 농촌의 황폐화를 가져올 것이다. 따라서 자유무역협정으로 인해 피해를 보는 사람들, 특히 농민들에게 그것을 보상해주는 경제적·정책적 대안을 마련하는 것은 절대적으로 필요하다. 그것은 정부가 해야 할 일이다. 그럼에도 불구하고 일부에서 자유무역협정 자체를 반대하며 정부와 정책적·경제적 대안을 협의하는 것을 외면하고 있는 것은 정부가 밉다고 무조건 반대하는 무책임한 행동이다. 그것은 경제와 사회 문제를 정치와 민족 문제로 변질시키는 것 같은 인상을 준다. 자유무역협정이 수출에 의존하는 우리 경제에 활로를 찾고자 한 결과라는 것을 외면한 채 자유무역협정을 반대하는 것만이 농민들을 대변하는 것처럼 행동한다. 그들은 값비싼 한우 대신에 값싼 수입육을 구입하고자 하는 소비자의 자유와 권리를 무시한 채 미국산 쇠고기에 들어 있는 뼛조각을 광우병과 연결시켜 민족 감정을 불러일으킨다. 2002년 6월에 있었던 '미선이 효순이 사건'도 그 연장선에서 보게 만든다. 훈련 중이던 미군 장갑차에 깔린 두 여중생의 죽음은 우리 국민 모두에게 부모와 같은 원통함을 느끼게 했고 이웃과 같은 안타까움에 사로잡히게 했다. 그 당시 일부 시민 단체들은 범국민 대책위를 구성했다. 시중에는 '미군이 일부러 학생들을 깔아 죽였다'고 우발적 사고를 고의적 행위로 만드는 유언비어가 떠도는 가운데 시민 단체들은 6개월 이상 미국을 규탄하는 촛불 시위를 계속했다. '불쌍한 미선이 효순이, 모이자, 시청 앞으로, 미국놈들 몰아내자'라는 구호 아래 민족 감정을 자극하며 반미 운동을 벌였다. 비명에 간 두 젊은이의 생명은 무엇으로도 바꿀 수 없는 고귀한 것이지만, 그들의 죽음을 가지고 배타적 민족주의를 부추긴 것은 지금 생각해도 얼굴이 화끈거리는 부끄러움이 아닐 수 없다. 그런데 그와 똑같은 부끄러움을 미국 버지니아 공대에서 일어난 조승희 총기 난사 사건에서도 느꼈다. 그 사건이 발생한 직후 언론 매체에서는 그가 중국계로 추정된다고 보도함으로써 한국 시청자들을 안도하게 만들었다. 그런데 그가 한국계로 알려지자 한국의 시청자들이 모두 같은 민족이라는 죄의식에 사로잡혀 여러 가지 과잉반응을 보이게 만들었다. 어떤 사람들은 미국 교포들이 어떻게 얼굴을 들고 살겠느냐, 그 대학에 다니는 한국의 유학생들이 다른 인종에게 습격을 당하지 않도록 유학생을 보호해야 한다는 등 여러 가지 유언비어가 떠돌았다. 그러나 버지니아 공대 희생자 가족들은 관을 매고 인종차별적 구호를 외치지도 않았고 총장에게 어떤 인종을 받아들인 책임을 지라고 요구하지도 않았고 범인 조승희의 죽음까지 애도한 희생자의 추도석을 파내지도 않았다. 여기에서 민족 감정을 건드리는 것은 희생자들을 다시 한 번 죽이는 것이지 희생의 의미를 살려내는 것이 아니다. 인간의 죽음에 대한 이처럼 의연한 대처는 사건의 본질에 대한 깊이 있는 성찰을 가능하게 한다. 그것은 생명의 존엄성을 되살리게 하는 이해와 존중의 탈민족주의적 태도이다. 한 개인의 범행을 민족 감정으로 건드리거나 종교 간의 갈등으로 다루면 그것이 곧 인종 간, 종교 간의 전쟁으로 발전한다는 것을 성숙한 사회는 알고 있다. 버지니아 공대 참사를 수습하는 과정은 죽음을 통해서 생명의 존엄성을 깨닫게 한 탈민족주의의 한 표본이다.

7

약소 민족으로 태어난 우리는 언제든지 민족주의의 덫에 빠지기 쉽다. 외세의 침략에 오랫동안 시달려온 경험 때문에 우리는 '민족적'인 피해 의식에서 쉽게 벗어날 수 없다. 그러나 경제 규모가 세계 10위권에 들어선 오늘날 민족주의로 우리를 보호할 수는 없다. 동서의 냉전 체제가 무너진 지 20년이 지났다. 휴대폰과 인터넷의 보급과 교통의 발달로 국가 간의 장벽도 무너져가고 있다. 이러한 현실에서 자유무역협정을 반대하거나 개방화를 거부하는 나라는 스스로 고립을 자초하지 않을 수 없다. 문제는 개방화에 따른 문제와 갈등을 어떻게 풀어 나가느냐 하는 데 있다. 외국의 거대 자본이 외환 위기를 일으키거나 금융 시장을 흔들어놓는 문제, 값싼 농산물의 수입으로 농민들의 생계를 위태롭게 하는 문제, 기업의 대형화로 중소기업이 설 자리를 잃게 되는 문제, 개개의 민족이 가지고 있는 전통과 문화가 고사하고 값싼 대중문화만이 기승을 부린다는 문제 등 개방화와 세계화에 따른 수많은 문제들은 국가적 차원에서 대책을 강구하고 풀어 나가야 할 문제이다. 그렇지만 그것이 곧 개방화 자체를 반대하는 이유가 될 수 없다. 개방화로 세계화의 길에 들어선 한국은 이제 돌아설 수 없게 되었다. 이제 와서 우리 식 민족주의를 주장하는 것은 시대에 역행하는 것이고 우리 경제를 파탄으로 몰고 가는 것이다. 다른 나라에게 시장을 개방하라고 요구하면서 우리나라의 시장을 보호하라고 요구하는 것은 이제 통용될 수 없는 19세기적 발상이다. 개방을 하되 세계화로 인해 제기되는 각 부문별 문제는 개방으로 얻는 것 이상을 투자해서 해결의 길을 모색해야 한다. 그럴 경우에만 세계화된 한국 사회는 삶의 질이 확보된 사회가 될 것이다.

지난 50년 동안 개인당 GNP 100달러 수준에서 2만 달러에 도달한 경제 발전의 원동력은 여러 곳에 있을 것이다. 세계 어느 나라보다 높은 교육열에 힘입은 풍부한 고급 인적 자원, 이들을 고용하여 새로운 제품을 만들어내고 새로운 시장을 개척한 기업체들의 창조적인 정신, 경제 발전 계획을 수립하고 실현하기 위해 끝없는 정책을 개발한 정부의 비전, 잘살아보겠다는 적극적인 의지를 가진 부지런한 국민들의 노력이 합해진 결과일 것이다. 이러한 발전이 살기 좋은 환경과 인류의 공존과 세계의 평화에 기여할 수 있는 계기를 마련하기 위해서는 민족의 이기적 이익만을 추구하는 폐쇄적 민족주의가 아니라 세계화된 민족주의, 탈민족주의가 우리 마음에 자리 잡아야 한다. 오늘날 전 세계의 젊은이들에게 큰 감동을 주는 K-Pop이 인류에게 평화와 희망의 메시지가 될 수 있는 길도 여기에 있다.

한국 문학의 세계화

한국의 경제적 지위가 세계 10위권으로 향상되는 가운데 한국 문학의 세계화가 문학계의 중요한 화두가 되고 있다. 최근 몇 년 동안 한국 작가의 노벨상 수상을 기대하는 언론의 보도와 국민적 관심은 노벨상이 발표될 즈음인 11월이면 그 절정에 도달한다. 마치 한국 문학의 세계화는 기정사실이 되었고, 한국의 어떤 작가, 시인이 수상할 가능성이 몇 퍼센트인지 보도함으로써 언론은 독자들의 기대를 부풀려놓는다.

물론 이러한 기대를 갖게 할 만큼 한국 문학이 세계의 관심을 끌만한 사건들이 있었다. 1995년 프랑스 정부로부터 '아름다운 외국 문학'이라는 '벨 에트랑제르(Belle Etrangere)' 프로그램으로 한국의 작가, 시인 들 13명이 초청된 것을 필두로 2000년과 2005년에는 대산문화재단에서 노벨 문학상 수상 작가들을 중심으로 40여 명의 세계적인 작가들을 초청하여 국제문학포럼을 개최하고, 2005년에는 독일의 프랑크푸르트 국제도서전에 한국이 주빈국으로 초청되어 40여 명의 작가, 시인 들이 독일을 직접 방문하고 작품 낭독회와 한국 문학 세미나를 개최하고, 2007년에는 전주에서 아시아 아프리카 작가대회를 개최하여 상호간의 이해 증진과 교류 확대를 합의했다. 이러한 사건들은 한국 문학이 세계의 주목을 받고 있다는 것을 의미한다.

한국 문학이 이처럼 세계로부터 집중적인 조명을 받게 된 것은 한국의 국가적 혹은 민족적 위상이 그만큼 높아졌다는 것을 나타내기도 하지만 한국 문학이 세계적인 수준에 도달했다는 것을 의미할 수도 있다. 어떤 의미에서든 그것은 한국 문학이 머지않은 장래에 노벨 문학상을 수상할 수도 있다는 희망을 갖게 하고 실제로 그 가능성을 열어놓았다. 그 가능성은 꿈으로 끝날 수도 있고 현실이 될 수도 있다.

그런데 그것을 마치 실제 일어나고 있는 사실처럼 과장 보도하고 작가와 시인 들이 노벨상의 수상에 지나치게 매달리는 것처럼 보이는 것은 한국 문학을 위해 결코 바람직한 현상이 아니다. 프랑크푸르트 국제도서전에 주빈국으로 초대된 것이나 노벨 문학상의 후보에 오른 것은 분명히 하나의 사건임에 틀림없지만 그것이 곧 한국 문학의 수준을 말하는 것은 아니다. 중요한 것은 어떤 작가나 시인이 노벨 문학상을 수상하느냐에 있다기보다는 자신의 문학이 과연 세계적인 수준에 도달했느냐 하는 데 있다. 문학상의 수상 여부는 우연의 결과일 수 있지만 세계적 수준에의 도달 여부는 필연의 결과이기 때문이다.

한국 문학이 노벨 문학상을 수상하기 위해서 해결해야 할 가장 큰 문제는 좋은 번역의 문제인 것 같다. 최근 몇 년 동안 한국 문학작품 가운데 외국어로 번역된 작품의 수가 불어난 것도 사실이고 번역의 수준이 향상된 것도 사실이다. 한국문학번역원과 대산문화재단 등 한국 문학작품의 외국어 번역을 지원하는 기관이 늘어난 것도 번역의 증가와 수준의 향상에 도움을 주었다. 그러나 한국 문학의 세계화는 전문화된 문학 번역가 없이는 불가능한 것이다. 뛰어난 문학 전문 번역가에 의한 번역만이 작품의 문학성을 드러낼 수 있기 때문이다. 문학성을 드러낼 수 있는 외국어로의 좋은 번역은 하루아침에 이루어지는 것이 아니다. 2005년 프랑크푸르트 국제도서전에 참가하기 위해 1년 동안에 100권의 책을 번역했다는 것은 하나의 이벤트에 지나지 않을 뿐 진정한 의미에서 번역이라고 할 수 없다. 그것은 문학작품을 문학과 상관없이 외국어로의 단순한 옮김에 지나지 않는다. 그 경우 번역된 작품의 문학성은 거의 전달되지 않고 작품의 줄거리만 전달된다. 한번 번역된 작품은 그것이 좋지 않은 것일지라도 다시 번역되기 어려울 뿐만 아니라 한국 문학 전체의 수준을 평가 절하하는 기준이 된다.

외국어로의 좋은 번역은 능력 있는 전문 번역가의 양성을 전제로 한다. 일본의 가와바타 야스나리가 노벨 문학상을 받았을 때 그것을 가능하게 한 인물 가운데 가장 큰 공로자로 사이덴스티카 같은 번역가가 지목되었다. 그는 일본 문학에 조예가 깊고 일본인의 정서를 이해하고 일본어를 일본인처럼 구사할 줄 알 뿐만 아니라 가와바타 야스나리 문학에 심취해 있던 문학 교양인이었다. 그의 영어 번역은 가와바타 야스나리의 소설이 서양인들을 감동시킬 만큼 충분한 일본적 아우라를 살린 것으로 평가된다.

외국인을 좋은 번역가로 양성한다는 것은 그만큼 여러 가지 조건을 갖추어야 한다. 우선 한국을 좋아해야 하고 한국 문화와 한국어에 능통해야 하며 번역한 작품의 문체를 전달할 만큼 문학적 소양을 갖추어야 한다. 작가의 소설 문체나 시인의 시적 이미지를 전달할 만큼 훌륭한 번역자는 자신이 개성 있는 문체나 이미지를 살릴 수 있는 작가와 시인을 선택해서 번역할 수 있는 전문 번역가가 되어야 한다. 그 경우 한국 문학을 외국어로 번역해서 생계를 유지할 수 있다는 자부심을 갖게 할 정도로 좋은 번역에 대한 충분하고 지속적인 대가를 지불해야 한다. 한국 문학의 세계화는 전문 번역가를 갖게 된다면 꿈의 단계로부터 현실의 단계로 옮겨질 수 있을 것이다.

IV
대화들

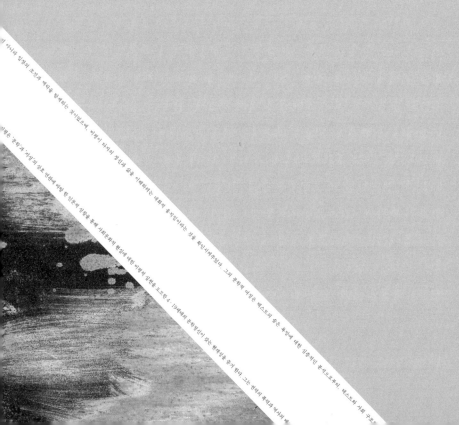

4·19 정신의 정원을 함께 걷다

김치수 & 최인훈*

김치수(이하 김)   오랜만에 뵙습니다.

최인훈(이하 최)   반갑습니다.

김   올해로 4·19 50주년을 맞아 『문학과사회』에서 기획한 대담을 부
탁받았습니다. 선생님도 뵙고 싶고, 50년 전 그때를 회고하며 지
금의 문학적 상황에 대해 얘기를 나누는 것도 의미 있을 것 같아
흔쾌히 수락했습니다.

최   그래요.

김   4·19 때 선생님은 군대에 계셨지요?

최   광주에 있었습니다. 훈련 받던 중에 소식을 들었지요.

---

* 이 글은 『문학과사회』(2010년 봄호)에 수록된 대담이다.

김 저는 그날 4월 19일에 서울에서 실제 시위에 참가했습니다. 김현 군이랑 같이 참가했지요. 참가했을 때는 둘이서 뭐가 어떻게 되는지도 모르고 참가했었는데, 나중에 휴교령이 내리고 계엄령 선포되자 각자 고향에 내려가 있었습니다. 4월 26일 교수들이 시위에 가담하고 하야 성명이 나오면서 일단락이 되었지 않습니까. 그러곤 서울에 돌아왔는데, 당시를 회고해보면 우리가 뭔지 모르고 했던 일이 나중에 엄청난 결과를 가져왔던 셈입니다.

최 구체적으로 어디서 어떻게 참가했습니까.

김 서울에서 대학에 다닐 때였습니다. 김현 군과 내가 당시 신당동에서 위아래 집에서 하숙을 했습니다. 신당동에서 동숭동까지 매일 아침 학교를 걸어다녔습니다. 아침에 학교에 갔더니, 전날 고려대 학생들이 데모하다가 종로4, 5가에서 깡패들의 습격을 받았다고 하더군요. 그 사건 때문에 벌써 많이 모여 있었습니다. 등교하자마자 대열에 합류했지요. 처음엔 동숭동에서 이화동에 이르는 거리에서 밀고 밀리다가 숫자가 많아지니까 경찰이 밀리고, 우리가 원남동에서 종로4가까지 가게 되었죠. 종로4가가 동대문 경찰서가 있는 곳 아닙니까. 거기서 조금 오래 대치하다가 경찰 저지선이 무너지니까 광화문으로 진출했지요. 광화문까지 갔더니 서울 소재의 각 대학이 다 나와 있었습니다. 숫자가 워낙 많으니까 중앙청 앞에 하루 종일 앉아 있었습니다. 앉아 있는 동안에 도시락을 먹고. 책가방에 도시락이 있었거든요. 오후에 다시 효자동으로 가는 길에 들어섰는데 그때 효자동 앞에서 경찰이 막강한 저지선을 치고 못 넘게 했는데 누군가 넘어갔나 봐요. 발포가 있었고 흩어지기 시작했죠. 비명이 여기저기서 들렸습니다. 우리도 민가로 몸을 숨겼다가 다시 담을 넘어서 돌아왔죠. 너무나 엄청난 일이어서 아주 두려웠습니다. 다시 광화문으로 왔더니 시위대가 트럭을 탈취해서 피 묻은 옷을 흔들면서 달리는 모습이 보였습니다. 좀 걱정이 되더라고요. 그리고 나서 걸어서 하숙집까지 갔습니다. 이후 계엄령이 선포되고 하니까 고향에 내려가 지냈지요. 하야 성명이 나오고 다시 개교를 하면서 서울로 돌아와서 학교에 다녔습니다. 처음과 비교했을 때 마지막 결과를 보니까 우리가 엄청난 일을 했구나, 싶었습니다. 아무도 예상하지 못했거든요. 선생님께선 광주에서 훈련을 받고 있으셨군요. 보병학교였죠? 어떻게 소식을 접하셨습니까?

최 신문에 난 정도, 오가는 정도, 풍문 정도였지요. 기억에는 광주 사람들이 움직였을 텐데 그런 걸 구경도 못한 것 같습니다. 특히 군인들은 통제된 사람들이니까. 아무래도 사회와는 차단되어 있었으니까요.

김 그때 생각을 하면 벌써 50년 전이니까 반세기가 흘렀습니다. 당시엔 스물이었는데 지금은 칠십이 됐습니다. 참 세월이 많이 흘렀습니다.

최 많이 흘렀지요.

김 1960년 『새벽』지에 발표된 「광장」 서문을 보면 "저 빛나는 4월이 가져온 새 공화국에 사는 작가의 보람을 느낀다"고 쓰셨습니다. 아마도 4·19혁명 아니었으면 그 작품이 태어나지 않았으리란 가정을 하게 합니다. 4·19혁명이 가져온 자유민주주의가 분단된 나라의 남과 북을 객관적이고 비판적 시선으로 그릴 수 있게 만들었다는 결론을 그 작품에서 끌어낼 수 있을 것 같습니다. 최 선생님은 이 작품을 언제 구상하셨었는지, 이명준이라는 인물이 모델이 있는지 듣고 싶습니다. 한 번도 들어본 적이 없어서요. 한 가지 더 알고 싶은 것은 이런 좋은 작품을 쓰기 위해선 자유민주주의 체제가 필요하겠지만, 어떤 억압적 체제 속에서도 그런 작품을 쓰는 작가는 있게 마련이잖습니까. 그런 자유민주주의가 온 뒤에 쓸 수 있는 행복을 선생님은 고백하고 계신 게 아닌가, 그런 생각이 듭니다.

최 그게 1960년 가을에 나온 거니까, 4·19 몇 달 뒤에 나온 셈이죠. 개인적이고 신변적 맥락에서 보자면, 4·19 움직임의 중심은 고사하고, 주변에도 있지 못한 내 사정이 있었지요. 문학적으로 말하면 그해 전반에 「가면고」를 썼죠. 『자유문학』지에 전재로, 400~500매 되는 건데요. 그건 정치적인 분위기의 작품이 아니고, 일종의 구도소설이랄까, 그런 식의 소설이었죠. 당시 잡지는, 5월호가 4월에 나오는 식으로 한 달 먼저 나오는 관행이 있어서 작품 나오는 시기가 4·19를 전후했어요. 「가면고」 쓸 때만 해도 몇 달 뒤 나올 「광장」의 분위기와는 일단은 단절이 있는 셈입니다. 몇 달 사이에 「광장」 같은, 맥락이 다르다고 봐야 하는 작품을 같은 작가가 냈으니 회고해보면 '참 대단한 시절을 살았다' 싶어요. 보통 같으면 작품 세계의 변모라는 것이 그렇게 느닷없이 되기는 어렵고, 점차적으로 달라지는 중간 형태가 있었을 텐데. 아무튼 질문하신 바에 답을 드리면, 잘 알다시피 소설 자체의 소재는 역사에 실제로 있었던 일, 그게 「광장」이란 작품의 생명과도 관계있을 텐데, 순전히 머리로 생각해서 6·25 때 이런 일이 있었으니 해볼까 하는 정도가 아니라, 기묘하게 70여 명의 군인들이 남북의 소속 원대로 복귀하길 원치 않고 다른 데로 보내달라는 실제로 알려진 일이 있었습니다. 그래서 그 사람들이 거제도에 있다가 다시 판문점에 옮겨져서 거기 기다리던 인도군이 인도해서 배를 타고 간 것이지요. 그런 것을 내가 어느 시점에서 알았는지 모르겠지만, 아마도 작품 쓰기 오래전에 알고 있었을 것입니다. 그걸 소설로 써야겠다 했을 때 모델이 될 사람들은 실제 있었지만 그렇게 주인공에 해당하는 사람 같은 특정한 내면과 외면을 지닌 사람이 70여 명의 석방 포로 중에 있다는 보도도 없고, 그걸 만나볼 도리도 없었지요. 이명준이라는 개인에 초점을 맞춰서 「광장」을 창조해낸 것은 순전히 문학적인 상상력의 소산인 셈입니다. 그렇다고 해도 현실적, 역사적 사실을 융합해서 나온 거지요. 그리고 그 작품의 실체적 외연을 늘린 부분에 대해 덧붙이자면, 역시 제가 북한에서 온 월남 피란민이었기에 가능했을 것입니다. 고등학교 1학년을 마치고 왔거든요. 어떤 사회에서든 고1이란 것이 인간 형성상에 아직 지극히 물렁한 때잖습니까? 내면이 어디로 흐를지 모르고, 경험이 그 정도일 수밖에 없는 건데, 그래도 내가 4·19 그 무렵에는 대학 과정을 다 마치고, 군인 신분으로 1년 정도 있었을 때니까 북한에서의 내 경험과의 사이에 또 상당한 거리가 존재합니다. 북한에서의 실제 경험은 비록 고등학교 초학년 정도였지만 나중에 그것을 생각해볼 여지는 있었습니다. 학생으로 이것저것 생각해봤겠죠. 그런 여러 가지 것들이 4·19라는, 내 인생 중에서도, 결정적인 그런 거라고 생각합니다. 3·1운동 세대라는 말은 우리에게 별로 숙성된 말은 아니지만, 3·1운동 당시에 20세 안팎이던 사람은 일생을 지배하는 어떤 계시에 가까운 것을 받았겠죠. 또 8·15 때 20세 안팎이던 사람은, 역시 8·15 세대란 말은 없지만, 그래도 훨씬 이전에 시작했거나 8·15 이후 10년 후에 글쓰기를 시작한 사람과는 또 본인이 자각하고 자각하지 않고의 양방향의 뭔가가 있었을 거라 생각해요. 일종의 사회적 트라우마라고 비유할 수 있을 텐데, 그런 것이 전체적으로 어우러져 된 것이 「광장」 같습니다. 그 후에 그런 의미의 세대라고 할 수 없는 사람들에게도 공명하는, 양적으로 어느 정도인지는 모르겠으나 최소한의 공명 음파가 역할하는 바가 있을 겁니다. 혹은 내 자신의 상상력이라든지 개인적인 예술적 취향 같은 것이 전달되는 바도 있겠고요. 그러나 역시 4·19 자체가 섣부른 세대론을 가지고 어느 한두 연대에 살아 있는 생활인들이 온통 우리가 전유하겠노라 하는 수준을 넘어서는, 국민적인 사건임은 틀림없겠지요. 아까 김 선생의 경우처럼, 직접 대열에 있었다는 위치도 있겠고 그런 위치가 아니더라도 그 시점에 한국이라는 장소에서 생활했던 모든 사람에게 정신적 도장을 찍은 사건이라는 겁니다. 트라우마나 도장이나 간섭의 형식에 따라 그 농담(濃淡)이 다른 정도이겠죠. 깊고 안 깊고의 차이. 또 그 후 그 사람들이 어떤 사회생활을 했나, 무슨 직업에 종사했나 등에 따라 파장이 각기 다르겠지만, 우리가 여전히 3·1절이 다가오면 어김없이 3·1운동 관련 화제가 나오듯, 8·15와 6·25도 그렇듯이, 그런 자연인이 아닌 문명을 가진 존재의, 뭐랄까, 자기 동일성이라는 것이 순전히 개인적인 것이 아니다, 추상적인 것이 아니다라는 느낌을 갖습니다.

김 김현 씨는 "정치사적 측면에서 보면 1960년은 학생들의 해였지만 소설사적 측면에서는 「광장」의 해였다고 볼 수 있다"고 적었습니다. 그건 4·19혁명이 학생들 힘에 의해 부패하고 부정한 독재 정부를 전복하고 자유민주주의를 쟁취한 최초의 경험이듯, 「광장」이 한국 소설사에서 새로운 경험을 하게 했다는 것으로 받아들여집니다. 그건 사회적으로 금기시됐던 분단된 두 체제를 객관적·근본적 차원에서 다루는 가운데, 사랑과 이념의 대척 관계를 넘어선 주인공의 깊은 성찰과, 은원 관계를 뛰어넘는 주인공의 진실한 사랑의 발견, 죽음이 도피나 패배가 아니라 사랑의 완성에 이르는 길이 될 수 있다는 깊은 통찰이 들어 있다는 의미일 것 같습니다. 실제로 「광장」 이전의 소설이 전통적 휴머니즘에 토대를 둔 선악의 대결 구도를 실현하거나 전쟁의 가해자/피해자로서 인간 조건을 형상화하는 데 반해, 「광장」은 그것을 뛰어넘는 이념과 현실의 괴리, 그 안에서 고통받는 인간 조건의 부조리, 진정한 사랑의 발견이 요구하는 대가의 혹독함을 진정한 자아 성찰로 깨닫고 있는 과정을 추적하지 않습니까. 그래서 이 소설은 줄거리를 전달하는 단선적 서사가 아니라 사건이 끊임없이 지체하거나 과거로 되돌아가는 근대적 형태를 갖출 수밖에 없었다고 봅니다. 모더니즘의 색깔이 들어 있다는 것. 그런 점에서 「광장」은 한국 소설의 모더니티를 보여준 탁월한 작품이자 4·19 세대의 문학을 예고한 작품인 셈입니다. 깊고 복잡한 사유와 통찰력을 가진 이명준이란 인물을 형상화하기 위해 선생님은 이 소설에 어떤 특별한 기법을 써야겠다는 생각을 염두에 두지 않았을까 싶습니다. 선생님이 그 당시 소설이 좀 달라져야 하지 않겠느냐는 생각을 갖고 계셨던 게 아닌가 생각됩니다.

최 데뷔한 이후 작가로서의 정향이라든지, 작품의 다양성을 가지고 소급해서 그 시점에서 주장하고 싶진 않습니다. 왜냐하면 다른 말로 요약하면 그때 당시 그렇게 깊은 미학적 통찰이나 재능이 채 준비되지 않았었다고 생각합니다. 거기엔 상당히 우발적인 요인들이 많이 작용했다고 봅니다. 김 선생이나 김현 씨의 얘기를 소박하게 받아들여서 나도 소박하게 말씀드립니다. 초두에 말씀드린, 지극히 개인적인 내 생애의 경력이 거기에 운명적으로 간섭을 한 것 같습니다. 다시 말해 내가 북한에서 안 왔다면 그렇게 쓰지는 못했을 겁니다. 이후 그 주제를 전개한 사람은 많이 있었지만, 그런 정도의 효율이 있는, 상당한 계산을 능률 높게 구성하지 못했지 않았나 싶거든요. 「가면고」 말씀을 했지만, 당시 내 취미는 고전적 동아시아 지식인적인, 인간과 사회와 우주의 이상적인 지점이 어딘가 자기 바깥에 존재하고, 인간 개인이 할 짓이란 건 고지를 따라서 어떻게 성현의 경지에 도달하는가에 있었다고 생각합니다. 우리 고전에 대해 멋대로의 소극적 평가인지는 모르겠으나, 상대적으로 그렇게 요약해보려고 합니다. 「가면고」는 지금 말씀드린 것과 같은 전통적인 동아시아 지식인의, 한두 해가 아니라 2, 3천 년에 이르는 지적인 타성 속에 젖어 있던, 심미적 이상에 대한 고뇌가 담긴 것이었습니다. 서구 근대 의식의 모양새라고 할 수 있는 역사적 · 시간적인 흐름 속에서 실존의 욕망이 변신해야 되겠다고 하는 발상은 그때까진 없었다고 보는데, 그러한 문제의식이 「광장」을 내 손으로 빚게 만든 요인이 되지 않았나 하는 것이지요. 바로 4·19의 충격으로 인해, 한 인간의 머릿속에 존재했던 전통적이고 문명사적인 습관이 지각변동을 일으켜서 깨지고 스스로 나온 것이 「광장」이라는 겁니다. 나 자신은 내가 무엇을 어느 정도 했는지 자기 작품에 대한 감지가 채 닿지 않을 찰나에, 이후 직업화된 내 태도와 비교할 적에 어마지두에 쓴 것입니다.

김 4·19라는 사건이 가지고 있는 정신사적 충격, 그 충격이 선생님으로 하여금 의도를 하지 않았는데도 그런 작품을 쓰게 만들었다는 그런 말씀이시겠죠. 4·19가 가진 문학사적 의미도 거기서 찾아볼 수 있을 것 같습니다.

최 그렇다고 생각합니다. 4·19가 없었다면 나는 「가면고」 계통의 글을 계속 쓰면서 헤르만 헤세 같은, 얼른 떠오르는 것이, 내 지극히 초기의 취향으로 보자면, 그런 작가 중 하나가 됐을 가능성이 높다고 봅니다.

김 흔히들 4·19혁명을 미완의 혁명이다, 심지어는 실패한 혁명이라고 말하는 사람도 있습니다. 하지만 제 생각엔 4·19 덕택에 「광장」이 발표될 수 있었다는 것만으로도 4·19는 과소평가할 수 없고, 더구나 민주주의 정부가 수립될 수 있었다는 것만으로도 성공했다고 말하고 싶습니다. 세계사를 보아도 단 한 번에 완성된 혁명은 없거든요. 18세기 시민혁명인 프랑스혁명도 그것이 완성될 때까지 1세기 이상의 혁명과 반혁명을 거듭 반복하면서 수많은 사람들의 목숨을 대가로 치르면서 완성되지 않았습니까. 혁명의 완성을 완전한 자유민주국가의 성립에 둔다면 과연 어떤 국가가 단 한 번의 혁명으로 혁명의 완성에 걸맞은 체제를 갖췄다고 할 수 있을지 의심스럽습니다. 중요한 것은 혁명 정신이 어떤 방식으로, 어느 정도로 계승되고 있는가 하는 대목이 아닐까 합니다. 선생님은 미완이다 실패다 하는 견해에 대해 어떠신지,

5·16쿠데타가 4·19혁명으로 세워진 민주 정부를 전복했다고 해서 4·19혁명을 미완의 혁명, 실패한 혁명이라고 할 수 있을지 여쭙고 싶습니다.

최 대부분의 말씀에 동감합니다. 조금 부연하자면 내 나이쯤 돼서 돌아보면, 이젠 내가 살아온 우리 사회나 공동체의 생활 궤적이 비교적 옛날보다는 훨씬 가다듬어져서 잘 보입니다. 지금 입장에서 보자면, 4·19까지 소급해서 1960년 4·19 그 시점에서 우리 한반도 거주자, 원주민들에게 그때까지 개화기, 식민 통치 기간, 이승만 독재 기간 들은 각기 권력 형태는 다르지만 인류학적 입장이랄까, 문명사적 입장에서 볼 적엔 대단히 동질적인 시간의 축적에 지나지 않았다고 봅니다. 가령 조선 말엽의 한반도 거주자는 왕의 신민이었고, 식민지 시대엔 외적의 총독 밑에서의 이등 생활자였고, 해방 후 전쟁을 치르고 4·19까지 오는 동안에는 국민 자신의 체험과는 관계없는 법률상의 민주공화국이었겠지만, 실질적으론 대통령이라는 이름의 전제군주 아래서 역사의 객체로서 생활한 경험이 있었을 뿐입니다. 그런 세 가지 기간이 더 보편적이고 느슨한 사회학적 잣대로 재보면 다 똑같이 자아가 없는, 자기 바깥의 권위에 의해 모든 생활자들의 실정이 동원돼 있었습니다. 내 안에서 내가 기획하고 내 책임하에서 내 모험을 깃들여서, 어떤 경우는 내 생명까지 치르면서 얻은 생활의 방식이라기보다는, 어딘가에서 누군가에 의해 만들어진 기획에 동원된 숫자로서의 생활밖에 못했다가, 수천 년 동안의 전제적 체제 속에서 자아 없는 생활이라는, 생활의 리듬 내지 패턴이 최초로 갈라지는 모습을, 본인들이 움직이기도 했고, 설령 움직이진 않았지만 같은 배에 탄 행복이랄까 운명으로서 똑똑히 목격한, 최초의 사회적 존재로서는 종교적이라고 할 만한 정신의 지각 운동을 경험하지 않을 수 없는 것이었죠. 말씀하신 성공했느냐 안 했느냐, 현재 어떤 영향이겠느냐로 얘길 단축한다면 4·19의 경우는 3·1운동과 마찬가지로 상대적인 의미의 성공, 불성공의 범주로 접근하면 많은 혼란을 가져오는 사태라고 보고 싶습니다. '그것이 없었다면' 하는 소거법으로 상상한다면 조금 더 확실해질 것입니다. 3·1운동이 없었더라면 식민지 동안에 대단히 후세로서 반성하고 회고할 적에 너무 인간적 허영이랄까, 인간적 품위의 입장에서 보면 굉장히 괴로운 회고가 됐을 것입니다. 만약 4·19가 존재하지 않았다면 또 마찬가지의 생각, '그런데도 한국 사람은 가만히 있었나' '한국 사람은 근본적으로 문화적 특징이랄까, 좀 이상한 사람들 아니었나' 하는 자기비판의 느낌을 가지지 않았을까 싶기도 하고요. 그런 의미에서 4·19는 당대까지의 생활자들을 구원했고, 이후 사람들의 고귀한 유산을 아무도 빼앗아갈 수 없도록 만들어준 상대적 지평에서 논의될, 정권 교체라든가 통상적 의미의 정치적 부침과는 다른, 문명의 주기가 바뀌어지는 것과 같은 의미를 가지지 않나 싶습니다. 굳이 성공, 비성공으로 따지자면 그런 의미에서 유감없이 성공한 정치적 행동이고 사건이었다고 받아들이고 싶습니다.

김 사실은 4·19가 우리나라 정신사에 미친 영향으로 볼 때 성공이냐 실패냐, 완성이냐 미완이냐의 문제가 아니라, 그 자체로서 회상할 때마다 우리를 구원하는 사건임에는 틀림이 없지요.

최 골고다 언덕에서 신의 아들이 속세에 의해 처단됐는데 예수의 생애는 과연 실패냐라는 것과 감히 비유해보고 싶네요. 정치적 성사로서 이해하려고 합니다.

김 원래 4·19가 실패했다는 얘기를 누가 했냐면, 그 당시만 해도 4·19에 가장 정신적 영향을 미쳤던 함석헌 선생입니다. 『뜻으로 본 한국역사』를 써서 굉장한 영향을 미쳤거든요. 그런데도 함석헌 선생은 5·16을 촉발했다는 의미에선 4·19는 실패한 혁명이라고 규정한 바 있습니다. 4·19 이후 각계각층의 억눌린 욕망을 여과 없이 드러냈고, 다양한 정치 세력이 권력 다툼을 심하게 벌이면서 법질서가 제대로 지켜지지 않은 걸로 보이고, 많은 뜻 있는 사람들이 국가의 미래를 걱정하며 혼란의 시대, 국가의 근간이 흔들린 시대라고 말한 것도 사실입니다. 특히 군사정부가 경제 발전에 성공해서 지금 한국을 만드는 데 기여했다고 하면서 쿠데타 이전을 혼란이라고 규정하는 것과도 사실상 다를 바 없겠습니다. 그러나 경제 발전을 위해 모든 자유와 권리를 제한하는 군사정부가, 계획 경제만 갖고 오늘 같은 발전을 이룩할 수 있었느냐는 꼼꼼히 따져봐야 할 것 같습니다. '잘살아보세'라는 구호 아래 경제 발전을 명분으로 내세운 군사정부는 유신과 같은 독재로 국민 자유를 억누르려 했으나, 그 유신에 대해서도 저항을 그칠 줄 몰랐거든요. 군사정권이 경제 발전, 그리고 북한 위협을 빌미로 삼아 자유를 억압하려 하면 할수록 시민 저항은 더 거세졌습니다. 그것은 시민 저항으로 독재정부를 무너뜨린 경험을 가진 4·19 정신의 계승이 아니었을까 싶은 겁니다. 그들의 저항 때문에 경제 발전을 명분으로 내세운 군사정부도 자유민주주의의 근본 틀을 깰 순 없었고, 그 틀에서 경제 발전도 이룰 수 있었던 것이니까요. 만일 군사정권이 자유민주주의 틀마저 유지하지 않았다면 경제 발전도 이룩하지 못했을 것이고 18년도 되기 전에 무너졌을 것입니다. 4·19혁명은 정신사적 의미에서 '시민으로서의 개인'을 발견하게 된 의미가 크지 않을까 합니다. 시민으로서의 개인의식은 한편으론 억압에 저항하게 하고, 불의에 침묵하지 않게 하고, 다른 한편으론 자기 존재에 관한 성찰을 통해 자기 개성에 자부심을 갖게 하고 민주주의와 경제 발전이 함께 갈 수 있다는 생각으로 산업 발전의 주역이 되게 했다고 볼 수 있지 않을까, 이렇게 요약해보고 싶습니다.

최 이의는 고사하고 보충의 여지없이 받아들일 수 있는 말씀이라고 생각합니다. 많이들 얘기하는, 이듬해 군사 반란에 의해 4·19의 성과는 모두 무화됐다는 것은 지극히 천박한, 얼른 귀에 들어올지는 몰라도 아무 깊이도 없는 얘기라고 생각합니다. 실제로 군사 반란 때 내 기억엔 매체들(신문, 방송)이 차츰 혼란이 가라앉아간다고 분명히 감지되도록 하는 보도를 했습니다. 그게 문민정부가 그대로 가면 나라 자체가 없어질 것 같은 위기가 실제 존재했다는 것도 받아들일 수 없는 분석이나 관측에 지나지 않다는 것입니다…… 만약 그렇더라도 그렇게 받아들이면 앞의 1년 전의 것들이 굉장히 손상되고, 역사의 궤도가 모처럼 바람직한 궤도를 잡고 있는데 그걸 또 한번 흩뜨려놓는다는 식으로 생각하게 된 것은, 우리가 근대 유럽이 걸어온 역사를 참고해보면 너무나 큰 역사적인 변화들을 짧은 기간 동안에 계속해서 겪었기 때문에 참을성이 덜한 생각의 정신에겐 그렇게 비칠 수도 있을 것입니다. 뭔가를 빨리빨리, 결단력 있게 했으면 뻔한데, 그걸 민의(民意)에

밀려 이랬다저랬다, 금방 하는 것이 유리한데 시간만 낭비하는 것을 가만히 기다리는 것이 옳으냐, 이런 것도 우리가 공화정치, 문민정부, 평화적 정권 교체 등 근대 유럽이 호된 값을 치르고 상대적으로 충분한 시간을 거쳐 만들어온 문명의 궤도에 익숙하지 못한 데서 온, '빨리빨리'주의라기보다는 성숙하지 못한 성급함에서 촉발된 얘기라고 봅니다. 정치 문화도 그렇고 넓게 보면 다 그렇겠지요. 예술, 그중 문학인 경우에도 어떤 기간에는 1당 1파의 패권 같은 것이 가능한 것처럼, 그렇게 하는 것이 무슨 보편적인 타당성이 있는 것처럼 생각하기 쉬운데, 진리가 하나밖에 더 있겠나 하는 건데, 제 생각에는 진리라는 것은 하나만 있는 것이 아니라 여럿이 있다는 감각의 시작도, 과장해서 말하자면 4·19에서 비로소 그렇게 말해도 좋을 만큼 큰 자국이 나게 우리 생각의, 관습의 씨앗이라 해도 좋고, 궤도라고 해도 좋고, 그것들의 시작일 것입니다. 프랑스혁명 다음에는 나폴레옹을 비롯해서 여러 왕과 황제로 이어지죠. 바로 어제 바스티유로 몰려가서 거기 사람들을 끄집어내겠다고 했던 사람들이 집정관이니 황제를 찾고, 광장에서 왕과 왕비를 처형했던 똑같은 사람들이 그들 왕조의 혈연 승계자를 다시 왕으로 만들고, 또다시 없애고, 그런 것이 우리도 프랑스인들보다 훨씬 뛰어난 자질이 없는 한, 인류니까, 우리에게도 그런 시행착오가 있을 게 아닙니까. 역사엔 다 선례가 있고, 사회적인 원죄 때문에 우리에게도 씨앗이 있는 가능성에 누군가가 편승한 에너지가 있어서 있을 만한 일이 일어났다고 봅니다. 대통령이라는 사람의 말이 '올 것이 왔다'고 했다는데, 고위 당국자가 그런 말을 해서는 안 된다고 생각합니다. 물론 다른 나라에도 그런 사례가 많았어요. 빵을 달라고 왔는데 과자나 봉봉을 먹으면 되지 왜 빵을 달라고 하느냐 하는 것도 희한한 명언이죠. (웃음)

김 그러니까 프랑스혁명도 한 세기 이상 걸렸는데, 우리나라는 4·19 50주년이잖아요. 이거 자체도 4·19가 50년 동안 자유민주주의 체제를 공고히 하는 데, 다시 말해 4·19혁명이 50년의 세월이 걸린 게 아니냐, 그렇게 본다면 4·19는 여전히 역사 속에서 작용하고 있다고 봐야 하겠지요.

최 옳은 말씀입니다. 나폴레옹 법전이라는 게 프랑스 법사상 속에서도 혁명 이전의 체제와 이후를 가르는, 프랑스혁명의 인권 선언이 있은 후에야 있을 수 있는 것이라고 말하는 건데요. 황제도 법률을 만들 때 혁명의 전통을 강제로 승계하지 않을 수 없었던 겁니다. 그런 의미에서 사회적 운동이 개인의 관념적인 것이나 학술 심포지엄에서 채택됐기 때문에 제도를 이랬다저랬다 한 게 아니고, 종교적 비유를 하자면 그런 형식논리적인, 혹은 가장 가벼운 의미에서 말하는 행정 절차의 이랬다저랬다보다도 더 깊은 곳을 흐르는, 인류 문명사적인 접근이랄까, 그런 저류에 바탕을 둔 것으로 생각해야 하지 않을까 합니다. 그런 점에서 4·19 정신은 여전히 살아 있다, 50년이 아니라 앞으로 우리 생각 같아서는 아마 다함 없이 살아 있을 것입니다. 선생님 말씀에 전적으로 동의합니다.

김 4·19혁명은 4·19 세대라는 말을 낳았습니다. 4·19 세대는 한국 역사에서 독특한 위치를 점하고 있습니다. 4·19 세대는 해방 후 학교에 들어가서 한글을 배우고 한글로 사유하고 한글로 글을 쓴 최초의 세대. 식민지 교육을 전혀 받지 않고, 최초로 자유민주주의 교육을 받고 자란 세대. 또 일제 식민지 사관에 의한 왜곡된 역사를 배운 것이 아니라, 새로운 민족주의 사관으로 씌어진 역사를 배운 세대가 곧 4·19 세대이니까요. 식민지 잔재를 떨치고, 6·25전쟁 악몽에서도 벗어난 자유민주주의 사회를 원한 우리 4·19 세대는 불의와 부정의 자유당 정권이 독재의 길로 들어서는 것을 견디지 못하고 일어난 거거든요. 자유민주주의 실현에서 민족 정체성, 문화적 자부심, 자아의 주체성을 확보하고자 한 4·19 세대는 새로운 역사관에 힘입어서 한글의 우수성, 새로운 세대의 감수성, 인류의 보편적 가치를 구현하는 정신을 갖게 되고, 그로 인해 그 세대만이 가진 문학을 낳을 수 있었다고 생각합니다. 그래서 4·19 세대는「광장」이 4·19 세대와 함께 이 땅에 태어났다고 보고, 4·19 정신을 가장 정통적으로 구현한 작품이라고 평가합니다. 작가로서 4·19 세대와의 관계를 어떻게 설명할 수 있을지, 사실 4·19가 났을 때는 군인이었는데, 몇 달 뒤 작품을 써야겠다 할 때는 제대한 건지, 아니면 현역에 있을 때 쓰셨는지, 또 쓰면서 내가 젊은이들과 같은 대열에 못 섰지만 작품으로라도 써야겠다는, 4·19 세대와의 연대감이 있지 않았나 하는 겁니다.

최 군대에 있어 육체 자체는 참여를 못한 거죠.「광장」을 발표한 지 한 2, 3개월 후에 육군본부로 오라는 소환 명령을 받았습니다. 그땐 일선의 전방 사단에 있었거든요. 갔더니 육군본부 공보국이 있는데, 군 언론 담당 기관이죠. 거기 담당 장교가 알아볼 게 있어 불렀다는데, 참모총장실에서 장군들이 얘기하던 끝에 요즘「광장」이라는 작품이 있는 모양인데, 그걸 쓴 사람이 군인이라고 한다, 공보 담당자는 그걸 알고 있느냐고 총장이 담당 참모한테

물은 모양이에요. 공보 담당자가 잘 모르겠다고 하자, 군인이 대외적 의견을 표명할 때는 총장의 승인을 받도록 돼 있는데 왜 절차를 밟지 않았는가 물으니까, 그렇게는 돼 있는데 군인 중 문인도 적지 않아서 사실상 일일이 간여하지 못하고 있었다고 답했답니다. 그럼 한번 불러서 어떤 사람인지 알아나 봐라, 파악이나 하고 있어야 하지 않겠냐, 엄격한 집행을 하라는 게 아니라 최소한 그런 경력을 가지게 된 사람을 파악이나 하고 있어라, 그래서 불렀다는 거죠. 그러니 긴장할 것 없고 특별한 요구 사항도 없으니까 전방 있다가 모처럼 서울 왔는데 휴가로 여기고 잘 있다가 복귀하라고 하더군요. 느슨하게 말하면 그런 것 자체도 4·19의 작은 여파가 아니었나 싶습니다. 똘똘 뭉친 옹고집의 군대 문화였다면 그것보다는 더 혹독한 정신적 압박이 있을 법한데 그렇게 지나갔으니까요. 전제적 체제, 전제적인 정치 기풍, 사회 자체도 병영적인 기풍이 있는 사회라면 안 될 상황에서 구체적으로 4·19의 덕을, 작은 힘이랄까 하는 걸 군인이 누린 셈입니다.

김 그렇습니다.

최 내게는 두 가지 자아가 정신 속에 있지 않나 싶습니다. 하나는 골드만이 말하는, 개인으로서의 예술가조차도 사회적 대변인 같은 거다, 본인은 몰랐더라도 증명할 필요도 없이 그렇다는 것에 크게 공명하는 경향이 있을 테고, 또 하나는 그럴지라도 이른바 미적인 것의 핵 중의 핵은 그런 것을 방법적으로, 실험실적 양해라는 전제하에 순수형을 추출한다는 기초과학자의 입장에 비견하는 그런 부분이 있지 않나 싶습니다. 내 생각을 간단히 말하면 어느 세월 이후 그것을 하나로 통합하는 통일장의 이론을 구하는 것을 포기했습니다. 힘이 부쳐서도 그렇지만 원리적으로 그런 것은 불가능하지 않나, 존재 자체가 두 가지로 이뤄져 있다면 그걸 내가 통합한다는 노력은 해봐도 원칙적으로 불가능하죠. 거기에 가까운 걸 한다면, 이른바 20세기 물리학의 입장이겠죠. 상대성 이론, 비확정성 이론. 우주가 그렇게 돼 있지 않다는 거죠. 형식논리학으로는 우주는 까맣기도 하얗기도 하다는 것이 언어 모순이라 안 된다는 것은 아리스토텔레스적 입장이고, 현대로서의 사실에 가까운 입장은 빛은 입자이기도 파동이기도 합니다. 그러니까 물체이기도 하고, 물체라 할 수 없는 유동하는 비고체라고도 할 수 있습니다. 상식적 입장에선 무슨 말인지 모르겠죠. 그렇더라도 하나님이 그렇게 만들었거나 원래 우주가 그렇다면 내가 왈가왈부할 문제가 아닙니다. 그렇다면 그런 모순되는, 삼각파도와 같은, 매 촌각마다 올라갔다 내려갔다 하는 파도 위에서 요트가 뒤집어지지 않으려면 자기가 중심을 어떻게 잡아야 되겠느냐 하는 쪽이 실용에 가깝지, 움직이는 파도 위에서 움직이지 않는 파도에서라면 나는 어떻게 하겠다랄지, 파도 자체에게 잠잠하라고 하는 것은 그리스 신화라면 가능할까, 그런 것도 없는 걸로 불신의 세례를 받은 원죄의 인간으로선 그런 생각이 듭니다. 4·19의 정신에는 자기 자신들의 동일성을 4·19와 주객이 합일된, 전유하고 싶다는 권리조차도 보류하거나 양보하는 끊임없는 버릇도 꼭 지켜야 한다는 것도 4·19의 명령 아닐까 하는 겁니다. 주체 세력에게 이런 말을 직접 하면 어떨지 모르겠지만, 동승자, 같은 시간에 있었더라도 역사적 시혜를 받았다고 자기를 생각할 때에는 그렇게라도 생각해야 염치가 있는 게 아닌가 하는 거죠. 내가 맞는 것도 아닌데 내가 그렇게까지 생각하지 않아도 나는 십분 만족합니다. 내 생애에 인간 형성, 교양 형성에 이 대단한 세례를 받지 않았더라면, 내 생애에 그렇게 온 것이 다행이지, 이 세상에 순수 원소 물질이 단 한 가지로만 돼 있어서 그것하고 악수하면 안심입명(安心立命)할 수 있다는 이론적인 생활이라든지 예술가로서 그런 식의 예풍은 아니어서, 많은 문제가 역사에 의해 자동 해결된 걸 기쁘게 생각하고 싶습니다.

김 4·19 정신도 4·19 정신으로 있으려면 4·19 세대가 되는 것도 중요하지만 4·19 세대를 객관화하는 것도 4·19 정신 중 하나다, 이렇게 정리해도 될는지요?

최 객관화라고 하니까 내가 너무 과잉 경호로 생각해서, 그렇게까지는 생각하지 마시고요. (웃음) 종교적 비유를 하면 끊임없는 부활이랄까, 민주주의는 매일 치르는 국민투표다, 하는 식으로 여전히 원칙은 100퍼센트를 유지하면서 그러나 여전히 변하고 있다는, 좋은 것은 두 손에 가지겠다, 하나도 양보하고 싶지 않다는 식으로. (웃음)

김 오늘날 한국의 발전을 얘기하면서 강력한 리더십에 의한 잘된 경제 계획에 의해 이뤄졌다는 걸 강조하고, 그러면서 일부 기득권층에선 군사정부에 대한 노스탤지어를 보이는 것 같은 생각이 자꾸 들거든요. 그런 걸 볼 때마다 정말 그건 아니라는 생각이 들어요. 4·19 정신이 해야 할 것은 그렇게 굳어가고 부패하기 쉬운 낡은 사고에 대해 그게 아니라고, 그것이 민주주의와 악수하지 않으면 안 된다고 일깨워야 할 텐데요. 어느 나라도 개발 독재만으로 경제 발전을 이룩한 나라는 없거든요. 20세기 이후 독재 정부가 경제 발전을 이룩한 예는 없다는 것이죠. 가령 프랑코가 정권을 쥐었을 때 스페인이 유럽에서 경제 후진국으로 전락하고, 프롤레타리아 독재를 표방한 소련도 동서 대결에서 경제 파탄으로 패자가 되었고요. 또 권력을 아들에게 물려준 세습 통치의 북한은 세계 최빈국으로 전락했고요. 그런데 경제적으로 좀 좋다고, 예를 들어 사우디나 아랍에미리트 같은 산유국은 세계에서 가장 부유한 국가로 알려져 있지만, 그들을 선진국으로 말하지는 않잖아요? 거기엔 결국 민주주의가 뒷받침되지 않고 자유가 뒷받침되지 않으면 그렇게 될 수 없음을 우리에게 가르쳐주고 있는 것이죠. 민주주의와 경제 발전은 수레의 두 바퀴라는 점 말입니다.

최 동의합니다.

김 앞으로 한국 사회가 아무리 발전해도 자유민주주의 정신이 조금이라도 훼손되면 경제 발전이 무너지고 허구가 될 것입니다. 그것이 뒷받침이 돼야 선진사회로의 진입이 가능하지 않겠습니까. 그런 점에서 4·19 정신은 앞으로 계속 상기하고, 잊지 않고 그것이 세월의 흐름에 따라 어떤 방식으로 존재할 수 있는가를 생각해야 하지 않을까, 그래야 계승·발전할 수 있지 않겠나 생각합니다. 그런 점에서 4·19 이후 반세기를 돌아보면 한국처럼 복잡한 과정을 거친 나라도 없습니다. 어떻게 그런 고난을 이겨냈을까 싶고, 세계 10위권 경제 대국이 됐다고 하는데 그게 어떻게 가능했나, 회의가 들 정도입니다. 만날 못하는 것 같고, 싸우는 것 같더니 말입니다. 또 세상이 얼마나 달라졌습니까, 거리도, 생활양식도 모두요. 물론 어떤 사람들은 일부 잘사는 계층의 문제로 돌릴 수도 있는데, 사실 그게 일부 계층의 문제가 아니라 모든 국민이 혜택을 어느 정도는 받고 있다는 것을 인정해야죠. 그걸 생각한다면 4·19 정신이 어떻게 우리 안에 존재할 수 있는가를 끊임없이 생각해야 한다고 봅니다.

최 김 선생님이 그렇게까지 선명하게 4·19 정신의 핵을 결코 양보하지 않는다는 입장을, 물론 그간 공적인 기회에 계속해서 말씀하셨겠지만, 다시 들으니까 유쾌합니다. 우리가 요즘 문학이나 생각하는 것을 직업으로 하는 차원에서 얘기가 많이 나왔는데, 바로 중요한 얘기의 대목에 이른 것 같습니다. 아까 얘기한 현상에 대해서, 현상의 원인에 대해 너무 단선적인 원인―결과 이론을 가지고 받아들이는 것은 문제가 있고, 심지어 위험하기까지 하다는 말씀으로 받아들이고 또 충분히 공감합니다. 그리고 그것은 우리만의 문제가 아니라 세계 전체가 봉착한 문제라고 생각합니다. 소련만 봉착해서 해결 못하고 난파한 문제가 아니고 유럽 자신이, 미국조차도 그렇고, 또 그걸 너무 현실 정치적 측면에서만 접근해서 중국이 부상하니까 중국을 그에 대한 설명 인자로 삼아서 국제정치적 차원에서 수수께끼를 만드는 측면도 있겠으나, 우리가 작가니 문학자니 하는 직업을 갖고 있는 한은 우리에게 가까운, 어떤 의미에선 우리에게 고유하기까지 한 설명 모델이랄까, 작품의 정신 쪽에 끌어당겨서 문제를 이해하자면, 내 생각엔 그건 사회과학자나 시사평론가보다는 훨씬 자신 있고 납득할 만한 이론 모델이 우리에게 있는 게 아닌가 하는 겁니다. 예술이라는 것이야말로 우리가 제기한 문제에 대해 옛날부터 양보 없는 기준을 갖고 있지 않습니까? 기준이 있는 것을 훌륭한 예술이라 하고, 훌륭한 미학 이론이라고 했지, 당대 권력의 설명이라든지 새

마을운동의 공보 팸플릿, 북한처럼 정치와 예술을 완전 일원화하는 것에 대해 승복하지 않는 것이, 동서고금을 막론하고, 그 이름을 뭐라 하든, 사회참여라고 하든 풍류라고 하든, 이런 식으로 후대의 입장에서 보자면 그때도 있었던 정치와 예술의 관계를 그 사람들이 피 흘리는 사유 끝에 만들어낸, 그때의 황금 저울대 같은 정신 속에서 저울대의 한쪽이 기울지 않도록 하기 위해 했던 이름이 있습니다. 지금으로 볼 땐 도피적인 듯하고, 유심론 같아 보이겠죠. 그러나 나는 지금도 살아 있는, 지식인이라는 차원에서는 불변의 요소이고, 예술가의 경우엔 지식인 가운데서도 가장 양보 없는, 단 이것은 예술이라고 하는 실험실 조건을 확실히 자각하는 입장에서, 그러니까 기초 생물학의 연구에서는 위생 조건이 보통 생활에서는 있을 수 없을 만큼 병적인 뭔가를 했을 때, 전기기기를 다룰 때 지켜야 할 온도, 기압, 항균 등 실험의 외연적 조건을 충분히 지킨다는 입장에선 예술의 심미적 법칙도 바로 그런 게 아닌가 합니다. 그걸 항상 점검하고, 우리가 실험실 속에서 확인했던 그 원칙이 우리 분야 바깥에, 이를테면 정치, 경제에 그대로 수평 이동된다는 환상을 늘 경계하면서 할 일을 하면 되지 않을까 하는 거죠. 말씀하신 정치적·사회적 제 문제와 관련해 제 얘기가 어떤 의미에선 '좋은 소설 쓰면 시대에 충성을 다하는 거요'라는 얘기로 들리겠습니다만, 백조가 물에 떠 있을 때는 유장하게 떠 있는데 수면 밑에는 발을 끊임없이 저으며 부력을 유지한다는 식으로, 어느 분야에나 다 그런 것처럼 어느 정도의 시간적인 것이 지나간 다음에는 저 사람이나 저 예술가가 발을 어느 정도 놀리고 있나 하는 것을 위에 있는 겉모습을 보면서도 거의 식별이 가능하다 이거죠. 그 식별력이 아직 없으면서 어느 물오리는 아주 게으르다, 물살 좋으니까 덕을 보는 거지 넌 아주 게으른 학생이라고 함부로 단정한다든지, 어디 물살을 타면 관계기관 어디에 들어간다든지 하는 건…… 다른 데선 그럴 수도 있겠죠. 군사적으론 최단 기간 내에 고지 점령하면 최선이지만, 명장이라면 시민들이 보내준 생명을 그렇게 할 권리는 없다, 문민정부의 장군이라면 군인들을 폭탄받이로 쓰지 않을 것이다, 그런 생각을 가끔 해봅니다.

김 문학예술이 한편으로는 4·19 정신 같은 걸 의식하고 현실에 대한 여러 감시를 하지만 다른 한편으론 그런 것들로부터 완전히 자율적인 존재로서 그 안에서 노력하고 보이지 않는 움직임이 자기 안에 있어야만 합니다. 그것이 없는 한은 4·19 정신이 계승될 수 없고, 문화 예술도 살아남을 수 없다는 말씀이시죠?

최 그렇습니다. 50년 전 충격이 있었고, 이후 50년 동안의 한국 문학사는 일일이 열거하면서라기보단, 자기가 어느 정도는 개방된 독자들도 염두에 둔 배열이라고 생각할 적에 나는 한국 문학이 바람직한 일의 어느 정도는 했다고 생각하고 싶습니다. 부풀린 기대, 부풀린 평가를 하자면 끝도 한도 없는 얘기지만, 그런 얘길 하고 싶은 유혹에서도 자꾸 몸을 빼내야 하는 것도 예술이라는 것, 이론이란 것의 현 문명 단계의 상식이라고 생각한다면 문명의 필요조건이라고 하는 물질과의 싸움에선 국민의 땀에 의해서 이룩됐지만 정신의 노동자라는 것도 꽤 있으니까, 들에 있거나 바다에서 일하는 사람들, 광산에서 뭘 한 사람들, 자동차 조립하는 사람만 일은 아니잖습니까? 그런 것조차도 어느 기업에서 연구 투자를 얼마나 하느냐에 따라 해당 분야의 미래가 결정된다는데, 정신을 가지고 뭘 한다는 것은 중요합니다. 어느 나라 혁명가들이 "예술가란 우리 사회의 정신적 기사"라는 말을 남기기도 했다는데, 그러나 기사도 기사 나름이죠. 혁명 관료나 태우고 다니는 사람도 기사고, 그런 것도 기사라고 하면 모르겠지만, 그런 것과 직접 관계없는 것까지도 기사라고 주장하고 싶은 것이 우리가 생각하는 기사일 텐데, 그런 의미에서 나는 당사자의 입으로 말하기는, 보통 사회적 예의로 말한다면 어떨까 싶긴 하지만, 현장의 경험을 가진 사람의 입장에서 보자면 난세에 어려운 곡절이 있었을 때에 인류가 제시한 표준에서 떨어지고 싶지 않다는, 처지고 싶지 않다는 직업적 허영심을 견지하고 우리도 옛날보다는 조금씩 다 상대적으로 덜 가난하기도 한데, 어쨌든 간에 우리도 일 하느라고 했다고 말하고 싶은 겁니다.

김 작가, 예술가는 어떤 의미에선 당대의 시대정신의 징후들이죠. 뭘 보여주는 거죠. 4·19 세대의 문학도 보면, 이들이 겪은 만큼, 앞에서 얘기한 대로 4·19 정신이 계승되고 살아 있다고 말하면서도 그렇다고 해서 4·19 세대가 좌절, 절망을 경험하지 않은 건 아닙니다. 산다는 것 자체가 좌절과 절망의 연속이거든요. 그것을 계속 겪으면서도 자기가 겪은 절망, 좌절을 어떻게 바라보고 드러내느냐에 따라 문학, 예술 작품이 나오는 게 아니겠는가 하는 겁니다. 가령 김승옥의 주인공들이 봉착한 허무주의적 사유, 자아 상실의 미망 같은 것은 바로 좌절과 절망의 징후로 볼 수 있지요. 한 예로 이청준이 싸우고 있었던, 국가와 국민을 위해 희생한다고 말하는 위정자들의 무의식 속에 자리 잡은, 개인적 기념비를 쌓고자 하는 오만, 그들을 타인으로 생각하는 서민들의 자의식, 이런 것들도 좌절과 절망의 징후거든요. 4·19 세대가 갖고 있는 우리 사회의 징후를 드러낸 것이 아닐까요? 그래서 저 나름대로 4·19 세대 작가들에게 공감과 어떤 경우 경외감까지 가지고는 합니다. 조직 사회가 가진 억압적이고 부조리한 구조에서 소외된 자아를 발견하는 서정인의 불행 의식, 도시 변두리를 헤매는 이들을 다룬 박태순의 주변 의식, 도시화되고 있는 농민 생활 변화에서 공동체 사회가 무너지고 이기적 개인이 출현하고 있는 것을 읽어내는 이문구의 배금주의도 당시 매우 중요한 징후였습니다. 영웅 중심이 아닌 개개인 서민을 통해 역사를 읽고자 한 김주영의 역사의식, 이런 것을 보면 그 나름으로 전부 역사의 상처를 앓고 있는 것 같습니다. 개인의 역사적 상처를 밝히느라 그 사람들이 소설을 썼던 것 같습니다. 이들 작품은 모두 4·19 세대의 좌절, 절망이 문학적으로 형상화된 것입니다. 이들 주인공과 「광장」 이명준 사이에는 상당한 혈연관계가 있을 것 같습니다. 이명준이 드러낸 징후, 그걸 단순히 남북 체제가 싫어 제3세계를 선택했다는 단세포적인 것이 아니라, 이념과 사랑 가운데 뭐가 진정한 것이고 뭐가 허위의식이냐에 대한 굉장히 깊은 성찰이 자리하고, 거기엔 좌절과 절망의 징후가 있었다고 생각합니다. 결국 죽게까지 만들었잖아요? 그렇다면 이명준의 죽음과 「광장」의 개작에 관해서 이야기를 좀 나누고 싶습니다.

최 좋은 출판사를 만나서 판을 바꾸는 계기마다 빼고 넣고 바꾸고 했는데, 다른 작품은 「광장」에 비해선 그런 게 거의 없다시피 했습니다. 자구 수정은 그때마다 했지만, 「광장」에서는 말을 조금

바꾼다기보다는 훨씬 중요한 것들이 바뀐 것도 있습니다. 명료하면서도 흥미로운 표현을 하려니 어려운데, 왜 이명준은 죽어야 했는지 가끔 생각합니다. 양쪽이 다 싫다면 석방 교섭을 하니까, 낙관적이고 문학에 대해 많은 걸 요구하지 않는 독자라면 자기가 태어난 반도의 상황이 그렇다면 정치적·법적으로 안전한 곳에 가서 재외 통일 운동의 기수가 되면 되잖는가, 개인적 행복만 추구하라는 게 아니고 사회적 의무를 실천할 수 있는 그런 기회를 얻었는데 말이죠. 그래도 나는 여전히 죽는 것이 심미적으로 납득이 됩니다. 아무리 고쳐도, 이명준이 죽질 않고 "나는 안 죽는다"는 건 안 하려고요. 역시 죽는 건데, 죽는다는 의미의 좀더 심층적인 것은 없을까, 죽는 것에 무슨 심층이 있을까, 없을 것 같은데, 그게 또 실제 인생과 예술의 차이겠죠. 실제 인생에선 영원히 없을 수 있는 것도 예술에서는 온전히 있고 게다가 완성된 것으로 있을 수도 있으니까요. 예술로 들어오면 실험실 안에 들어왔다는 인식이 서는 거죠. 초판과 가장 달라진 것은 아기가 하나 등장한 겁니다. 그것도 갈매기의 형태로. 아마 내가 어느 순간에 아기를 임신한 인간이 죽는다는 것이 상당히 충격적이란 걸 경험했을 겁니다. 한 사람이 죽은 줄 알았는데 자세히 보니 두 사람이 죽었으니까요. 당대만이 좌절한 것이 아니라, 최소 두 사람과 관련해선 미래도 좌절한 것. 우리의 오랜 말로 우리는 이렇더라도 너희는 잘 살아라, 이게 누구나 말하는 철학적인 말인데 아기를 신경 쓰지 못했다는 것이 작가로서 아기에게 뭔가 환상의 이름을 줘야겠다, 환상의 생명을 줘야겠다는 생각에 아기하고 셋이 사는 입장 쪽을 택했지요. 중립국에 도착해서 여생을 망명한 고결

한 정치 운동가로 있는 것보다 더 내 영혼을 만족시켰다고 말하고 싶습니다.

김 사실 저는 이명준의 죽음을 이념의 허구성을 깨닫고 사랑의 진실을 발견한 걸로 해석했거든요. 전쟁이라는 극한 상황에서 두 체제의 모든 미래에 절망하고 제3국을 선택했지만, 자신이 어디에 가든지 분단 체제의 모순과 허위의식에서 자유롭지 못한 채 절망할 수밖에 없다는 인식이죠. 반면에 극한 상황에서 은혜와 나눈 사랑의 진실을 발견했습니다. 그는 사랑의 진실과 영원히 하나 되는 길을 선택할 수밖에 없었고, 그러려면 은혜가 간 길을 같이 가는 수밖에 없지 않나…… 지금도 여전히 그런 결말을 쓰실 건지요. 아까 말씀하시길 아이의 존재에 대한 배려가 없었다는 말씀을 하시니까 그럼 결국은 그 말씀을 듣고도 이명준의 죽음을 배제한 말이 아니다,라고 느껴지거든요. 아기와 셋이서 행복하게 살지라도 이 세상과는 작별이다, 그렇게 받아들여집니다.

최 그렇습니다. 맞습니다. 다른 말로 하면 내가 소설을 창작할 적에 현실적인 나를 다 잊어버리고서 무당이 제정신 놓고 하듯 하는 건 아니거든요. 철자법이 틀리지 않기 위해서라도 철자법이라는 현실을 수용을 하고 창작을 하는 것이지요. 한글이라는 걸 잊어버리고 공상할 도리는 없습니다. 환상 속에서도 한국말이면 한국말로 하고, 영문 소설이면 영문법에 맞는 얘기가 왔다 갔다 할 것 아니겠습니까? 창작을 하는 경우에도 한쪽 발을 현실에, 한쪽 발은 환상에 두는, 깨어 있으면서 꿈꾸는 이런 거지, 실제 꿈꾸는 모양으로 꿈꾸는 동안에는 현실 감각을 손 놓은 것은 아닌가 하는, 내가 구체적으로 창작 당시 의식 구조를 생각해보면 그렇습니다. 소설 읽는 것도 작가의 세계에 들어온다고 하는데, 그때도 여전히 최소한 한국말을 알아야 한국 소설을 읽을 것 아닌가. 그때도 현실적으로도 현실 의식을 절반은 갖고, 절반은 들어간다는 묘한 예술의 감상 심리가 있는 것 같습니다. 사르트르도 이 비슷한 말을 했는데 "상상하기 위해서 현실을 동원한다"는 것. 현실 의식이 상상 의식에 봉사하는 것이 창작이라는 뜻이겠죠. 현실 생활의 경우에는 희미한 환상의 그림자를 저 멀리 느끼면서 주 전선이 현실에 있는 것이고, 창작이니 예술이니 할 땐 현실의 그림자를 희미하게 최소한으로 갖고 몸통 자체는 환상으로 두는 거지요. 질문이랑 얘기가 딴 데로 들어간 것 같긴 한데, 그러면서도 여전히 이명준은 현실에서는 일단 전환하는 거라고 해야 하지 않을까 하는 겁니다. 현실에 한 발은 있을지 모르겠지만, 죽기 직전까지의 임사 경험의 천 분의 1은 현실에 있을지 몰라도 그 순간이 지나고 바다에 들어가는 순간은 죽는 것이죠. 군대 점호식으로 한다면 사고 1명으로 처리되지, 이명준의 희미한 그림자는 있습니다,라고 육군본부에 보고할 순 없지 않겠습니까? 이러한 답변을 용서하신다면, 그런 환상적인 답변을 하고 싶고요.(웃음) 조금 더 생각해보면 그렇게 쓴 바엔 작가인 나로서는 이렇게 변명할 수밖에 없겠죠. 그렇게 물으신다면 나도 뻔뻔스럽지만 이렇게 말하겠습니다. 예술가라는 최소한도의 가면 아래서 원래는 인간에게 허락될 수 없는 지점조차도 맘대로 넘겠다. 이렇게까지는 예술가라도 용서 안 된다 한다면 그럼 뭐…… (웃음) 우주와 존재의 법칙에 어긋나는 것까지도 쓰는 것이, 1만 분의 1에 허용된 약속이 예술이라고 단정하기로 하고, 내가 욕망하는 걸 보니 인간이라면 그런 거짓말을 받아들이고 싶은 사람의 심리도 있지 않겠나 하는 거죠. 그럼 나는 그런 사람에게 담배 한 대 피우는 효용이 될 것입니다. 군대라면 술 한잔 마시고 돌격하라는 건데, 그럼 안 된다, 백 퍼센트 리얼리즘 정신으로 돌격해서 결과는 죽을지 몰라도 죽을 때 죽는 순간에 죽는 게 아니라 사는 거다라고 한다면, 그런 마취 상태로 하는 것은 민주 군대에선 좀…… (웃음) 그냥 참모총장 맘대로 하시죠, 졸병들끼리는 뭐 끝날 게 뻔한 건데, 이 순간 나는 우주 이상의 것이 되고 싶다고 한다면 우주라는 못된 작자들이 인간을 이렇게밖에 안 되도록 했는데 거기에 이의를 신청합니다. 그게 창조주일지 우주의 법칙일지, 음양 법칙일지 모르겠지만, 나도 책에서 본 바 있는 것 같다, 그러면서도 담배 한 대 피워서 무슨 인생이 해결되느냐 해도 담배 한 대 피우고 싶을 땐 담배로밖에 해결이 안 되는 거죠. 마취제를 사용한다고 한다면, 그것도 독약의 일종인데, "예술은 아편이라는 것이 최종적인 입장입니다. 4·19 정신에는 그런 것도 있다고 생각합니다"라고 말하고 싶네요.

김 그 말씀으로 결국, 이명준이 죽었지만 영원히 살 가능성을 열어놓으신 것이네요. 오늘 긴 시간 동안에 선생님 말씀 듣고 보니까 4·19 정신이 어떻게 살아남을지, 이명준도 어떻게 살아남을지를 알 수 있어서 보람 있었습니다. 오랜만에 뵙게 돼서 정말 기뻤습니다.

최 김 선생님이 4·19 정신의 정원을 함께 걸을 기회를 적임자도 아닐 텐데 특별히 제게 허락해주셔서 감사합니다.

한국 문학의 역동성을 살리는 비평하기

김치수&정과리*

정 흔히 선생님 세대를 4·19 세대라고 합니다. 4·19 세대의 문학사적 의미에 대해서는 이미 많은 얘기가 있었습니다. 그런데 비평의 측면에서도 4·19 세대의 의미는 각별하다고 말할 수 있겠습니다. 어떤 이들은 4·19 세대에 와서 비로소 한국 비평이 시작되었다고 주장하기도 하고, 또 어떤 이들은 4·19 세대가 그 이전 세대의 비평을 고의적으로 평가 절하함으로써 자신들의 비평적 입지를 굳혔다고 주장하기도 합니다. 4·19 세대의 비평이 그 이전 세대의 비평과 어떻게 다른지 구체적으로 말씀해주시겠습니까?

김 최근에 4·19 세대의 비평에 관해서 논란이 많은 것으로 알고 있

* 이 글은 『김치수 깊이 읽기』(문학과지성사, 2000)에 수록된 정과리 교수와의 대담이다. 이 대담은 2000년 가을에 이루어졌다.

습니다. 사실 4·19 세대 비평가 중의 한 사람으로서 같은 세대의 비평에 관해서 이러쿵저러쿵 말하는 것은 쑥스러운 일이면서 동시에, 객관적인 평가는 후대에 맡기는 것이 도리라고 생각합니다. 비평의 자유는 누구나 자신이 생각하는 바를 마음대로 말할 수 있다는 데 있다고 생각하기 때문에 무슨 말은 하지 말아달라고 말할 수 있는 권리는 누구에게도 없다고 생각합니다.

그러나 비평가는 자신이 한 말에 대해서 후대의 비평가들이 어떻게 평가할 것인지 생각을 하고 말하는 사람입니다. 그런 점에서 비평은 냉정해야 합니다. 일시적인 감정으로 격해져도 안 되고 어떤 현상을 보고도 못 본 척해서도 안 됩니다. 4·19 세대에 대한 논란이 많을 때 저는 곤혹스럽게 생각했습니다. 4·19 세대의 비평은 출발부터 그 이전 세대의 비평을 비판하거나 부인함으로써 시작된 것이 아니기 때문입니다.

비평에서 남을 비판하는 것이 그 본래의 사명처럼 생각하는 사람들이 많고, 또 한국 비평에는 비판이 없다는 이유로 비평 자체의 부재를 선언하는 사람들도 있고, 논쟁이 없다고 해서 주례사 비평이라고 평가 절하하는 사람도 많습니다. 그러나 비평에 대한 그런 비난은 선정적인 저널리즘의 산물이 아닐까 생각합니다.

우리나라의 비평의 역사는 짧습니다. 외국에서도 비평이 다른 장르에 비해 짧은 역사를 갖고 있기는 합니다만, 그래도 비평이 문학 장르로 자리 잡은 것은 150년 전의 일입니다. 그러나 우리나라의 비평의 역사는 아직 100년도 되지 않을 뿐만 아니라 비평 전문가가 등장한 것은 50여 년밖에 되지 않습니다. 또 비평이 문학에 등장한 시기가 일제의 압제 아래 있던 시기여서 비평의 평가

기준으로 이데올로기가 중요시되었습니다.

그래서 초기 비평에서 논쟁과 대립이 그 주류를 형성했고 그 가운데서 이념과 사상이 다른 비평가들은 상대편을 인정하지 않았습니다. 많은 사람들이 비평이란 다른 사람이나 작품을 '비판'하는 것이라는 관념을 갖고 있는 것도 여기에서 기인하는 것 같습니다. 춘원과 육당에게서 출발했다고 평가되는 신문학이 등장한 것을 그 이전의 문학과 단절된 것으로 생각해온 우리의 비평은 이념적 논쟁으로 인해서 올바른 작가론이나 작품론을 내놓지 못하고 어떤 작품이 자신이 지지하는 이념에 가까운지, 편을 가르고 거기에 어울리지 않으면 배제하는 현실 속에 있었습니다.

내 개인적인 생각으로는 백철 선생이나 조연현 선생이 비평의 제1세대로서 중요한 역할을 했다고 생각하며 그분들의 작업이 없었다면 그 후에 후배들에 의해 씌어진 문학사는 그토록 발전적인 모습을 보여줄 수 없었을 것이라고 생각합니다. 1950년대에 우리 비평은 이어령, 유종호, 이철범, 홍사중 등의 탁월한 비평가들이 나옴으로써 이데올로기의 문제를 떠나서 문학 본래의 역할이 무엇이고 문학의 본질이 무엇인지 생각하게 되었고, 그 결과 당대의 작품에 대해서 실존주의 · 휴머니즘 · 역사주의 등의 관점을 내세워 해석을 내리고자 했습니다.

4·19 세대의 비평은 우리 문학에 대한 새로운 이해를 그 출발점으로 삼았다고 볼 수 있습니다. 그들은 그동안의 문학사에서 중요하게 취급되지 않은 작가와 작품을 분석하고 해석해서 새로운 이해를 가능하게 하고자 했습니다. 그들이 중요하게 다룬 작가와 시인 들로서 이상, 염상섭, 채만식, 최서해, 정지용, 김춘수, 김수

영 등을 들 수 있습니다. 그들은 동시에 4·19 세대의 작가와 시인 들을 집중적으로 분석하고 해석함으로써 동세대의 정신적 동질성이 무엇인지 밝히고 새로운 감수성의 근원을 구명하고자 했습니다.

그 결과 그전 세대의 비평이 토픽 중심의 논의를 전개했다면, 4·19 세대의 비평은 작가론과 작품론 중심의 논의를 전개시켰다고 하겠습니다. 그들은 그들 세대의 공통점이 우리말을 배우고 우리말로 사유하고 우리말로 글을 쓰는 한글세대라는 데 있음을 자랑으로 생각하고 문학의 모든 논의는 작가와 작품을 정확하게 읽고 이해하는 데서 출발해야 한다는 데 인식을 같이하였습니다. 작가와 작품에 대한 정확한 이해 없이는 어떤 주의나 주장도 공허해질 수밖에 없고 작가와 작품에 대한 평가가 소문에 의해 이루어지거나 친분 관계에 의해 이루어질 수밖에 없다는 것을 깨닫고 작품의 구체적인 분석을 통해서 작가론을 전개하고자 했습니다.

바로 그 때문에 4·19 세대 비평의 첫번째 특성은 작가론·작품론을 비평의 중심에 둔 데 있다고 하겠습니다. 그 두번째 특성은 좋지 않다고 생각된 작품이나 옳지 않다고 생각된 글에 대해서 비판하는 공격적인 비평을 하지 않았다는 데 있습니다. 4·19 세대의 비평은 전 세대의 문학을 깎아내림으로써 자신의 정체성을 확보하고자 하는 네가티브 비평을 한 것이 아니라 좋은 작품과 좋은 글을 발굴하고 그것이 왜 좋은 것인지 밝힘으로써 한국 문학의 전통을 세우고자 하는 포지티브 비평을 한 것입니다. 그렇기 때문에 4·19 세대들은 공격적이고 논쟁적인 글보다는 분석적이고 해석적인 글, 따라서 긍정적인 주장을 담은 글을 주로 썼습니다. 비평이 시나 소설에 비해서 당대적인 성격이 강한 장르라면 4·19 세대 비평이 동세대의 문학을 옹호하는 것은 당연하다고 하겠습니다. 그들은 동시대의 작가들에게서 감수성의 공통점을 발견하고 그것이 4·19 세대의 정체성을 확보해준다고 생각했기 때문입니다.

정 선생님의 출발점은 염상섭입니다. 염상섭에 특별히 관심을 가지게 된 연유가 있으신지요? 또 선생님께서 석사 논문을 발자크에 대해서 쓰신 것과 무슨 연관이 있습니까?

김 염상섭이라는 이름을 처음 알게 된 것은 고등학교 때 '자연주의' 작가라는 교과서의 소개에 의해서입니다. 그때까지 이광수와 김동인의 소설을 읽었을 뿐 염상섭의 소설은 「표본실의 청개구리」 이외에는 읽은 것이 없었습니다. 대학에 들어와서 우연한 기회에 『삼대』를 읽고 그것이 서울의 중산층 이야기임을 알고, 「만세전」을 읽으면서 세 작품 모두 일제 시대의 지식인(그 당시에는 대학생이면 지식인에 속하였습니다)의 삶을 다루고 있다는 사실에 주목하게 되었습니다. 일제의 억압 속에서 자신의 젊음을 펼쳐보지 못하고 암울한 생활과 막막한 방황의 날들을 보내는 그들의 삶에 상당한 친밀감을 느꼈습니다.

그런데 작가 염상섭 자신이나 문학사가들은 염상섭의 문학을 '자연주의' 문학이라고 주장하고 있었습니다. 대학에서 배운 에밀 졸라의 자연주의는 『실험소설론』에 나타난 대로 과학적이고 유전학적인 요인이 작용해서 개인의 정신적 질환을 가져오고 파멸에 이르게 한다는 결정론에 근거를 두고 있는데, 「표본실의 청개구리」는 그와 상관없는 작품이었습니다. 작가는 일제의 억압에 견디지 못하고 있는 지식인의 암울한 삶을 그리면서 일제 당국의 감시의 눈이 표본실에서 청개구리를 실험하는 장면으로 집중되도록 하기 위해서 자연주의를 표방하지 않았을까 생각하였습니다. 그러다 보니까 찬피 동물인 개구리를 해부하니까 김이 모락모락 난다고 하는 것과 같은 오류를 범한 것이 아닐까 생각하였습니다. 이 작품의 핵심은 주인공의 고뇌와 방황에 있고 그것을 형상화한 작가의 관찰력과 묘사력에 있다고 생각하였기 때문에 이 작품은 사실주의 이론에 맞는다고 생각하였습니다. 따라서 일제 시대에 일본인의 관심을 돌리기 위해 부여한 '자연주의'라는 주장은 이제 되풀이되어서는 안 될 것이라고 생각하였습니다.

내가 발자크에 대해서 석사 논문을 쓰게 된 것은 프랑스의 작가 가운데 가장 위대한 작가라는 생각을 하고 있었기 때문입니다. 『고리오 영감』『사라진 환상』『골짜기의 백합』 등 그의 작품을 읽으면서 고리오 영감의 하숙집이라든가, 다니엘 다르테즈의 문학론이라든가 모르소프 부인의 생명을 바친 순수한 사랑 등의 묘사에서 호적부(戶籍簿)와 경쟁하겠다고 한 사실주의자이며 낭만주의자인 발자크의 세계에 매료되어 있었습니다.

거기에는 무수한 인물들이 등장하고 있지만 그들이 모두 자신의 개성을 가지고 있어서 인물 하나하나가 머릿속에서 잊히지 않았습니다. 그 인물들이 한 작품에만 나오는 것이 아니라 다른 작품에서 거기에 맞는 나이의 인물로 다시 등장하는 것도 신기했습니다. 거의 100권에 달하는 그의 작품을 다 읽을 수는 없지만, 그 인물의 운명이 어떻게 되는지는 알고 싶었고 발자크가 어떻게 그 많은 작품을 쓸 수 있었는지도 궁금했습니다. 그때 파리에서 귀국한 지 얼마 안 된 민희식 교수님을 만났더니 거기에는 관상학과 골상학, 의상학에 관한 지식이 정교하게 이용되고 있다는 말씀을 해주셨습니다. 그래서 그 분야의 문헌을 더듬으면서 작중인물들의 운명을 분류할 수 있었습니다.

그런데 우연히 이화여대 불문과에 『발자크 작중인물 사전』이 있다는 정보를 입수하여 빌려 볼 수 있었습니다. 놀라운 것은 3000여 명의 작중인물들이 어느 작품 몇 페이지에 몇 번 나오는지 철저하게 조사되어 있다는 사실이었습니다. 그래서 처음에는 발자크가 사실주의의 대가라는 점에서 공부를 하고 싶었는데 실제로는 발자크의 소설에 나오는 작중인물의 유형과 운명에 관한 것이 되고 말았습니다.

염상섭론을 쓸 때 19세기 사실주의 문학 이론을 공부했고 그로 인해서 발자크에 관한 관심도 갖게 되었으니까 데뷔 평론과 석사 논문 사이에 밀접한 관계가 있다고 하겠습니다. 특히 문학에 관한 공부를 처음 할 때 리얼리즘이 중심 문제로 부각되는 것은 당연하다고 하겠습니다.

정 선생님께서는 프랑스 유학을 통해, 문학사회학과 분석 비평이라는 이중의 방법론을 몸에 익히셨습니다. 아마도 이 둘이 연결되는 고리는 골드만의 『소설사회학을 위하여』라고 생각됩니다. 골드만의 로브그리예를 통해 문학사회학과 분석 비평이 극적으로 만나니까요. 그러나 그렇다 해도 문학사회학의 발생학적 탐구와 분석 비평의 형태 분석 사이에는 차이점이 많습니다. 선생님께서는 어떻게 이 둘을 조화시켜 나가셨습니까?

김 프랑스로 유학을 떠난 것이 1973년이었습니다. 그 당시에는 박정

희 정권이 유신을 선포한 다음 해여서 여러 가지로 절망적인 시기였습니다. 글을 쓰는 사람으로서, 대학에서 학생들을 가르치는 사람으로서 3선 개헌과 유신 선포는 숨 막히는 경험이 아닐 수 없었습니다. 프랑스 정부로부터 장학금을 받게 되었을 때 도망가는 심정이었지만 숨통은 트이는 것 같았습니다.

그러나 프랑스에 도착한 다음 날부터 혼자서만 도망 나왔다는 죄의식에 사로잡히지 않을 수 없었습니다. 그러한 강박관념으로부터 벗어나기 위해서 많은 책을 읽었습니다. 마르쿠제를 비롯한 프랑크푸르트 학파의 저서 가운데 불어로 번역되어 있는 것은 거의 모두 읽었고 골드만과 바르트, 토도로프와 주네트, 루카치와 지라르, 무넹과 프리에토, 그레마스와 레비-스트로스, 소쉬르와 무넹, 푸코와 라캉 등 프랑스 신비평 계열과 구조주의, 기호학 계열의 저술들을 닥치는 대로 읽었습니다. 새로운 지식은 또 다른 충격으로 내게 다가와서 서울의 현실로부터 내 정신을 멀어지게 하는 것 같았습니다. 가끔 프랑스 신문에 단신으로 보도되는 서울 소식이나 편지로 전해지는 서울 소식을 어느 정도 거리를 두고 바라볼 수 있게 되었고 새로운 지식을 소화해야 되겠다는 생각에 사로잡히게 되었습니다.

그 가운데서 누보로망에 대한 논의는 문학에 대한 지금까지의 생각을 수정하는 데 기여했습니다. 프랑스로 떠나기 전에 누보로망과 거기에 관한 몇 권의 연구서를 읽은 적이 있지만, 정작 프랑스에서 자료를 조사한 결과 생각보다 많은 사람들이 누보로망에 대한 평가를 하고 있음을 알게 되었습니다. 골드만의 작업은 이미 알려져 있지만, 사르트르, 바르트, 푸코 등 당대의 대가들이,

특히 프랑스의 진보적 지식인에 속하는 사람들이 누보로망을 높이 평가하고 있었습니다. 그것은 그들이 소련을 비롯한 동유럽에서 주창되고 있는 사회주의 리얼리즘이란 너무나 낡고 굳어 있는 주장일 뿐만 아니라 그것이 가지고 있는 친체제적인 성격 때문에 문학의 '자율성'과 '전복성'을 침해하는 것이 되고 만다고 생각했음을 의미합니다. 골드만의 표현에 의하면 사물화되고 물신 숭배에 빠져 있는 인간의 모습을 충격적으로 보여주는 것이 바로 누보로망인 것입니다.

그러한 누보로망을 읽는 방법은 줄거리 중심의 역사주의적 방법이 아니라 그 구조를 드러내는 분석 비평의 방법일 수밖에 없습니다. 텍스트를 정확하게 분석해보지 않은 비평은 모든 것을 물신화시켜버리는 체제에 의해 금방 수렴당할 수밖에 없습니다. 왜냐하면 그런 비평은 당위론을 벗어나지 못하기 때문에 동어반복, 즉 토톨로지의 비평이 되기 때문입니다. 텍스트를 꼼꼼히 읽는다는 것은 다시 말하면 우리의 삶을 꼼꼼히 사는 것입니다. 문학작품은 총체적인 존재이기 때문에 거기에 접근하는 방식은 다양하다고 생각합니다. 다양한 방법론을 가지고 있다는 것은 문학작품에 접근할 수 있는 열쇠를 많이 가지고 있다는 것을 의미합니다. 한 편의 작품을 집에다가 비유한다면 어떤 때는 한 작품의 현관만 보고 싶을 때도 있고 어떤 때는 그 작품의 안방을 보고 싶은 때도 있으며 어떤 때는 정원만 보고 싶은 때도 있습니다. 그것은 내 기분에 달려 있기도 하지만, 대부분의 경우 그 작품의 어느 부분이 흥미를 끄느냐에 따라 다른 선택을 하게 됩니다. 작품에 따라서는 어느 부분이 특별히 잘 만들어져서 눈에 띌 수도 있고 작가가 어디에 중점을 두고 만들 수도 있어서 특별한 요소에 감동을 받을 수도 있습니다. 그러나 언제나 떠나지 않는 질문은 문학이란 무엇인가 하는 것입니다. 어떤 선택을 하더라도 그 질문을 가지려고 노력합니다. 문학에는 어떤 방법만이 중요하고 어떤 관점만이 유효하다고 할 수는 없다고 생각합니다.

정　선생님께서는 1980년대 초엽에 어려운 일을 겪으셨습니다. 민주화 운동에 동참하셨다가 해직당하셨지요. '문학과지성' 동인으로서는 김병익 선생이 1974년 '『동아일보』 사태'로 해직당하신 것과 함께 두 차례의 신체적 수난 중 하나에 해당하며, 동시에 계간 『문학과지성』의 폐간과 아주 근접한 정치사적 맥락에 놓여 있다고 할 수 있습니다. 그 일에 관한 선생님의 소회를 말씀해주시면 감사하겠습니다. 그리고 지식인의 실천, 그리고 문학인의 실천에 대한 선생님의 견해를 말씀해주십시오.

김　내가 1980년에 대학에서 해직된 것은 민주화를 위해 무슨 큰일을 해서라고 생각하지는 않습니다. 어쩌면 그것은 어떤 동료의 말처럼 유탄에 맞았다고 할 수도 있습니다. 유신 정권이 총성으로 끝나고 18년 동안 쌓아온 민주화의 열망이 한꺼번에 터져올 때 나는 4·19의 체험이 금방 연상되었습니다. 역사상 처음 있었던 4·19혁명이 1년 만에 군인들에 의해 짓밟히는 20년 전의 절망적 상황이 되풀이되는 것이 두려웠습니다. 그래서 유신을 철폐하고 직선제에 의한 민주 정부를 수립하는 것이 모든 혼란을 극복하는 길임을 확신하고 있었습니다. 그러나 그 당시 군부의 움직임이 심상치 않고 정부 자체도 획기적인 조치를 취하지 않고 사태를 관망하는 자세를 취하자 학생들이 거리로 나서게 되었습니다. 학생들을 하루 빨리 학교로 돌아가게 하는 것은 정부가 사태를 투명하게 수습하고 민주화를 실현하지 않으면 안 된다고 생각했습니다.

그런 상황에서 지식인들의 선언은 정부로 하여금 민주화의 일정을 투명하게 발표하고 민주적 정권이 탄생하게 하고, 군인은 정치에서 손을 떼고 국방에만 전념하도록 하고, 학생들로 하여금 학원으로 돌아가 학문을 배우는 본연의 자세를 취할 것을 촉구하는 것이었습니다. 무력으로 정권을 잡기로 결심한 신군부는 계엄령을 전국으로 확대하면서 광주 사태를 일으켰고 지식인 선언에 서명한 교수들을 강제로 연행해서 그들의 각본대로 꾸미려고 했습니다. 이화여대에서도 10여 명의 교수가 불법 연행되어 1~2주일씩 감금된 상태에서 수사 당국의 각본에 의해 소위 자술서라는 것을 강제로 쓰고, 사직서를 강요에 의해 쓴 다음에야 석방되었습니다. 그 당시 신군부는 이처럼 교수들만 강제 해직시킨 것이 아니라, 언론을 장악하기 위해 신문사와 방송사를 선별적으로 폐사시키고 언론인들도 교수들과 같은 방식으로 직장에서 추방해버렸습니다. 그 과정에서 신군부는 『창작과비평』『문학과지성』『뿌리깊은 나무』 등의 잡지를 폐간시킴으로써 지식인 사회에 대한 탄압을 강화하였습니다.

학교에서 쫓겨난 나는 그 당시 경제적으로 어려움을 겪지 않을 수 없었습니다만, 광주에서 죽어간 무수한 영혼들을 생각하면 총을 사용하는 군인들 앞에서 말을 사용하는 지식인의 허약함과 비애를 고통스럽게 절감하지 않을 수 없었습니다. 『문학과지성』이라는 계간지를 1970년에 창간하게 된 것은 군사 정부의 탄압 속에서 우리가 싸워야 할 또 하나의 대상이 우리 사회의 정신의 허무주의라는 것을 인식했기 때문입니다. 밖으로부터 오는 적과 내부에서 만들어지는 적을 동시에 이겨야 되는 문학적 상황은 '문학'과 '지성'을 지키지 않으면 안 된다는 인식을 갖게 했고 지식인이 거리로 나서기보다는 말로 할 수 있어야 한다는 원칙을 실천하고자 했습니다. 폭력에 대해서 폭력으로 대항하는 것은 또 다른 폭력을 낳게 되어 야만적 상황을 벗어날 수 없습니다. 말로써 폭력에 대항하는 것은 비록 무수한 패배를 가져온다 할지라도 폭력이 부당하다는 것을 일깨우는 유일한 방법이라고 믿고 있었습니다. 그런데 1980년의 신군부는 그 말마저 못하게 『문학과지성』을 폐간시켰습니다.

나는 그때 그들의 권력이 오래갈 수 없다는 확신을 가지고 있었습니다. 많은 사람들이 내게 고려 시대의 무신 정권이 100년을 갔다는 것을 상기시켰습니다만, 유신 정권이 8년도 채우지 못한 사실을 기억하고 있었습니다. 다행히 1976년 출판사로서 문학과지성사가 설립되어 계간지를 내지 못해도 단행본을 출판할 수 있게 되어서 그 명맥을 이어갈 수 있었습니다. 나는 매일 오후 3시에 출판사에 나와서 친구들과 바둑도 두고 저녁이면 술을 마시며 군사정권의 운명이 얼마나 지속되는지 지켜보고 있었습니다. 학교에 나가지 않기 때문에 많은 시간을 글쓰는 데 사용할 수 있었습니다. 아마도 내 일생에서 가장 글을 많이 쓴 때가 그 무렵일 것입니다.

정 1980년대 초엽은 또한 선생님께서 가장 왕성하게 집필을 하신 때였습니다. 선생님의 초기 비평에서부터 드러나지만, 비평이 작품에 대한 꼼꼼한 읽기에서 출발해야 한다는 것을 모범적으로 실천하신 때가 아닌가 생각됩니다. 그러한 태도에는 문학의 자율성, 문학의 존재 이유뿐만 아니라, 사람이 세상을 살아가는 기본적인 방식에 대한 선생님의 분명한 입장이 깔려 있습니다. 선생님의 생각을 말씀해주십시오.

김 나는 어렸을 때 어른들이 이야기를 좋아하면 가난하게 산다고 하는 말을 게으름을 경계하는 말로 해석했습니다. 그러나 소설에 관한 공부를 한 지금은 그렇게만 생각하지 않습니다. 소설이란 남의 이야기이면서 나의 이야기입니다. 우리의 삶은 일회적인 것이기 때문에 한 번밖에 살 수 없습니다. 그 삶을 사는 동안 우리는 끊임없이 여러 가지 개연성 앞에서 선택의 기로에 서 있습니다. 매 순간 우리는 하나만을 선택할 수 있고 그 하나를 선택하는 순간 다른 가능성은 모두 포기하지 않을 수 없습니다.

이처럼 덧없는 삶을 사는 우리가 여러 번 사는 방법이 바로 옛날이야기를 듣는 것이요 소설을 읽는 것입니다. 옛날이야기나 소설은 우리가 살아보지 않은 삶을 미리 살아보는 것이요, 다시 살아보는 것입니다. 그것은 남의 이야기를 통해서 자신의 삶을 살아보는 방법입니다. 따라서 옛날이야기나 소설을 꼼꼼히 읽는 사람은 남의 형편을 잘 알고 이해하게 되어 남에게도 못할 일을 하지 못합니다. 남의 형편을 잘 아는 사람은 남에게 모질게 굴지 못하고 자기 이익만을 챙기지 못하기 때문에 가난하게 살지만 사람답게 사는 것을 생각할 수 있습니다.

이기적이고 자기중심적인 자본주의 사회의 개인은 남의 형편을 고려하지 않고 부를 축적합니다. 우리 사회가 단시일 안에 기적적인 경제 발전을 이룩한 것은 어쩌면 이처럼 남의 형편을 고려하지 않고 자기 이익만을 추구한 덕택일 것입니다. 그러나 바로 그 때문에 우리 사회는 겉으로 경제 발전을 이룩하면서 안으로 곪아가고 있었습니다. 그 결과 성수대교가 무너지고 삼풍백화점이 무너지고, 급기야는 외환 위기를 당하고 IMF 관리 체제라는 혹독한 경제난을 겪었습니다. 최근에 동아건설과 대우가 부도를 내고 현대건설이 유동 자금을 확보하지 못해 부도 위기에 처해 있다고 합니다. 또 은행 지점장이 백억 원이 넘는 고객의 돈을 횡령하고 32세의 벤처 회사 사장이 수백억 원을 주무르며 로비를 하다가 사직 당국에 구속되었습니다. 이런 것들은 자신의 삶을 꼼꼼히 들여다보지 않고 남의 형편을 아랑곳하지 않으며 자기 이익만을 극대화하고자 하는 개발 경제의 폐단을 그대로 드러내는 것입니다.

문학작품을 꼼꼼하게 읽고 따져본다는 것은 우리의 삶을 허황되게 살지 않는 방법이며, 동시에 문학을 문학으로 보고자 하는 태도입니다. 문학은 철저하게 텍스트로부터 출발해야 합니다. 텍스트를 떠난 문학은 공허한 논리이며 당위의 지배입니다. 당위가 지배하는 사회는 '좋은 것이 좋은 것이다'와 같은 토톨로지의 세계이며 의심하고 알아보는 것을 허용하지 않기 때문에 폭력이 지배하는 사회와 다를 바 없습니다.

우리가 사는 사회나 제도는 모두 사람이 만든 것이기 때문에 그 자체가 완벽한 것이 아닙니다. 그것을 꼼꼼하게 따져보는 것은 불완전한 것을 어떻게 완전하게 만들 수 있는지 생각하게 만들고 그것을 통해서 자신의 삶의 허상들을 발견할 수 있습니다.

정 문학의 자율성을 존중하면서도 동시에 선생님은 문학의 변모에 대해 큰 관심을 가지고 계십니다. 아마도 이인성의 소설은 선생님의 그런 문학적 지향을 실제적으로 뒷받침해주었다고 할 수 있습니다. 그런데 이인성을 비롯해, 문학에 대한 자의식을 끌고 나가며 현실의 문제를 언어 속에 집약시키는 작가들은 한국에서 드물고 잘 읽히지도 않습니다. 혹시 이 점이 선생님의 이론적 태도를 주춤거리게 하지는 않았나요?

김 문학은 자율적인 존재이면서 그 자체가 살아서 움직이는 생명체입니다. 여기에서 자율적이라 함은 문학 외적인 것에 대한 말이고 생명체라 함은 스스로 변화를 꾀할 줄 아는 살아 있는 존재라는 것입니다. 문학 자체가 스스로 문학이 무엇인지 질문을 던지는 것은 현실에 대한 문학의 자기반성에 해당합니다. 현실 속에서 문학의 역할은 현실의 변화만큼이나 다양합니다. 그렇기 때문에 지금, 이곳에서의 문학이 무엇인지 질문하지 않을 수 없습니다. 늘 똑같은 문학만 할 수 없기 때문입니다. 그것은 우리의 삶이 달라지는 여건 속에서 끊임없이 변화하는 것과 다를 바 없습니다.

그러나 문학이 달라진다고 하는 것은 단순한 소재의 변화, 대상의 변화만을 의미할 수 없습니다. 문학은 사물 자체가 아니라 언어로 된 형상물입니다. 그렇기 때문에 문학이 달라진다고 하는 것은 언어에 대한 질문이며 의식화입니다. 그런 점에서 작가의 현실은 언어입니다. 작가가 다루는 언어는 작가가 현실을 어떻게 보느냐, 문학이 작가에게 무엇이냐 등의 문제를 집약적으로 드러냅니다. 작가에게 언어는 모든 것입니다.

나는 문학의 본질이 이야기라고 생각합니다. 이때 이야기는 여러 가지 방식으로 나타날 수 있습니다. 줄거리 중심의 소설만이 이야기를 가지고 있는 것이 아닙니다. 이인성의 소설은 분명히 줄거리 중심의 소설은 아닙니다. 그것은 현실의 문제를 언어의 문제로 바꿔놓은 소설로서 언어 속에 모든 것이 집약되어 있습니다. 아마도 이인성만큼 언어에 대한 뚜렷한 의식을 가진 작가가 한국에는 드물다고 생각합니다. 실제로 많은 작가들이 자신의 목소리를 가지고 있지 못합니다. 그들에게는 언어가 문제인 것이 아니라 줄거리가 문제입니다. 그렇기 때문에 그들에게는 고유의 문체가 없고 독창적인 상상력이 없으며 근원적인 문제의식이 없습니다.

이러한 작가의 작품들이 베스트셀러가 되는 것은 우리의 독자들이 훈련된 독자가 아니라 순진한 독자라는 데 기인하는 것 같습니다. 학교에서 문학을 제대로 가르친다면, 소설을 줄거리만 쫓아가며 읽을 수 없습니다. 대부분의 독자들은 작중인물의 운명과 관련된 줄거리에 관심을 보일 뿐 언어의 문제를 간과합니다. 실제로 한국 소설이 쉽게 씌어진 것 같은 인상을 주는 것은 작가가 줄거리를 엮는 데 기울인 노력이 나타나는 데 반하여 어떻게 쓸 것인가 하는 고민이 잘 드러나지 않기 때문입니다. 이인성 소설의 특징은 줄거리가 작품의 전면에 나오지 않고 배경을 이루고 있는 반면에 작중인물의 의식을 드러내는 언어의 문제가 소설의 전면에 나타나 있습니다.

이러한 소설이 잘 읽히기 위해서는 학교에서 문학 교육이 철저하게 이루어져야 합니다. 대학에서 문학을 전공한 사람이나 전공하지 않은 사람이 똑같이 소설의 줄거리만 따라가는 현상이 지배하는 한, 언어에 깊은 관심을 가진 작가가 많은 독자를 갖기는 어렵습니다. 조이스나 프루스트나 셀린느 같은 작가가 나오고 읽히기 위해서는 언어에 관한 관심을 확대하는 문학 교육이 이루어져야 합니다. 이인성의 작업이 당장은 많은 독자를 확보하지 못하고 있을지라도 그것의 의미는 두고두고 논의의 대상이 될 것입니다.

정 선생님은 이청준과 박경리 그리고 이인성에 대해서 유다른 관심을 보이셨습니다. 동세대 작가에 대한 각별한 애정은 선생님 세대 비평가들의 공통된 입장입니다만, 박경리 소설에 대한 관심은 한국사에 대한 선생님의 시각과 관련되어 있는 듯합니다. 그러면서도 한국의 역사와 맞선 많은 작가들이 있습니다. 이들 중에서 박경리에게 특별히 관심을 보이는 것은 박경리 문학의 성취도 때문인가요, 아니면 선생님의 비평적 시각과 관련되어 있는 건가요?

김 앞에서도 언급한 것처럼 4·19 세대의 비평은 동세대의 작가들에게 각별한 애정을 가졌습니다. 그것은 비평이 자기 세대의 정신과 언어와 행복한 만남을 이룰 때 그 정체성을 확보할 수 있을 뿐만 아니라 정신사의 흐름을 파악할 수 있기 때문입니다. 나는 동세대의 작가에 관한 작가론을 많이 썼습니다. 이청준뿐만 아니라, 김승옥·강호무·이문구·홍성원·김주영·김원일·조해일·박상륭 등 많지만 우리의 선배 작가들 가운데, 황순원·김동리를 비롯해서, 최서해·염상섭·채만식·이태준·선우휘·장용학·서기원·이호철·박경리·최인훈 등의 작가론을 썼으며, 후배 가운데도 황석영·최인호·이문열·오정희·윤흥길·이인성·최수철 등 30여 명의 작가론과 작품론을 썼습니다.

이 가운데 이청준은 35년 동안 작가 생활을 해오는 동안, 끊임없이 자신의 소설의 영토를 확장하면서 자신의 언어에 대해 깊이 있는 성찰을 한 작가로서 한국 문학이 자랑할 만한 작가라고 생각합니다. 박경리는 철저한 작가 의식으로 초기의 개인사적 관심으로부터 가정과 사회 전반으로 시선을 확대하고 우리 소설사에 장편소설 중심이라는 새로운 이정표를 세웠을 뿐만 아니라, 『토지』라는 기념비적 대하소설을 완성한 점에서 마땅히 관심을 끌수밖에 없었습니다. 특히 『토지』라는 대하소설을 분석할 때 구조적 방법과 역사적 방법, 그리고 주제적 방법을 동시에 적용하면서 그 소설이 주는 감동의 비밀이 개성을 갖춘 역동적인 인물들의 창조에 있음을 주목했습니다. 여기에는 박경리 문학의 성취도와 관련이 있지만, 내 자신의 비평적 시각과도 관련이 있습니다.

대학을 졸업한 다음 나는 한국사에 관한 공부를 다시 했습니다. 『삼국사기』 『삼국유사』에서부터 시작해서 박은식, 신채호 등의 글과 한말의 개화파의 저술들을 읽었습니다. 이기백 선생의 『한국사신론』과 함석헌 선생의 『뜻으로 본 한국 역사』도 읽고 춘원과 육당의 글도 읽었습니다. 그리고 계간지 『문학과지성』을 낼 때 홍이섭·이기백·이광린·김용섭·김영호 등의 국사학자들을 찾아다니며, 한국사를 배우면서 원고를 청탁했습니다. 그로 인해서 한때는 역사에 관한 관심이 높았고, 상당 부분 역사주의적 관점을 갖게 되었습니다. 마르크 블로크의 『역사를 위한 변명』의 서론을 번역한 것도, 「식민지 시대의 지식인」이라는 글을 쓴 것도 바로 그러한 연유였습니다. 아마도 박경리 소설에 관한 특별한 관심도 거기에서 연유한다고 보아야 할 것입니다.

정 문학의 자율성을 존중하면서 그것과 사회와의 긴장 관계를 탐색
하는 것은 '문학과지성' 동인들의 공통된 비평 태도라고 할 수 있
습니다. 그런데 그 '사회'라는 것이 어떻게 이해되는가에 대해서
는 약간씩 차이가 있다고 생각합니다. 가령, 김병익 선생의 경우
에는 그 사회가 '상황'으로 이해되고, 김현 선생의 경우에는 '정
황'으로 치환되며, 김주연 선생의 경우에는 자아의 터전, 즉 자아
와의 관계 속에서만 의미를 가지는 삶의 '장소'같은 것으로 보입
니다. 제 생각에 선생님의 사회는 '구조'라고 지칭해야 합당한 듯
합니다. 골드만, 루카치, 알튀세르적인 의미에서 말이지요. 제 직
관이 얼마나 그럴듯한지 모르겠습니다. 선생님 스스로는 어떻게
생각하시는지요?

김 문학작품이 그 작품을 태어나게 한 사회와 맺고 있는 관계는 오
랫동안 많은 유형의 비평을 가능하게 했습니다. 리얼리즘에서부
터 구조주의에 이르는 과정은 그 관계를 규명하고자 하는 관점과
방법의 변화를 의미합니다. 어쩌면 '문학과지성' 동인들이 취한
비평적 태도도 그러한 변화의 어떤 측면을 각기 표현하고 있다고
할 수 있지만, 방금 말씀하신 대로 엄격하게 구분될 수 있다고 생
각하지는 않습니다. 왜냐하면, 우리 각자는 서로 영향을 주고받았
고 따라서 상당 부분 공유하는 장을 가지고 있었기 때문입니다.
그럼에도 불구하고 서로 구별할 수 있는 특징이 있다면, 김병익
의 사회 인식은 다분히 실존적인 요소가 있고, 김현의 그것에는
심미적인 요소가 있으며, 김주연의 그것에는 종교적인 요소가 있
습니다. 그런 의미에서 나의 경우는 그 어느 요소도 특별한 것이

없어서 부끄럽게 생각하고 있는데, 거기에 구조적인 요소가 있다고 인정해주어서 고맙습니다.

사실 문학과 사회의 관계를 정태적으로 보지 않고 역동적으로 보기 위해서는 양자가 가지고 있는 독자적 생명력을 인정해야 합니다. 그 경우 그 두 구조 사이에는 반영 관계가 아니라 구조적 동질성이 있을 때 긴장 관계를 유지할 수 있습니다. 독자적인 생명력과 상호적인 견인력이 두 구조 사이에 있을 때 두 구조에 대한 인식이 역동적인 것일 수 있다고 생각합니다. 그러나 이러한 관점은 나에게만 있는 것이 아니라 우리 모두에게 공통적으로 있다고 생각합니다.

정 선생님은 예전에는 대중소설에 대해서 비교적 적극적이고 긍정적인 시각을 보여주셨습니다. 가령, 1970년대 초반의 대중 지향적 소설들을 산업사회의 진행에 대한 문학적 대응으로 해석하셨습니다. 그런데 최근에 와서는 문학의 상업화에 대한 우려를 수차례 표명하신 바가 있습니다. 오늘의 상업화를 대중 취향의 탄생과 결부시켜 말할 수 있다면, 선생님의 입장에 어떤 변화가, 모종의 변화가 있다고 생각할 수도 있을 것 같습니다.

김 내 자신 1970년대 중반에 베스트셀러가 된 소설을 분석하면서 그것이 산업화의 과정에서 위선과 배금주의의 지배를 받고 있는 현실에 대한 강력한 폭로와 야유와 풍자라고 해석한 바 있습니다. 실제로 1970년대 중반의 우리 사회는 마치 질풍노도와 같은 광기에 사로잡혀 있는 듯했습니다. '잘살아보세'라는 구호 아래 모든 가치가 하위 개념이 되어버렸고, '잘살기' 위해서라면 모든 행위가 불문에 부쳐질 수 있던 시기였습니다. 이 개발독재의 시대는 겉으로는 근엄한 권위주의가 지배하면서도 속으로는 부도덕한 쾌락주의가 만연한 위선의 시대였습니다.

그 시대의 대중 지향적 소설 가운데는 그러한 위선 구조를 철저하게 파헤치고 거기에서 무너져 내리는 개인의 처절한 패배를 보여주는 작품이 있었습니다. 그것은 도덕적으로 타락한, 산업화를 지향하는 사회에 대한 문학적 대응으로 보였습니다. 그런 작품은 개인의 운명에 대한 해석이 도식적이지 않았고 언어에 대한 작가의 의식이 철저했으며 작품의 구성이 작위적이지 않았습니다. 그런 점에서 그 작품이 베스트셀러이긴 하였지만 상업주의를 지향한 문학이라고 평가절하할 수는 없습니다.

반면에 오늘의 베스트셀러 가운데 일부 작품들은 문학을 상업화한 혐의를 벗어날 수 없습니다. IMF 관리 체제에서 실업자나 불치병 환자를 주인공으로 내세우고 그들의 운명에 대한 추구를 보편적 인간의 문제로 끌고 가지 못하며 작가의 의식이 언어의 문제나 문학적 감각의 문제를 철저하게 파고들지 않고 드라마와 같은 도식적 구성으로 대중적 취향을 노골적으로 노리고 있기 때문입니다. 그것은 진정한 문학 독자들을 문학에서부터 멀어지게 하고 문학을 단순한 소비의 대상으로 삼게 만듭니다.

문학을 통해서 자신의 덧없는 삶의 정체를 발견하고 언어를 통해서 진정한 문제의식을 갖게 되는 고통스럽지만 보람 있는 독서 행위를 방해하는 상업주의 문학의 범람은 우려의 대상이 아닐 수 없습니다. 그것은 모든 진지한 문학을 독자로부터 외면당하게 할 뿐만 아니라 문학 자체의 존재를 힘들게 만들기 때문입니다. 그것은 우리의 삶을 풍요롭게 하는 생산적인 문학이 아니라, 우리의 삶을 피폐하게 하는 소비적인 문학이기 때문입니다.

정 정보화 사회에도 문학이 살아남는다는 것은 선생님의 일관된 입
장입니다. 문학이 살아남는다 하더라도 문학비평은 살아남을까
요? 만일 그렇다면 문학비평은 어떻게 나아가야 할까요?

김 정보화 사회에서도 문학은 살아남는다고 확신합니다. 정보화의
시대라고 삶이 없어지는 것이 아닌 것과 마찬가지로 새로운 매체
의 등장이 곧 문학의 죽음을 가져오리라고 생각하지는 않습니다.
다만 달라지는 것은 문학이 독점하고 있던 '이야기'의 세계가 다
양해짐으로 인해서 이야기로서의 문학의 역할이 없어지는 것이
아니라 약화되는 반면에, 문자라는 선조적 구조물로서의 독창성
은 영상이라는 입체적 구조물이 지배하는 문화 속에서 독자적인
역할과 기능을 할 것입니다.

디지털 문화 속에서 문학은 아날로그 문화로 남을 것입니다. 이
러한 상황에서 문학비평은 아날로그 문화로서의 문학의 역할과
기능을 파악하고 해석하고 문학 고유의 미학이 존재할 수 있는
가능성을 모색해야 할 것입니다. 문학이 존재하는 한 문학비평은
존재한다고 확신합니다. 그 경우 문학비평은 디지털 시대에서 아
날로그 문화의 존재 이유와 가능성을 찾아야 할 것입니다.

정 김현 선생은 「비평의 유형학을 위하여」라는 글에서 한국 비평의
유형을 셋으로 나눈 후에, 자신과 선생님을 '분석적 해체주의'라
는 항목 안에 묶으셨습니다. 이에 대한 선생님의 견해는 어떠신
지요? 그리고 저는 선생님의 비평적 태도를 동행자, 즉 '더불어
함께 가는 자'의 태도라고 풀이한 적이 있습니다. 이러한 관점은
김현 선생의 '분석적 해체주의'라는 지칭과 언뜻 보아서는 멀리

떨어져 있습니다. 선생님의 생각은 어떠신지요?

김 김현 선생이 '분석적 해체주의'라고 말한 것은 텍스트를 대하는 태도와 관련해서 말한 것으로 기억됩니다. 텍스트를 꼼꼼하게 읽고 분석한다는 것은 텍스트를 해체해서 재구성한다는 것을 의미합니다. 나 자신 문학작품을 읽을 때 천천히, 그리고 꼼꼼하게 작품을 따라가고자 합니다. 그렇게 하는 것이 우선 작품을 작가의 의도대로 읽는 것이며, 그다음에 텍스트에 드러나고 있는 여러 현상들을 추출해내고 그것들 사이의 관계 맺기를 시도합니다. 그것은 곧 작품의 내적 구조나 아니면 작가의 무의식과 연결될 수 있습니다. 이때 구조가 보이면 구조주의적 해석을 내리고, 무의식이 보이면 정신분석학적인 해석을 내리며, 사회적 관계가 보이면 사회학적인 해석을 내립니다. 그것은 내 글이 학문적 연구라면 하나의 관점만을 유지하겠지만 비평이기 때문에 글에 따라서 다른 관점을 택하게 된다는 것을 의미합니다.

내게 있어서 작품을 읽는다는 것은 작가와의 대화를 의미하고 비평을 쓴다는 것은 독자와의 대화를 의미합니다. 그러므로 비평가는 작가와 독자를 함께 상대하는 대화자입니다. 그런 점에서 내 비평에 동행자의 태도라는 해석을 내려준 것은 행복한 평가라고 생각합니다. 감동이 없는 작품을 끝까지 읽는다는 것은 고통스러운 일입니다. 그러나 감동을 주는 작품에 대해서 글을 쓴다는 것은 함께 사는 행복을 누리는 것입니다. 과분한 말이지만, 동반자의 태도가 분석적 해체주의와 상충되지 않는다고 확신합니다.

정 선생님의 사생활에 대해서는 거의 알려진 바가 없습니다. 세상에 알려진 것으로는 선생님께서 등산광이시라는 것, 그리고 꽤 급수가 높은 바둑 실력을 가지고 계시다는 정도입니다. 평론가들은 사생활을 드러낼 기회가 거의 없긴 합니다만, 때로 어떤 분들은 의도적으로 그것을 밝히고 그것을 통해서 자신의 비평 세계에 대한 암시를 하기도 합니다. 평론가의 개인적 체험과 비평 사이의 함수 관계에 대해서 어떻게 생각하시는지요?

김 나는 원래 수줍음이 많은 사람이기 때문에 나 자신을 드러내는 것을 꺼려합니다. 스스로 재능이 없다고 생각하기 때문에 근근이 쓰는 평론도 부끄럽게 생각하는데 사생활까지 드러내는 것은 생각할 수도 없는 일입니다. 자서전을 쓰는 사람들은 스스로의 삶이 글로 쓸 만하다고 생각한 사람들입니다. 나는 솔직히 말해서 그런 부류에 들지 못하는 사람입니다. 학생 시절인 4·19 때 거리에 나선 적이 있습니다. 하지만 그 후 무수한 불의와 부정과 억압을 보며 아픔을 느끼고 고민에 빠져 있었지만 허약한 지식인의 삶을 살 수밖에 없었습니다. 아마도 이러한 체험 때문에 나는 문학과 사회의 관계에 관심을 갖게 되었고 문학이 가지고 있는 전위적이고 저항적인 성격, 반체제적이고 전복적인 성질을 지금까지 주목하고 그 의미를 드러내고 싶어 했습니다.

그러나 평론가에게 중요한 것은 평론이지 그의 체험이 아니라고 생각합니다. 평론가의 세계는 개인적인 체험을 이야기한 사생활이 아니더라도 평론만으로 충분히 알 수 있다고 생각합니다.

정 앞으로 선생님께서 깊게 관심을 쏟으시려 하는 문제는 무엇인지 말씀해주십시오. 아울러 후배 비평가들에게 해주실 말씀도 부탁드립니다.

김 지난 35년 동안 문학을 해오면서 한국 문학이 가지고 있는 다양성과 역동성에 상당한 자부심을 지니고 있었습니다. 가령 일본 문학과 비교할 때 1960년까지는 한국 문학이 일본 문학보다 낫다고 할 수 있는 점을 찾기 어려웠습니다. 반면에 1960년 이후의 한국 문학은 일본의 영향을 벗어난 독자적인 세계를 가지고 놀라운 발전과 도약을 보여주었습니다. 일본 문학에 비해서 섬세하지 못하고 세련미가 부족하고 양식화되지 않았지만, 선이 굵은 상상력이 풍부하고 문제의식이 뚜렷하고 자기반성적인 언어가 깊이를 획득하고 있기 때문이었습니다.

그러나 민주화가 실현된 이후 특히 1990년대부터 요즈음에 이르기까지 진지하고 재능 있는 몇몇 작가들의 경우를 제외하면, 한국 문학 전반은 여러 면에서 빈곤화 현상을 보이고 있다는 인상을 떨쳐버릴 수 없습니다. 최근 젊은 세대의 작품들을 읽으면서 이른바 '형식 파괴'의 흔적을 읽을 수 있지만, 그것이 무엇을 위한 파괴인지 알 수 없었습니다. 그것은 문학적 의식이나 훈련의 부족을 '파괴'라는 이름 밑에 은폐시키려 한 것이 아닐까 하는 인상을 갖게 만듭니다. 그러한 인상은 어디에서 오는 것일까, 그런 인상이 사실일까, 그것이 사실이라면 그러한 현상은 무엇으로 설명이 가능할까, 이 모든 문제는 내 자신의 나이로 인한 보수적 태도에서 비롯된 잘못 제기된 문제가 아닐까 하는 데 관심을 쏟고 싶습니다. 이러한 관심을 실현시키기 위해서 새로운 작가론을 쓰고자 하지만 그것은 나 혼자의 힘으로 가능한 것이 아니라 그들 작가들과 동세대의 비평가들이 합류함으로써 가능할 것입니다.

사실 나 자신 나이를 더 먹었다고 해서 후배 비평가들에게 특별히 할 이야기가 있는 것은 아닙니다. 그것은 나이의 오만에 지나지 않기 때문입니다. 여기에서 우리가 다짐해둘 것은, 비평을 소홀히 해서는 안 되는 이유가 '문학적'인 문제에 대해 관심을 기울여야 한다는 사실입니다. 비평이 소모적인 것이 아니라 생산적인 것이 되기 위해서는 '문학'의 문제를 제기하는 것입니다. 그것만이 문학도 살고 비평도 사는 길이라고 나는 생각합니다.

정 많은 질문에 자상히 대답을 해주신 데 대해 감사드립니다. 비평을 포함해 선생님의 모든 말씀이 한국 문학에 대한 깊은 애정과 사람에 대한 따뜻한 관심에서 우러나온다는 것을 새삼 깨달았습니다.

개인적인 고백을 하자면 글쟁이 흉내를 내기 시작한 이후 지금까지, 선생님께서 계시다는 사실만으로도 큰 위안을 받은 적이 한두 번이 아니었습니다. 이제는 제가 갚아드려야 할 차례인데 배운 바를 바르게 실천하지도 못하는 제 모자람이 부끄럽기만 합니다. 선생님께서 말씀하신 대로 한국 문학의 역동성을 한껏 살려 나가는 길을 찾는 데서 할 바를 찾고자 합니다. 선생님, 감사합니다.